Einaudi. Stile Libero Extra

Dello stesso autore nel catalogo Einaudi
Volevo essere una gatta morta

Chiara Moscardelli
La vita non è un film
(ma a volte ci somiglia)

Einaudi

© 2013 Chiara Moscardelli
Edizione pubblicata in accordo con
PNLA Associati Srl / Piergiorgio Nicolazzini Literary Agency

© 2013 Giulio Einaudi editore s.p.a., Torino

www.einaudi.it

ISBN 978-88-06-21216-2

La vita non è un film

*a tutte le donne
che ancora sperano...*

Premessa

Avete presente quella vostra amica, quella che sembra aver capito tutto della vita? Quella che ha il lavoro dei sogni, il fidanzato dei sogni, la vita dei sogni? Be', quella ragazza non sono io. Avevo quasi quarant'anni, un lavoro senza prospettive e avrei dormito con il gatto, se ne avessi avuto uno.

Avrei potuto tenere un corso su come incasinarsi la vita. Davvero, ero bravissima a rovinare sempre tutto. Allora avevo deciso di vivere la vita di qualcun altro. Mi rifugiavo nei sogni, e nei film.

Il brutto anatroccolo non era mai diventato cigno e ora si stavano aggiungendo anche le rughe e i capelli bianchi. Ero stata definita in molti modi dagli uomini: forte, appassionata, intelligente, ironica, acuta, personalità travolgente. Ma mai una volta che mi avessero detto che ero bella, e di certo ora non sarebbe più successo. Ero una cara amica per tutti, ma mai una notte di sesso. Cosa avrei dato per una notte di sesso con qualcuno!

Francesco, l'unico uomo con cui avevo pensato di poter condividere qualcosa nonostante i fatti mi fossero palesemente avversi, era stato il mio grande amore, il ragazzo conosciuto sui banchi di scuola, il principe azzurro, quello da sposare. Ma qualcosa doveva essere andato storto perché in effetti si era sposato, ma con un'altra. Una sera, a casa mia, gli avevo presentato un'amica di una mia amica (in questo sono sempre stata bravissima), ed era stato subito amore.

«Chiara, sento di essere pronto al grande passo».

Oddio, che passo?

«Mi sposo».

«Perché, sei fidanzato?»

«Certo, con Micol».

«Ma se vi siete conosciuti l'altra sera!»

«Macché l'altra sera. Sono tre mesi!»

«Ah, però, come passa il tempo».

Cosí partecipai all'ennesimo matrimonio, che, devo ammettere, mi provocò un'ulcera gastrica della quale ancora mi devo liberare. Quando tornarono dalla luna di miele Francesco già amava una diciottenne ucraina, o moldava, e in neanche due settimane aveva fatto capitolare un matrimonio dalle premesse solidissime e si avviava verso il secondo. Che poi, dove, e soprattutto come, avesse conosciuto questa bellezza dell'Est era un vero mistero.

Luca, l'amico di una vita, piú di una volta mi aveva detto che un atteggiamento strategicamente vincente, a me sconosciuto, e l'apertura verso l'altro sesso sarebbero stati ripagati. Ma sul concetto di apertura dovevo aver equivocato.

«Chiara, – mi rimproverava, – quando parlavo di apertura nei confronti di un uomo non intendevo istigarti alla prostituzione!»

«Ah no?»

«No. Una buona predisposizione d'animo, dei sorrisi accoglienti, ma non di piú!»

«Non avevo capito».

«Immaginavo».

Ci avevo riflettuto per un po', un paio d'anni, e dopo avere mandato segnali intermittenti, aprendomi con gli

uomini sbagliati e chiudendomi a riccio con altri, elemosinando affetto da persone che non me lo avrebbero mai potuto dare, avevo deciso di reagire cercando conforto nei film, dove tutto andava a finire bene. E la vita scorreva.
Feci ripartire il dvd.
«Jack. Sei il tempo migliore che ho trascorso».
«Non ero mai stato il tempo migliore di nessuno».
Dio, che film. E che frase. Perché non avevo mai incontrato nessuno a cui dirla?
Provai a immaginarmi la scena.
«Francesco, sei il tempo migliore che ho trascorso».
«Fico. Cioè?»
Ecco, appunto.
Squillò il telefono: o mamma o Matelda.
– Pronto?
– Che hai? Perché piangi?
Matelda, per fortuna.
– Sto guardando *All'inseguimento della pietra verde*. Quello con Michael Douglas e...
– Sí, so qual è. Ma non è una commedia romantica?
– Molto romantica.
– Allora perché piangi?
– Perché non incontrerò mai nessuno come lui.
– E io che dovrei dire? Oggi pomeriggio ho una Tac.
– Dove? Perché?
– Al pancreas. Mi fa male da mesi, ormai non servirà piú a molto, ma meglio sapere che non sapere.
– Matelda, tu non sai neanche cosa sia il pancreas!
– Sottigliezze. Non so cos'è, ma so che è malato!
– Non hai niente.
– Chi l'ha detto?
– Il medico!
– Non era uno competente. Quanto a Michael Doug-

las, mi sembra improbabile che tu lo possa incontrare, Chiara...

– Ma non intendevo lui in persona, uno *come* lui.

– Non esistono! E ricordati che ormai hai quasi quarant'anni!

– E questo cosa c'entra?

– Le possibilità diminuiscono. Ma tanto che importanza ha? Io tra poco morirò.

– Già... ma che stai facendo?

All'altro capo del telefono sentivo Matelda armeggiare con qualcosa.

– Sto cercando di aprire una boccetta, ma i tappi delle medicine sono diventati a prova di bomba, non di bambini!

Matelda era convinta di morire da quando aveva sedici anni, ma tranne un paio di influenze intestinali non aveva mai avuto niente. Ero io quella che, per una ragione o per l'altra, finiva sempre in ospedale, e la cosa lei proprio non la digeriva.

– Niente, non si apre. Piuttosto, non dovevi andare al matrimonio di Rosa?

– Sí. Nel pomeriggio. Proprio per questo mi sto guardando il film. Cosí riuscirò ad affrontarlo meglio.

– Figurati. Sai che ti cambia. Michael Douglas è finito in una clinica del sesso e tu non sarai mai Kathleen Turner: questo lo sai, vero?

– Lasciamo stare. Devo prepararmi al grande evento.

– Non c'è fretta, non morirò mica stanotte!

– Parlavo del matrimonio.

– Ah. Comunque quello che proprio non capisco è perché hai deciso di ripescare Rosa. Ce ne eravamo liberate in Messico.

– Era negli Stati Uniti.

– Vabbe', è uguale.

– Il passato non si cancella, Mati, e...
– Bisognerebbe provare con l'ipnosi, dicono che aiuti a dimenticare... ma poi rischierei di non ricordarmi di essere malata...
– Rosa è molto cambiata da allora. Sí, certo, è stata con Francesco, ma è pur sempre merito suo se tu e io ci siamo conosciute.
– Appunto. Ragione in piú per lasciarla dov'era.
Scoppiammo a ridere e riattaccai.
La mia crisi di mezza età, come amava chiamarla Matelda, mi aveva spinta a recuperare il rapporto con Rosa. Me n'ero pentita quasi subito, soprattutto per via di sua madre. Quando eravamo piccole, con la scusa che aveva fatto il Sessantotto, ci provava con tutti, anche con Francesco. E con il senno di poi credo ci sia anche riuscita, perché dubito che lui si sia tirato indietro.
Il padre di Rosa, invece, era meraviglioso. Mi aveva insegnato tanto, durante il liceo. Era un uomo colto, elegante, pacato, intelligente. Ascoltarlo leggere e commentare la *Divina Commedia* era uno dei ricordi piú belli che avevo e che ancora mi portavo dentro. Eravamo molto legati. Un giorno mi aveva chiamata: «Mia cara, conosci la Push and Lift?»
«No. Cos'è? Un'azienda di ascensori?»
«Cosmetici. Stanno cercando una persona e assumono!»
«Ma io non ne so nulla di cosmetici, dovresti far assumere tua moglie, o Rosa».
Era merito suo se potevo finalmente avere un bilocale in affitto.
«Sei il tempo migliore che ho trascorso»: che bella frase! Dovevo prepararmi, ma non prima di essermi goduta la scena finale, quando la Turner torna a New York convinta di non rivedere mai piú Michael Douglas. Lui però la sorprende, presentandosi all'improvviso con una barca,

piazzata nel bel mezzo della Fifth Avenue. Questo perché nei film, e solo nei film, gli uomini sorprendono le donne amate tornando proprio nel momento in cui loro si stanno disperando. La mia vita, invece, si era sempre fermata un attimo prima, nel momento della disperazione. Svuotai la bottiglia, spensi il dvd e mi buttai sotto la doccia.

Arrivare al matrimonio già ubriaca mi avrebbe dato la forza di affrontarlo al meglio.

Parte prima

Non direi che sono bella... peraltro ho una marea di sex appeal.

ANJELICA HUSTON in *Misterioso omicidio a Manhattan*

Capitolo 1

> Capitano, mi tolga una curiosità: cosa fa scattare prima il metal detector? Il piombo che ha nel culo, o la merda che ha nel cervello?
>
> JOHN MCCLANE in *Die Hard 2. 58 minuti per morire.*

23 e 24 novembre, notte tra venerdí e sabato.

Carolina era distesa sul letto, appagata.
– Patrick Garano, sei fantastico.
– Grazie. Anche tu non sei male –. E le diede un pizzicotto sul sedere.
– Rimango a dormire qui?
– Ora non esageriamo.
– Sei il solito stronzo.
– Da fantastico a stronzo è un gran bel passo avanti.
In quel momento squillò il cellulare.
– Porca vacca, ma sono le tre del mattino! – e Garano si alzò dal letto in cerca della giacca. Dove diavolo aveva messo quel dannato apparecchio?
– Garano!
– Commissario, scusi l'ora ma...
– Ecco, appunto. Buonanotte, Campanile.
– Buonanotte. No, un momento, commissario! C'è un'emergenza...
– Immaginavo. A meno che lei non mi volesse fare uno scherzo telefonico.
– No, commissario, nessuno scherzo.
– Venga al punto, Campanile!

– Hanno trovato un corpo.
– Dove?
– Sulla Magliana. Una discarica abusiva. Ho già chiamato Consalvi.
– Ne sarà stato felice.
– Per niente, commissario.
– Per una volta sono d'accordo con lui. Avvisi che sto arrivando e mi mandi intanto l'indirizzo preciso.
– Sí, subito.

Quando riattaccò, Garano aveva già raccolto i vestiti seminati a terra e si stava vestendo.
– Carolina, purtroppo il dovere mi chiama.
– Già, *purtroppo*. Salvato come al solito in calcio d'angolo. Quanto tempo ho?
– Non ne hai.

Pochi minuti dopo era già in macchina. Aveva salutato una Carolina imbronciata e si stava dirigendo a grande velocità verso la Magliana. Le donne erano la sua croce e la sua delizia. Non era importante con chi aveva a che fare, perché dalla piú selvaggia e appassionata alla catechista e bacchettona, tutte si trasformavano in perfette mogliettine con un unico obiettivo: convivenza, impegno, matrimonio. Ora anche Carolina, con cui aveva messo le cose in chiaro, improvvisamente voleva sistemarsi da lui. Ma che storia era mai quella?

Arrivato sul posto, parcheggiò e scese dalla macchina. Gli uomini della Scientifica avevano già isolato il perimetro e stavano scattando le foto.
– Garano, con comodo!
– Consalvi, non faccia il rompicoglioni come suo solito, sono arrivato il prima possibile. Se lei non ha niente di meglio da fare la sera, si dà il caso che io fossi impegnato con una bella ragazza: moretta, bel culo, belle tette, un po' bassina forse, ma...

PARTE PRIMA

– Garano, non devo scrivere la sua biografia. Mi risparmi i dettagli. E cosa ci fa qui? Non mi pare che questa zona sia di sua competenza.
– Infatti non lo è, ma purtroppo per lei avevo la reperibilità e ho risposto prima degli altri. Cosa abbiamo?
– Non uno spettacolo per bambini.
– Quando mai lo sono, Consalvi...
– Una roba del genere io non l'avevo mai vista. È pronto?
– Sempre.
– Si infili le scarpe e i guanti e venga a dare un'occhiata.
La ragazza non aveva piú nulla di umano. Il volto sfigurato, gli arti sistemati in una posizione innaturale, nel tentativo di farla stare seduta. Forse erano stati spezzati e il busto pendeva in avanti. La bocca era gonfia e deformata in una smorfia, gli occhi le erano stati strappati dalle orbite.
– Ha ragione, Consalvi, uno spettacolo terrificante. Che cosa può dirmi?
– Che la ragazza è stata torturata a morte.
– Stuprata?
– Non lo so.
– Ma come è morta?
– Soffocata. Vede queste macchie sulla pelle? Petecchie sottocutanee. E le labbra? Cianotiche. E poi guardi qui...
Forzò con una matita l'apertura della bocca.
– Cosa ha in gola?
– Gommapiuma. Una gran quantità di gommapiuma.
– Certo, è strano. Sembra giovane.
– Lo è.
– Guardi come è vestita! Una prostituta?
– Mhm, non saprei. Indossa un abito da bambina che farebbe pensare a un travestimento, o a qualche gioco erotico, ma la pelle è curata, niente buchi sulle braccia o sulle gambe. Potrebbe comunque essere una escort. O una ra-

gazza di buona famiglia che si è trovata nel posto sbagliato al momento sbagliato. Prendo le impronte, e le saprò dire. Non si sa mai.
- È stata uccisa qui?
- Non credo proprio. In questo posto ci è arrivata che era già morta. Come e perché, lo lascio volentieri scoprire a lei. Ah, solo un'altra cosa. Guardi questi segni. Ci sono sia ai polsi che alle caviglie. L'hanno tenuta legata. Con un po' di fortuna riesco a ricavarne qualcosa.
- Speriamo. Avete trovato altri vestiti? - gridò Garano agli uomini della Scientifica. - Una borsa con documenti?
- Niente, commissario, ma siamo in mezzo a cumuli di immondizia: se anche l'assassino avesse lasciato i suoi oggetti qui, sarebbe difficile recuperarli, - rispose uno di loro.
- Questa sarà una grande rogna, Consalvi. Mi faccia avere il prima possibile...
- Ah, non ricominci con questa storia. Ho una decina di cadaveri che aspettano ancora l'autopsia.
- Questo cadavere ha la priorità su tutti gli altri.
- E chi lo dice?
- Lo dico io.
- Allora...
- Ci sarà una denuncia di scomparsa da qualche parte e una famiglia da avvertire. Come ci è finita in questa discarica? Chi ce l'ha portata? E soprattutto, come ha trascorso le sue ultime ore di vita? Consalvi, sia collaborativo per una volta!
- Alla sua ultima domanda posso già rispondere: non le ha trascorse bene, glielo assicuro. Cercherò di fare del mio meglio. Ma si rende conto che siamo praticamente a Natale? I miei colleghi sono quasi tutti in ferie e sembra che la gente voglia morire sempre durante le feste.

– A Natale? Ma se manca un mese! Consalvi, ha per caso il fuso orario di un altro pianeta?
– Lei non ci crederà, ma la gente ha una vita normale, una famiglia, degli impegni...
– Va bene, va bene.
– Meno male che ha capito.
– La chiamo domani.
– Come non detto. Guardi, non si scomodi, lo faccio io quando ho qualcosa da dirle.

Garano si allontanò volentieri da quella scena e si infilò in macchina. Stava albeggiando e la prima cosa che doveva fare era trovare i genitori della ragazza e dare loro la brutta notizia.

Questi erano i rari momenti in cui odiava il suo lavoro.

Capitolo 2

> È piú facile essere uccisi da un terrorista che sposarsi dopo aver superato i quaranta.
>
> ROB REINER in *Insonnia d'amore*

24 novembre, sabato.

– Per lo meno ti potevi truccare! – mi rimproverò Rosa, incrociandomi fuori dalla chiesa.
– Mi sono truccata, infatti.
– Ah.
Entrai in silenzio, pensierosa. Ero stata ore chiusa in bagno a sistemarmi i capelli con pettini e mollette e a cercare di capire come utilizzare i miei vecchi trucchi anni Ottanta. Sí, certo, il tempo li aveva forse un po' rinsecchiti, ma erano comunque intatti. La prima e ultima volta che li avevo usati era stata per la festa di Rosa. Mi aveva incrociata nel bagno della scuola e mi aveva invitata al suo sedicesimo compleanno. Come potevo oggi non riconciliarmi con lei, l'unica che, forse per sbaglio, aveva cambiato la mia vita per sempre? Quei trucchi li avevo comprati per prepararmi al grande evento. Me lo ricordavo ancora, come fosse accaduto poche ore prima. La scelta del vestito, improbabile, l'agitazione, la voglia di scappare, di non presentarmi. Il mio ballo di Cenerentola. Non perché avessi incontrato il principe azzurro, per carità. Soprattutto se il principe azzurro si chiamava Francesco. A me era successo qualcosa di meglio: avevo conosciuto Matelda, Luca, Chiara e Michele,

e avevo comunque baciato Francesco. Sorrisi a quel ricordo perché anche se Luca si era trasferito a Londra, Michele si era sposato e Chiara aveva trovato l'amore trasformandosi da Crudelia in un dalmata (uno qualsiasi dei 101) ed era andata a vivere in un trullo, il legame che avevo con loro era piú forte di qualsiasi altra cosa. Era incredibile che avessi usato di nuovo quei trucchi a distanza di anni e praticamente per la stessa ragione: Rosa. Solo che questa volta non era il suo compleanno, ma il suo matrimonio, e sapevo che non ci sarebbero state le pizzette e la piramide di tramezzini a salvarmi la vita, né avrei fatto altri incontri importanti. E non ne potevo piú di andare ai matrimoni degli altri. In primo luogo perché capitavo sempre al tavolo dei fidanzati, o a quello di lontani parenti che gli sposi non sapevano mai dove collocare, e poi perché chiunque incontrassi si sentiva in dovere di domandarmi quando sarebbe toccato a me e soprattutto perché non mi era ancora successo.

Intanto la chiesa si stava riempiendo. Volti noti e meno noti, vestiti impeccabili e altri meno, molto meno. Solita routine. Riuscii a reggere fino allo scambio degli anelli, poi i singhiozzi ebbero il sopravvento e fui costretta ad abbandonare la chiesa. Mentre correvo lungo la navata verso l'uscita, gli occhi di tutti erano puntati su di me. Rosa non me l'avrebbe mai perdonato.

Sulla piazza incrociai uno dei cinque fotografi.

– Ammazza, e mica è un funerale!

– No... lo so... ma è la mia migliore amica, e mi sono commossa.

In verità non me ne fregava assolutamente nulla di quel matrimonio: io piangevo pensando al mio. O meglio, a quello che non avrei mai avuto. Non ero una delle protagoniste sfigate delle commedie romantiche. Quelle alla fine tanto sfigate non erano e si sposavano con l'uomo che all'inizio non avrebbero mai pensato di poter conquistare. Per questo adoravo tanto quei film. Riuscivo a vedere la stessa commedia anche dieci volte. Per due ore lasciavo il mondo fuori, dimenticavo completamente la mia vita e mi prendevo, momentaneamente, quella di qualcun'altra.

La cerimonia per fortuna si concluse presto, raggiunsi la macchina e mi diressi al ricevimento.

Una delle dodici zie di Rosa mi bloccò all'ingresso del ristorante.

– E tu? Quando farai il grande passo? – mi chiese.
– Mah, non lo so...
– Ti devi sbrigare. Quanti anni hai, ormai?
– Trentotto, *ormai*.
– Certo che il tempo vola.
– È un grande conforto saperlo, – dissi, e riuscii a scappare.

Rosa mi aveva sistemata al tavolo degli anziani.

Accanto a me sedevano zia Martina e zio Giuliano. Avevano novantotto anni ed erano sposati dal 1932. Zia Martina era diventata sorda, zio Giuliano cieco.

– Come va il lavoro? – mi chiese gridando zia Martina.
– Male!
– Ah, bene bene!
– No, non va bene! – cercai di rispondere. – Mi trattano tutti male, non vengo considerata da nessuno, anzi, certe volte penso che si siano scordati di me!
– Che bello! Ti portano a Saint-Tropez! Hai sentito, Giuliano? Giuliano!!! Che fai? Quello non è il tovagliolo, è il bordo della tovaglia.

Decisi di buttarmi sul cibo: avrei assaggiato tutto.

Mentre continuavo a rimpinzarmi, senza masticare, vidi avvicinarsi Francesco. Mi guardai intorno in cerca di una via di fuga, ma non la trovai. Perché Rosa lo aveva invitato? Cercai di alzarmi, ma la gonna si era incastrata alla

gamba della sedia, e piú tiravo, piú quella si arrotolava. Ormai Francesco era vicinissimo.
— Ciao Chiara!
— Ciao, non ti avevo visto!
— Veramente? Eppure ero proprio qui davanti...
Almeno non aveva perso il suo smalto. Ma come era possibile che non fosse invecchiato? Sembrava lo stesso sedicenne conosciuto alla festa di Rosa. Solo un accenno di capello brizzolato che gli conferiva quel fascino e quella posa da uomo interessante che di certo non aveva mai avuto da giovane. Gli uomini migliorano con la vecchiaia, le donne invecchiano e basta.
— Hai detto qualcosa?
— Non ho aperto bocca...
Avevo parlato?
— Posso presentarti la mia compagna?
— Ma certo!
Non chiedevo di meglio.
— È laggiú, ora la chiamo...
— No, no, non la disturbare... — Poi guardai meglio. Oddio, non era mica la bionda con un fazzoletto al posto del vestito?
— Niente, non mi vede.
— Che peccato...
— È bulgara!
Ecco di dove era!
— Poverina, non conosce una parola di italiano, ma sta imparando, è molto sveglia. Frequenta le scuole serali. La raggiungo, scusa. Non vorrei lasciarla sola per molto.
— Certo, certo, vai pure.
Però un vestito poteva anche metterselo!
— Ma ce l'ha, il vestito!
Oddio, avevo pensato ad alta voce?

– Scusa, non si vedeva, – mi giustificai.

A quel punto mi attaccai alla bottiglia e dopo qualche minuto, avvolto nella nebbia, vidi avvicinarsi Sergio, il padre di Rosa.

Nebbia?

No, avevo solo bevuto troppo e gli occhi mi si erano appannati.

– Sola soletta? – mi chiese.

– No, il mio fidanzato, un chitarrista bosniaco, è andato a prendermi qualcosa da bere...

– Non capisco perché una donna intelligente come te... – iniziò.

– Non ti preoccupare, – lo interruppi, – tra poco torna. E poi guarda che non sono cosí intelligente!

– Sí che lo sei.

– No che non lo sono. Fingo di esserlo.

– Eh?

– In effetti non serve a un granché. Dovrei fingere di essere stupida, se mai. Ma è difficilissimo. Richiede un'intelligenza fuori dal comune.

– Io credo, piuttosto, che tu non voglia veramente trovare qualcuno, altrimenti sarebbe già successo. Chiara, i rapporti non sono affatto facili e richiedono grandi sacrifici. Tu sei disposta a farne? Perché a me sembra che tu stia scappando. Di che cosa hai paura?

Non ero ancora pronta ad ascoltare quello che mi stava dicendo, e continuai a bere.

– Macché paura... è che non si può combattere contro i mulini a vento! Meglio provare a essere felici con quello che si ha, che non è poco. Ho un lavoro, una casa, finalmente, degli amici fantastici. Dico sul serio, non potrei sperare di meglio.

– Bene...

– E invece no!!!
– Ah, no?
– Il fatto è che quello che voglio io è irrealizzabile!
– Be', allora te le vai a cercare, però!
– Voglio la favola, come quelle che la mamma mi raccontava da bambina. Hai presente quella del brutto anatroccolo che si trasformava in cigno?
– Vagamente...
– Ecco, qualcuno si è dimenticato di trasformarmi!
– Sergio! – ci interruppe la madre di Rosa, gridando. – Ma che fai lí nell'angolo! Dobbiamo fare le foto, e come si fa a fare la foto di famiglia senza la famiglia? Stanno anche portando la torta.

Io mi alzai barcollando e mi diressi insieme agli altri verso il centro del giardino.

Qualcosa andò storto.

Uno dei fotografi cercava, con difficoltà, di mettere in posa tutta la famiglia. C'era chi voleva stare davanti ma seduto, chi dietro ma di profilo, chi non voleva mostrare i capelli bianchi e chi, al contrario, voleva mostrarne fin troppi. Io ero sfinita e ubriaca. Barcollavo e quattro sconosciuti cercavano di farmi stare in piedi, ma non c'era verso. Il mio busto pendeva, pendeva da tutte le parti. Poi qualcuno doveva essersi messo a giocare a torte in faccia perché mi ritrovai la crema ovunque, in bocca e nelle narici.

Stavo soffocando!

Il flash del fotografo abbagliò la scena. Sentii Rosa gridare e svenni.

Capitolo 3

> Sí, hai ragione, in fondo questa industria multimilionaria gira intorno a questo: alla bellezza interiore.
>
> STANLEY TUCCI in *Il diavolo veste Prada*

26 novembre, lunedí.

Il lunedí mattina mi presentai come sempre in ufficio alle nove, anche se la puntualità risultava spesso inutile: certe volte non si accorgevano nemmeno del mio arrivo. Quando entrai, il telefono stava già squillando. Lo considerai un fatto strano, dal momento che di solito nessuno mi chiamava per il semplice fatto che nessuno si ricordava che fossi lí. Chi invece se lo ricordava non mi chiamava comunque, perché non avrebbe saputo cosa chiedermi. Risposi con una certa curiosità.

– Chiara, finalmente!
– Maddalena?
– Sí, sono io. Scusa se parlo in maniera strana ma mi ha punto una zanzara durante il fine-settimana e ho avuto uno shock anafilattico.
– Oddio, arrivo subito!

Riattaccai e in pochi secondi ero nel suo ufficio. Non che fossi davvero preoccupata. Sapevo perfettamente che non era stata punta da una zanzara.

Maddalena era l'amante del capo, e in quanto tale era stata messa a dirigere il settore piú importante dell'azienda, senza capire assolutamente nulla di cosmesi. Era soprannominata dalle dipendenti del settore Lift la «Barbie vecchia» o «Brooke Logan», immagino a causa dei suoi trascorsi sessuali. Se non ricordavo male, Brooke Logan era quella che in *Beautiful* si sposava Ridge Forrester, poi suo padre, poi il fratello e alla fine, ormai cinquantenne, anche il figlio che Ridge aveva avuto da un'altra donna. Un tempo Maddalena doveva essere stata molto bella, ora era un mosaico. In piú si vociferava che avesse messo al mondo l'erede al trono, una ragazzina viziata che si aggirava spesso per l'azienda.

Maddalena era sempre stanca per il troppo lavoro ma in verità non faceva proprio niente, e quando qualcuno le parlava non aveva la minima idea di cosa le stesse dicendo: semplicemente non capiva. Ammiravo il suo totale distacco dalla realtà. Si considerava l'anello di congiunzione tra il mondo e Dio. Ogni tanto simulava un malessere improvviso per nascondere un intervento chirurgico, e tornava con qualche connotato rifatto. Quando la vidi, mi spaventai. Le labbra occupavano tutta la faccia. Non sarebbe riuscita a mangiare mai piú.

– Ma rimarranno cosí per sempre? – mi scappò.
– I medici hanno detto di sí.
– Una tragedia, – e lo pensavo davvero. – Ti serviva qualcosa?
– Si tratta di una questione molto delicata. Sta per arrivare mia figlia e io sono oberata di lavoro. Potresti occupartene tu, per cortesia? Magari le fai fare i compiti, la porti un po' in giro. Solo per oggi.

No, la figlia no!
– Certo.
– Bene. Ci vediamo nel pomeriggio, allora.

Mentre ritornavo nel mio ufficio, incrociai Filippo Maria Melas, capo supremo della Push and Lift.
– Salve, – lo salutai.
– Buongiorno. Lei chi è?

– Sí, ehm, Chiara Moscardelli, sono qui da tre anni, in verità.
– A fare cosa?
Bella domanda.
– Non saprei dirle...
– Vado di fretta, mi scusi.
In effetti, ripensando al colloquio che avevo avuto con lui tre anni prima, non mi sarei dovuta stupire di quel veloce scambio di battute.
«Stiamo realizzando una crema di nuova generazione contro le rughe e abbiamo bisogno di qualcuno che disponga dei canali giusti per promuoverla. Lei conosce i nostri prodotti, vero?», mi aveva chiesto.
«Veramente no».
«Bene, bene. Si trucca?»
«No. A che servirebbe? Sarei sempre io ma a colori, per citare...»
«Bene. Allora vede che ci intendiamo? Noi siamo leader nel settore. Abbiamo i prodotti migliori del mondo. Tutti ci copiano ma chissà perché i giornali e le riviste specializzate si occupano solo dei prodotti degli altri e mai dei nostri, che sono i migliori, gliel'ho già detto?»
Questo è un cretino, avevo pensato. Fa le domande ma non ascolta le risposte. Avevo intuito che lui aveva bisogno solo che io annuissi, elogiandolo di tanto in tanto, cosa che feci con tale enfasi che il giorno seguente dovetti prendere due Aulin per il torcicollo. Il risultato però fu sorprendente: mi presero su due piedi in qualità di ufficio stampa della Push and Lift, ruolo che però non svolsi mai. Ancora non avevo capito perché mi avessero assunta in quell'azienda.
Guardai fuori dalla finestra, sconfortata. Era una bella giornata e potevo portare Carlotta a fare una passeggiata.

Carlotta aveva tredici anni ma già non vedeva l'ora di sedersi alla scrivania a dirigere il settore di sua madre. Se ne avesse avuto l'opportunità, e il coraggio, avrebbe dato una mano al destino spingendo Maddalena giú dalle scale. Amava comportarsi come una donna vissuta, una che la vita la conosceva bene. Avrei potuto presentarle Francesco, chissà se avrebbe trovato «matura» anche lei.
   Dopo pranzo, mi diressi verso l'ufficio di Maddalena.
   – Ciao Carlotta, – dissi affacciandomi alla porta.
   – Sei in ritardo. Guarda che lo dico a Filippo.
   – Tanto non sa neanche chi sono...

Capitolo 4

> – Esiste un signor Lampert?
> – Sí!
> – Congratulazioni!
> – Non c'è di che, sto per divorziare!
> – La prego, se è per me non lo faccia!
>
> CARY GRANT e AUDREY HEPBURN in *Sciarada*

26 novembre, lunedí.

Garano arrivò al distretto come una furia.
Consalvi non si era fatto vivo e lui aveva cercato di risalire all'identità della ragazza uccisa, senza successo. Si chiuse nel suo ufficio sbattendo la porta e si attaccò al telefono.
– Sono Garano.
– Lo so, purtroppo.
– Consalvi, lei batte la fiacca!
– Non faccia il rompicoglioni come al solito. Sono due giorni che lavoro per lei. L'autopsia è stata piú complicata del previsto e io sono solo!
– Si prenda un cane, fanno compagnia...
– È sceso dal letto con il piede sbagliato questa mattina, o una delle sue donne le ha dato buca?
– La prima che ha detto. Ha qualcosa per me?
– Sí. Le confermo che la ragazza ha circa venticinque anni, non ha subito nessuna violenza sessuale ed era digiuna da giorni. Le gambe e le braccia sono state spezzate quando era in vita.

– Porca vacca.
– Può dirlo forte.
– Ma allora che cosa significano quei segni sui polsi e sulle caviglie?
– Ci sto ancora lavorando.
– Delitto passionale?
– Mah, non saprei. Troppo accanimento. Lei mi insegna, Garano, che i delitti passionali sono di solito degli impulsi omicidi in cui le vittime vengono accoltellate o strangolate, non torturate per giorni...
– Che fa? Mi ruba il mestiere?
– Non mi permetterei mai.
– Come è possibile che non ci siano denunce di scomparsa?
– E che ne so? Questo è compito suo, o sbaglio?
– Le impronte?
– Le ho mandate al laboratorio, le saprò dire. Se non ha altro da chiedermi...
– Per ora no. Per cui la saluto.
In quel momento la porta del suo ufficio si spalancò.
– Ah, e che è questo? Un porto di mare? Non si bussa piú?
– Garano, sono Salieri...
– Lo vedo che sei tu, Nicoletta.
– Che fine avevi fatto l'altra notte? Ti hanno cercato ovunque...
– Ero impegnato.
– Con... con Carolina?
– Sí, con Carolina.
– Ok, va bene... e scusa se sono entrata in quel modo ma...
Patrick si alzò dalla scrivania e le si avvicinò, accarezzandole una guancia.

– No, Salieri, scusami tu. Questo omicidio è una brutta storia, non mi convince...
– Vorrei tu sapessi che puoi contare su di me. Sí, insomma, nonostante il nostro rapporto sia finito...
– Lo so, sei una gran donna.
– Be', ora non prendermi per il culo, però.
Scoppiarono a ridere.
– Se vuoi aiutarmi, prendi le foto della vittima e cerca di risalire a un nome. Guarda qui come l'hanno ridotta. Consalvi ha mandato le impronte digitali in laboratorio. Chiamali, di' che abbiamo bisogno di una risposta con urgenza. Se abbiamo fortuna è schedata.
– Che brutta storia. Mi metto subito al lavoro. Poi, però, se la trovo merito un premio.
– Ti regalo una penna.
– Sei proprio uno stronzo, lo sai?
– Ma pensavo alla mia penna preferita!
Nicoletta lo fulminò.
– Va bene, vada per una birra. Ma poi ognuno a casa sua.
– Cosa ti fa pensare che io abbia voglia di andare oltre la birra?
– Niente, ma meglio essere chiari subito, no? Magari ne ho voglia io...
Salieri rimase di stucco, piacevolmente di stucco.
– Sto scherzando!
– Odio il tuo senso dell'umorismo.
– Ecco perché tra noi non ha funzionato.
L'ispettore afferrò le foto e uscí dalla stanza senza neanche salutare.
Che disastro. Cosa avevano tutte quante? Si accasciò sulla sedia, prese le sue freccette e iniziò a tirarle contro il bersaglio che aveva appeso accanto alla porta. Lo faceva sempre quando doveva pensare, lo aiutava a concentrarsi.

Capitolo 5

> Si può sapere chi è quel caso umano? È per un servizio prima e dopo la cura?
>
> STANLEY TUCCI in *Il diavolo veste Prada*

Dopo un pomeriggio infernale fatto di dispetti da parte di Carlotta e shopping compulsivo, sempre di Carlotta, ero riuscita a tornare in ufficio relativamente presto, ma distrutta. Ci doveva essere una riunione in corso perché vidi passare François davanti alla mia stanza, tutto trafelato: – Chiara, che ti è successo? Stai bene?
Dunque qualcuno sapeva della mia esistenza...
– Oddio, bene non direi. Ma visto che ti ho incrociato ne approfitterei per...
François se n'era già andato.
Poi però lo vidi bloccarsi di colpo e tornare indietro. Una folgorazione? Un embolo? Un'idea?
– Comunque, Chiara, c'è una riunione di là. Non te ne sei accorta?
– Veramente no, sono appena tornata da un pomeriggio infernale e se proprio te lo devo dire non credo neanche sia di mia competenza...
Niente. François era scomparso di nuovo.
Braccio destro di Filippo Maria, François Benvenuti era l'unico ad avere resistito per anni in quell'azienda. Uno degli scarti dell'imprenditoria italiana, grande amico dei proprietari, custodiva tutti i segreti di famiglia ed era considerato dai Melas un genio. Sorrideva a tutti ed era sempre molto gentile, ma se per caso veniva detto qualco-

sa di importante in sua presenza e lui imponeva il suo punto di vista, quando questo si rivelava ogni volta sbagliato negava tutto.

Mi diressi con decisione verso la sala riunioni e spalancai la porta.

– Ancora lei!? Ha bisogno di qualcosa?

– Mi scusi, Filippo Maria, ehm Filippo, signor Melas, – non sapevo mai come chiamarlo, – ma François mi ha detto che…

– Io? Ma se neanche ti ho vista!

Appunto.

– Non perdiamo tempo, qui si lavora. Ormai è entrata. Si sieda lí in fondo e proseguiamo. Se l'ho assunta, ci sarà un motivo.

E sarebbe stato bello scoprirlo! Ubbidii avvilita e mi sedetti a osservare. La questione non era molto chiara. Orsolina, moglie di Filippo Maria e capo del settore Push, stava discutendo animatamente con Maddalena sotto gli occhi impassibili di Filippo, mentre François, inascoltato, continuava a parlare del suo prodotto. Fabrizio, il grafico, minacciava di licenziarsi e Carlotta gli faceva piedino.

Piedino?

Spostai la mia attenzione su Filippo Maria Melas. Bell'uomo vicino alla sessantina, figlio di una famiglia di imprenditori di origini argentine, era arrivato in alto non certo per meriti e aveva sposato in giovane età Orsolina, anche lei figlia di imprenditori. Pochi mesi dopo il matrimonio era stato messo a dirigere l'azienda appena nata, grazie alle numerose raccomandazioni, e preghiere, paterne. Negli anni si era anche convinto di averla creata lui dal niente.

«Sono uno che si è fatto da solo, – diceva sempre, – venivo dai bassifondi e ho costruito un impero».

Bassifondi?
Il suo ego smisurato gli aveva fatto perdere il contatto con la realtà portandolo a credere di essere l'unico genio sopravvissuto a una catastrofe che aveva reso l'umanità intera una massa inerte di imbecilli. «È un coglione». Questa la frase che diceva piú spesso in riferimento a chiunque avesse idee diverse dalle sue.
Fui distratta dalla voce di François: – È una bomba! – diceva, mostrando il prodotto. – Non ne esiste uno uguale sul mercato. Sentite che profumo, guardate che colore...
Tutti iniziarono a passarsi il campione. Quando arrivò a me, per poco non svenni. Aveva un odore disgustoso.
– E poi, – proseguí, – Chiara lo sa, vero, Chiara?
Oddio, ero stata interpellata? Dovevo rispondere?
– Adesso non mettiamo in mezzo degli estranei, – intervenne Filippo Maria.
Ma come, degli estranei?
– Questa ragazza è nuova, non può capire...
– Veramente sono tre anni che... – provai a dire.
– Tre anni? François! Tu ne sapevi qualcosa?
– Assolutamente no.
Mi accasciai sulla sedia. La mia opinione non sarebbe stata piú richiesta e iniziai a pensare ai fatti miei.
Dovevo essermi distratta parecchio perché, quando a un certo punto mi guardai intorno, non c'era piú nessuno. Tornai nel mio ufficio e chiamai Matelda.
– Mati, allora stasera che facciamo?
– Boh, io direi di provare body pulp.
– Forse intendi dire body pump.
– Vabbe', è uguale, tanto ho i giorni contati.
– Qualche novità dalla Tac?
– Macché, dicono che non c'è niente.
– E allora?

– Che vuoi che ne sappiano? Non c'è niente perché non sono stati capaci di trovarlo.
– Ma cosa?
– E che ne so? Se non lo sanno loro! Piuttosto, ti sei ricordata cosa hai combinato al matrimonio? Non mi hai piú detto niente. Non vorrei che questi vuoti di memoria fossero dovuti a qualcosa di brutto...
– Mi sono ubriacata e il papà di Rosa mi ha riaccompagnata a casa guidando la mia macchina. Prima però credo di avergli raccontato la favola del brutto anatroccolo.
– Ancora con questa storia del brutto anatroccolo? Non ti starà venendo l'Alzheimer?
– E non è tutto.
– Cosa può esserci di peggio?
– Mi sono ricordata di essere crollata sulla torta nuziale.
Matelda scoppiò a ridere: – Stasera mi racconti bene, ora devo scappare.
Io e Matelda avevamo deciso di dare una svolta alle nostre vite. Non avevamo un lavoro appagante, non avevamo un uomo, ma che diamine! A trentotto anni dovevamo pur fare qualcosa per reagire. E allora ci eravamo iscritte in palestra.
Aprii la posta. C'era un messaggio di una mia ex compagna di classe che continuava a bombardarmi di inviti per orribili rimpatriate. Neanche morta! Perché avrei dovuto sottopormi a quella inutile tortura? Presentarmi a una di quelle cene alla Bridget Jones per ritrovarmi unica single in mezzo a coppie felicemente sposate. E anche se non erano felici stavano sempre meglio di me. La cosa che piú mi infastidiva era scoprire che tutte avevano avuto almeno due figli (sempre un maschietto e una femminuccia, raramente due maschi) e quindi avevano dovuto comprare una villetta con giardino. Vorrei poter fare due figli (anche se il tempo mi è nemico, lo so) solo

per dimostrare che si può vivere anche in città. E siccome la perfezione non è mai abbastanza, nel giardino avrei sicuramente trovato un cane, magari un golden, perché è una razza che va d'accordo con i bambini. Ora, io amo i cani, ma tutti sanno che i golden sono dei coglioni, e qui mi darebbe ragione persino il Filippo Maria.

Mentre facevo queste considerazioni, mi accorsi che avevo altri quattro messaggi non letti, e tutti dallo stesso mittente: «Speed date: ciao Chiara, sei pronta per la serata? Ti ricordiamo l'appuntamento. Ore 21 davanti al Mò Mò Republic. Tanti uomini interessanti aspettano di conoscerti».

Oddio, me n'ero completamente dimenticata! E adesso? Avevo pagato trenta euro per questa stupidaggine. E non solo per me. Avevo iscritto anche Elisa perché mi accompagnasse: peccato che ancora non avessi trovato il tempo, e il coraggio, di comunicarglielo.

Elisa era l'unica persona normale dentro la Push and Lift, me ne ero accorta quasi subito, e dopo neanche un anno dal mio arrivo eravamo diventate inseparabili. Uscivamo spesso insieme e quasi subito le avevo presentato anche le altre.

A quel punto doveva avere ricevuto anche lei la mail...
– Chiara!
Appunto. Mi ritrovai Elisa nella stanza, vistosamente alterata.
– Sai niente di uno speed date?
– Scusa, scusami tanto. Era mia intenzione dirtelo ma poi mi è passato di mente.
– Pensavi che avrei accettato?
– No? – le chiesi, cercando di imitare gli occhi languidi del gatto con gli stivali in *Shrek*.
– No.

Non aveva funzionato.
- Be', ora non fare quella faccia per farmi sentire in colpa.
- È la mia ultima spiaggia, e se stasera non vado qualcun'altra conoscerà l'uomo della mia vita! Potrai mai dormire con questo pensiero?
- Veramente sí.
- Invecchierò sola per colpa tua! - rincarai.
- No, ti metto in una clinica. Starai bene, vedrai.
Mi accasciai sulla sedia sconsolata: - Vada per la clinica.
- Mosca, se faccio questa cosa sappi che mi sarai debitrice a vita.
- Grazie, grazie, grazie! Vedrai che ci divertiremo.
- Non vedo l'ora. Ci fermiamo a bere una cosa prima? Voglio arrivare sbronza.
- No, per carità. Non berrò piú niente fino al mio, di matrimonio.
- Ma tu mica ti sposi.
Elisa era una che non amava girarci intorno, alle cose.
Ci abbracciammo.
Dovevo precipitarmi a casa, fare la spesa e prepararmi alla serata. Avrei dovuto rinunciare alla palestra. Il mio bilocale si trovava in una specie di zona residenziale a pochi passi da Ponte Milvio. Niente ristoranti, niente bar. Solo il supermercato e un circolo sportivo cui ci eravamo iscritte io e Matelda.
Da due mesi ero anche a dieta, con scarsi risultati. Continuavo a ripetermi che dovevo stare bene per me stessa, non per gli altri: se mi fossi guardata allo specchio e mi fossi piaciuta, avrei potuto anche mangiarmi un bue intero.
Comunque, fare la spesa era molto istruttivo. Amavo osservare la gente.
Il supermercato era un vero e proprio percorso esistenziale e da come un carrello veniva riempito si potevano

capire tante cose. La spesa può rivelare molto di noi. Io, ad esempio, ero consapevole di dimostrare tutte le contraddizioni della mia vita: dalle barrette dietetiche alle vaschette di gelato, dalla fesa di tacchino al sacco di patatine fritte surgelate, le prugne California (per la stitichezza), arance da spremuta, vino, tisane depurative, minestroni di verdura e merendine senza zucchero. Poi c'era l'immancabile prodotto in offerta tre per due, che facevo scadere ogni volta, e le confezioni di pile che si trovavano appese alla cassa e di cui mi ricordavo di avere bisogno solo quando le vedevo, ma di cui non azzeccavo mai le misure. Le fissate con le calorie erano le mie preferite. Ammiravo la pazienza con la quale soppesavano un prodotto prima di decidere se riporlo sullo scaffale o buttarlo nel carrello. Leggevano la tabella nutrizionale come fosse un libro di anatomia o il codice civile. Loro erano appagate sessualmente, ne ero certa. Quelle come me, invece, le distinguevi dalle altre perché oltre allo status di single a dieta avevano scritta in fronte l'astinenza sessuale e quindi la nevrosi compulsiva. Le riconoscevi dalla depressione ma anche dalla velocità con cui afferravano crackers insapori, merendine dietetiche, biscotti senza burro o farina o zucchero o uovo (e che ci metteranno, dentro questi biscotti?), verdure da lessare, pesce e carne a volontà. Io ero tra quelle.

Ma la categoria che preferivo era quella delle madri di famiglia. Avete mai osservato i loro carrelli? E li trovate normali? Io rimanevo affascinata di fronte a quell'esplosione di cibo. Mi ero forse persa qualcosa? Un notiziario con l'annuncio che la fine del mondo era imminente, che un meteorite stava per abbattersi su di noi, che l'umanità era a un passo dall'estinzione? Mi vedevo vagare sulla Terra, ormai deserta, come il protagonista di *Io sono leggenda,* maledicendomi per non avere riempito anche il mio, di carrello. Ma il vero punto di arrivo del percorso esistenziale era quando arrivava il momento di pagare. Per me, in particolar modo, era fondamentale decidere davanti a quale cassa mettermi in fila. Già da lontano cercavo di studiare la situazione e mi sforzavo di capire su quale puntare. Se per caso, malauguratamente, avevo un attimo di esitazione o perdevo tempo a rispondere al cellulare che stava squillando, era la fine. Venivo superata dalla madre di famiglia con il carrello alto quanto il Chrysler che ero riuscita a dribblare e che ora, trionfante, riusciva a piazzarsi davanti a me. Ma anche quando tutte le madri dai carrelli stracolmi erano state evitate, riuscivo sempre e comunque a mettermi in fila alla cassa sbagliata: o era la piú lenta (allora mi spostavo, bloccando la nuova fila e facendo miracolosamente scorrere l'altra), o veniva chiusa appena arrivava il mio turno. Capitava anche che si rompesse la macchinetta del bancomat o che la persona davanti a me dovesse pagare duecentocinquanta euro di spesa con ticket da cinque euro e settantacinque. C'era poi una cosa che proprio non digerivo: la posizione dello zucchero. Non stava mai dove era logico che fosse ed ero costretta a girare avanti e indietro lungo i corridoi del supermercato nel disperato tentativo di avvistarlo. Cosí incappavo in prodotti che non avevo notato prima e che mi sentivo in dovere di comprare perché mi risultavano indispensabili. Ecco a cosa serviva nascondere lo zucchero.

 Comunque, anche questa volta, io, le mie verdure e quei sette, otto prodotti inutili comprati per colpa dello zucchero riuscimmo ad arrivare sani e salvi a casa. Oddio, sani e salvi proprio no perché uno di quei carrelli giganti mi passò sopra un piede, lussandomi un alluce. Infilai un dvd, cucinai e chiamai Matelda per avvertirla che non sarei potuta andare in palestra.

– Che ti stai guardando? – mi chiese.
– Un evergreen *Provaci ancora, Sam*.
– Il tuo alter ego. Tanto per sapere, ma tu parli con Humphrey Bogart?
– No, purtroppo.
– Cenerentola?
– Neanche: mi ritroverei a passare lo straccio per terra insieme a Gus Gus, il topo ciccione.
– Chiara, quella è finzione. Devi fare i conti con la realtà.
– Ma se cerchi un modello da seguire, come direbbe Woody, chi ti scegli? Il portiere? Bogart è perfetto...
– Io parlavo della vita reale, non di quella dei film. Intendevo dire che non vivi la tua vita, ma quella di qualcun altro.
– Senti chi parla. Una che va a farsi una Tac al mese.
– Certo! Finché non trovano quello che c'è da trovare io non mi arrendo. La verità va affrontata. Se devo morire meglio saperlo subito. E tu devi fare lo stesso: inutile rimanere a casa a fissare con la bocca spalancata film che hai visto già mille volte sperando che un giorno quelle cose capitino anche a te. Chiara, nella vita ci sarà qualcosa di piú che guardare gli altri viverla.
– E cioè?
– Che ne so?
– Comunque, Bogart non fa al caso mio.
– Meno male.
– Non posso farmi suggerire da un uomo come comportarmi. Ci vorrebbe una femme fatale tipo Greta Garbo in *Mata Hari*: «Nessuna donna nella storia ha mai infiammato i cuori e bloccato le menti degli uomini come questa esotica spia. I suoi baci hanno spinto milioni di uomini alla morte, la sua bellezza letale...»
– Oh, mio dio.
– O Barbara Stanwyck ne *La fiamma del peccato*: «No,

io non ti ho mai amato, non ho mai amato nessuno. Sono guasta dentro». Che frase!

– Per l'amor di dio, Chiara! Conservati un po' di pazzia per la vecchiaia!

– Ma io sono *già* vecchia! È tardissimo, mi devo preparare per lo speed date.

– Ci mancava pure questa. Speravo ti fossi già sfogata con Meetic. Mentre io stavo per morire tu uscivi con degli illustri sconosciuti.

– Eppure sei ancora tra noi. Comunque, lo speed date è diverso. Non sono chat virtuali, è tutto reale ed è un modo per incontrare altra gente. Mati, abbiamo quasi quarant'anni ed è sempre piú difficile conoscere qualcuno.

– Iscriviti a un corso di tango!

– È un ballo a due.

– Ah, già. Yoga?

– È pieno di donne incinte o che credono di fare sport e curarsi l'anima.

– Che orrore. Corso di inglese?

– Ci sono i quindicenni poliglotti.

– Umiliante. E vai a questo speed date, allora! Sempre meglio che restare chiusa in casa a parlare con Bogart.

– Non parlo con Bogart! Oddio, è tardi. Devo andare se no Elisa mi ammazza.

– Chiamami quando lo fa, cosí vengo a darle una mano.

– Mi fa male il piede. È l'alluce, me lo sono lussato.

– Tanto non ti serve.

Capitolo 6

> Regole fondamentali: nessuna donna si sveglia al mattino dicendo: «Dio, spero di non essere rapita dal principe azzurro, oggi».
>
> WILL SMITH in *Hitch*. *Lui sí che capisce le donne*

Quando arrivai davanti al Mò Mò Republic, e ci misi una vita perché era dall'altra parte di Roma, Elisa era già lí che batteva il piedino sul selciato.
– Mosca, sei pure in ritardo.
– Non sapevo cosa mettermi.
– Che film era?
– *Provaci ancora, Sam*, ma non l'ho visto mica tutto!
– Mi spiace, come farai a superare la serata?
– Cretina. Andiamo?
– Perché cammini tutta storta?
– Mi si è lussato un alluce.
Appena entrammo, il buio improvviso mi fece perdere il senso dell'orientamento e inciampai subito, finendo con lo sterno su un tavolo all'ingresso. Stavo ancora cercando aria da immettere nei polmoni quando una signorina vestita da segretaria sexy ci accolse bruscamente, dividendoci.
– Un momento, – gridai, – siamo venute insieme.
– Avete la stessa età?
La sua era palesemente una domanda retorica.
– Be', no... cioè, sí... ma che c'entra?
– Dai ventitre ai trentatre a destra, dai trentaquattro ai quarantaquattro a sinistra.
– Dài Mosca, ci vediamo dopo.

– No, un momento... anche io ho trent'anni!
– Documento?
Che umiliazione. Mi misi in fila senza fiatare.

Arrivato il mio turno mi appiccicarono un numeretto sul petto, il sette, mi diedero una penna con una scheda di gradimento da compilare e mi invitarono a cercare il posto numero sette, dove mi sarei dovuta accomodare. Il fatto era che continuavo a non vedere niente e la musica era assordante. Inciampai altre quattro volte prima di trovare la sedia. E quando la trovai, inciampai di nuovo, rovesciando la mia borsa e quella di un'altra ragazza.

– Oddio, sono mortificata, – mi scusai, raccogliendo in fretta le mie cose da terra.

Silenzio.

Vedevo le sue mani che infilavano nervosamente gli oggetti nella borsa. Io stavo facendo altrettanto.

Quando i nostri sguardi si incrociarono, il disappunto che lessi nei suoi occhi era palese.

– Mi... mi dispiace.

– Stai attenta a dove cammini, – mi disse, sedendosi al suo posto.

Ecco, era anche la mia vicina. Ed era un specie di toro. Il mio alluce lo davo per spacciato.

Cercai con lo sguardo Elisa. La vidi intrattenersi allegramente con un ragazzo molto alto, almeno cosí mi sembrò di capire. Meno male che non mi voleva accompagnare.

I minuti che seguirono furono drammatici. Sfilavano davanti a me donne di tutte le età, altro che quarantenni, tirate a lucido, con top pallettati e tacchi vertiginosi. Una signora aveva un vestito maculato che attirò la mia attenzione. Un'altra sembrava una mucca. Non perché fosse grassa, anzi, il fatto era che indossava una mucca, o meglio una gonna con un tessuto tipo moquette bianco e nero. Io ero inchiodata al mio posto e cercavo di muovere l'alluce per capire se era rotto. Mi avevano spiegato via mail come si sarebbe svolta la serata, ma io senza Elisa mi sentivo un po' persa. All'improvviso una voce dentro un altoparlante mi fece quasi saltare dalla sedia: «Le signore prendano posto. Al mio via gli uomini si siederanno a turno davanti a voi. Ciascuna annoti sul taccuino il numero di chi gli sta davanti e poi aggiunga un sí se intende rivederlo o un no se non vuole. Non scambiatevi i numeri di telefono, bisogna rispettare la privacy. Dopo tre minuti suonerò un campanello e gli uomini dovranno cedere il posto al successivo. Siete pronti?»

Ci fu un via vai generale, donne che si salutavano per poi dirigersi alle rispettive postazioni e uomini che si davano pacche sulle spalle per augurarsi buona fortuna. Sentii dire da una signora: – Me lo sento, questa è la volta buona.

In che situazione mi ero cacciata? Centottanta secondi e trenta euro per tentare la sorte, come il gratta e vinci. Venticinque donne di fronte a venticinque uomini che in tre minuti dovevano cercare di offrire un mix concentrato di sé stessi. Solo ora realizzavo la portata dell'evento. In centottanta secondi dovevi capire se una persona ti piaceva al punto da volerla rivedere e sperare che anche quella persona la pensasse allo stesso modo. Avrei dovuto farmi conoscere in tre minuti per venticinque volte. Quanto faceva? Presi la penna e iniziai a calcolare. Dunque, centottanta per venticinque? No, forse diviso…

– Ciao, io sono Marco.
Sobbalzai.
– Ah, sí, io Chiara.
Silenzio.
Il tizio che mi stava seduto di fronte non aveva quarant'anni ma almeno dieci di piú.
Era evidente che non sapevamo proprio cosa dirci. Io ne

approfittai per ascoltare la conversazione che si svolgeva accanto a me. Lui era un tipo brillante, abbronzatissimo, troppo abbronzato, marrone direi.
«Il tempo è scaduto. Cambiare!»
Oddio, di già...
– Be', ciao, – dissi titubante, – è stato un piacere.
Bugiarda.
Ecco la faccia marrone.
– Ti racconto una barzelletta, per rompere il ghiaccio? – esordí con entusiasmo.
– Come vuoi...
– Allora, c'è un tipo...
– Come?
Avevano alzato la musica e non riuscivo a sentire niente.
– Un tipo, – ripeté.
– Ah, ok.
– Entra in un bar.
– Guarda, se non alzi la voce...
– Un bar!
Andammo avanti cosí per un po'. Avevo capito solo che dopo il primo tizio che entrava nel bar, ne arrivavano altri. Se non fosse stato color testa di moro e se fossi riuscita a sentire quello che mi diceva, questo tizio non sarebbe stato poi cosí male. Come aveva detto di chiamarsi?
– Scusa, non mi ricordo come ti chiami.
– Andrea.
– Come?
– Andrea! Che fai di bello nella vita?
– Non sento.
Iniziò a scarabocchiare su un foglio e quando me lo mostrò vidi che mi aveva scritto le domande che voleva farmi. Scoppiai a ridere. Era anche simpatico. Decisi di stare al gioco e scrissi le risposte.

Andrea era un fisioterapista. Mica male. Sarebbe stato comodo averlo nei paraggi, al prossimo colpo della strega.

«Il tempo è scaduto. Cambiare!»

Ehi, un attimo.

Oddio, mi ero dimenticata di segnare i numeri con accanto il sí o il no... e Andrea mi piaceva. Allungai il collo per cercare di leggere il suo numero. Lui capí al volo e me lo mostrò.

– Grazie!

– Prego.

E questo?

– Piacere, Marcello. Credo molto nella famiglia...

Ma non aveva i denti?

– È una cosa bella credere nella famiglia.

– Come?

– Dico che è molto bello quello che hai detto. Quindi sei sposato?

– Ma sei matta? No, guarda, io ho una mia attività in proprio e non voglio che le donne ci mettano lo zampino. Rovinano sempre tutto, loro.

«Il tempo è scaduto. Cambiare!»

Oddio, per fortuna.

– Che fai? Segni un sí? – Lo sdentato si era bloccato e mi guardava con aria di sfida.

– Scusa?

– Be', sono andato bene, no?

– Benissimo.

– Allora ci vediamo poi fuori da qui. Appena mi mandano la tua mail, ti scrivo.

– Guarda che il tempo scorre, – lo incalzava il tipo accanto, – se non ti sposti, a me ne rimarrà pochissimo.

Approfittai di questa interruzione per cercare di guardare meglio le due ragazze che mi erano sedute accanto.

A destra avevo la mucca, a sinistra la stangona a cui avevo fatto cadere la borsa.
– Io sono Giorgio. È la prima volta che esco di casa.
Il tipo frettoloso mi aveva riportato alla realtà.
– Come, la prima volta? In assoluto?
– No, da due anni. Il mondo non è un bel posto.
Questo mi piaceva.
Presi a cuore il suo caso, cercai di parlargli e misi anche un bel sí accanto al suo numero. Per incoraggiarlo. Giorgio era un'anima candida. Un informatico che era stato lasciato dalla fidanzata storica e non si era piú ripreso.
– Mi dispiace molto. E quando è successo?
– Sette anni fa.
– Ah, però. No, per carità, ti capisco, non credere... anche io te ne potrei raccontare di tutti i colori.
– Ho provato a reagire, poi mi hanno licenziato. Allora ho deciso di non uscire piú. Stavo cosí bene...
Gli uomini avevano la capacità di recupero di un bradipo. Noi donne eravamo in grado di affrontare sofferenze e dolori indicibili e ricominciare sempre da capo, loro venivano feriti una sola volta e si trasformavano in depressi cronici, come Giorgio, o in emeriti stronzi. Povero Giorgio.
Venne il turno di Franco, pasticcere, Alessandro, assicuratore, noiosissimo, un pittore, un musicista, e infine uno con un fastidioso tic, che sudava copiosamente e con cui a fatica scambiai qualche parola. Sbatteva gli occhi e piegava la testa di scatto. Il tutto ogni dieci secondi, che in tre minuti fanno...
«Break».
– Ecco, sentito? Hanno annunciato il break, purtroppo, – dissi alzandomi di scatto.
Silenzio.

PARTE PRIMA 45

– Ehm, io allora vado! – continuai.
Silenzio.
Ma cosa stava fissando? Non certo le mie tette, primo perché non le ho, secondo perché indossavo un maglione a collo alto che non avrebbe eccitato neanche un maschio in overdose da viagra.
– Be', ciao!
Niente. Che dovevo fare? Decisi di andarmene e lasciarlo lí: qualcuno l'avrebbe soccorso. Stavo per allontanarmi quando mi sentii afferrare la mano che avevo ancora sul tavolo.
– Ciao, – mi disse – Ccci, ccci...
Non mi ero accorta che balbettasse anche. Poveraccio, ce le aveva tutte lui!
Però la mano non me la lasciava.
– Devo raggiungere la mia amica.
– Sssí... mhmaaa...
– Scusa, devo proprio andare, – e riuscii a fuggire.
Trovai Elisa che rideva a crepapelle, beata lei, e sempre davanti al ragazzo alto con cui l'avevo già vista.
– Mosca, eccoti. Ti presento Claudio. Come sta andando?
– Insomma.
– Io mi sto divertendo tantissimo. Ma ti è andata via la voce?
– E siamo ancora a metà...
Stavo finendo la frase quando con la coda dell'occhio mi sembrò di vedere François.
Mi allontanai, senza concludere il discorso. Elisa non se ne accorse neanche, tanto era presa.
Attraversai il salone cercando di evitare la gente che si accalcava davanti a una specie di buffet.
Buffet?

Ero incerta sul da farsi. Guardai di nuovo verso François, che cercò di nascondersi.

Se non voleva essere visto tanto valeva occuparsi di altro. Mi girai di scatto e urtai una persona. Era la mia vicina, che stava parlando con un'altra ragazza. Qualcosa nella sua interlocutrice mi colpí. Aveva degli occhi stranissimi. Ma mentre cercavo di guardarla meglio, adocchiai il balbuziente con i tic che fendeva la folla per venire verso di me. Strisciai via.

«Riprendere posto. Si ricomincia!»

Tornai al mio tavolo e poco dopo mi raggiunse la vicina, quella non muccata. Il toro, per intenderci.

– Che tipi assurdi, eh? – le dissi, provando a fare conversazione.

Silenzio.

– Ciao, piacere, Settimio, – esordí una specie di Danny DeVito, sedendosi di fronte a lei.

E poi Settimio sarebbe toccato anche a me.

Io intanto avevo un allegro nonnetto. Questo perché erano stati rigorosi nel dividere le fasce d'età.

– Sei troppo vecchia per me, – disse appena si sedette, mettendosi con le braccia conserte.

– Ma come, vecchia? Non ho neanche quarant'anni!

– Appunto. Vecchia! Non ci parlo con te, è una perdita di tempo.

– Come vuoi…

Furono i tre minuti piú lunghi della serata.

«Il tempo è scaduto. Cambiare!»

Quando arrivò Settimio, avevo quasi le lacrime agli occhi.

Per fortuna era un simpaticone. Divorziato con due figli, guidava un taxi di notte e faceva dei lavoretti di giorno. Nel tempo libero si dava al cabaret. Dopo Andrea, era l'unico normale. Impiegai le ultime energie delle mie

corde vocali per lui. Quando annunciarono il cambio, non ne potevo piú.
– Io cerco una moglie, capisci?
Era il successore di Settimio.
– Ah, ti capisco benissimo, credimi.
– Vengo qui almeno due volte a settimana, ma ancora niente colpo di fulmine.
– In tre minuti non ti arriva neanche un embolo, figuriamoci un colpo di fulmine.
– Be', io non ho tempo da perdere. Tanto se una è gnocca lo vedi subito.
– Come darti torto? Però, in caso contrario, potrebbe nascondere delle qualità che...
– E che me ne faccio delle qualità, scusa? – Era diventato aggressivo.
– In effetti, sono anni che me lo domando. Comunque l'attrazione dovrebbe essere reciproca, su questo almeno sarai d'accordo.
Eh, se l'era cercata!
– Perché?
«Il tempo è scaduto. Cambiare!»
– No, voglio sentire la risposta.
– Ma... non c'è risposta.
– Brutta e pure stupida.
Ecco.
Gli altri non li ascoltai nemmeno. Mi veniva da piangere. Tutti, ogni tanto, sbirciavano la mia vicina, non quella muccata, l'altra, toro gamba lunga. Finalmente annunciarono la fine. A breve sarebbero passati a ritirare il foglio delle preferenze. Avevo scarabocchiato cose incomprensibili.
Mi raggiunse Elisa.
– Divertentissimo. Pensa che ho messo piú sí che no.

– Non ho piú voce, sono depressa e credo che non uscirò piú di casa.
– Ma se già non lo fai.
– No, intendevo neanche per andare al lavoro o a fare la spesa.
– Ah, ecco.
– Farò come Sandra Bullock in *The Net:* hacker esperta di virus che comunica con il mondo esterno solo tramite il computer. Anche la pizza se la fa portare a casa.
– Mosca, ci sono solo due problemi: il primo è che non sei un hacker...
– Il secondo è che non sono Sandra Bullock.
– No, allora sono tre. Il secondo è che moriresti di fame: non sei capace di ordinare la pizza on-line.

Ci salutammo e io mi diressi verso la macchina. Mi faceva male la gola.

Capitolo 7

> Anche i moribondi mentono: vorrebbero essere stati piú buoni, piú generosi, aver aperto un rifugio per gattini. Se vuoi fare davvero qualcosa la fai, non aspetti di essere in punto di morte!
>
> HUGH LAURIE in *Dr. House. Medical Division*

Avevo parcheggiato lontano dal locale, era tardi e avevo la sensazione che qualcuno mi stesse osservando. Mi voltavo in continuazione, con uno strano senso di inquietudine. Aveva ragione Matelda, dovevo smettere di guardare tutti quei film. Anche mia madre me lo diceva. Quando ero piccola mi obbligava a spegnere la televisione perché temeva che potessi fare la fine di alcuni bambini che si erano buttati dalla finestra convinti di essere Superman. Sarei finita cosí anche io: tuffandomi nel pozzo dei desideri e affogando. Iniziavo a confondere la realtà con la fantasia. Quante volte ero tornata da sola, di notte? Comunque accelerai il passo. Mi sembrava di essere in uno di quei thriller di serie B in cui la protagonista, sola e al buio in una città stranamente deserta, cammina lungo i corridoi della metropolitana, o sotto un cavalcavia, e si sente seguita. Mi fermai e mi misi in ascolto.

In una manciata di secondi, capii che avevo qualcuno alle calcagna. Feci un profondo respiro, consapevole di non essere un'atleta, e iniziai a correre verso la macchina. Afferrai preventivamente le chiavi. Ero organizzata. Avevo visto troppi film per arrivare trafelata davanti alla portiera e mettermi solo allora a frugare nervosa nella borsa in cerca di un mazzo che per la fretta sarebbe anche caduto a terra. Infatti arrivai davanti alla mia Panda con le chiavi già in mano e puntate verso la serratura. In un attimo ero dentro, chiusa. Mi guardai intorno. L'unica persona che mi sembrò di riconoscere, nel buio, era uno dei tizi dello speed date, quello con i tic nervosi, che con tutta probabilità stava camminando anche lui verso la macchina. Bene, ero ufficialmente diventata pazza. Feci un profondo respiro e partii. Accesi la radio e cercai il mio canale vintage preferito. Quest'operazione richiese tempo ed energie che non avevo, mi fece distrarre e sbagliai totalmente strada ritrovandomi sul raccordo. Decisi di prendere la prima uscita disponibile, ma mi ritrovai in aperta campagna. Controllai il telefono. Niente. Non c'era campo. Ma dove diavolo ero finita? Anche la radio saltava. Guardai dallo specchietto retrovisore. Almeno c'era qualcuno in giro. Decisi di tornare indietro e provare a riprendere la strada principale. Maledetta uscita. Feci una splendida inversione a U, tanto chi mi avrebbe vista?

Mi accorsi subito, dal rumore della sgommata, che anche la macchina che era dietro di me aveva fatto la mia stessa manovra. Non era normale. Accelerai e quella fece altrettanto.

Controllai di nuovo il cellulare. Niente campo. La radio trasmetteva a intermittenza. Poi finalmente si sintonizzò su un canale: «Proseguono le ricerche per identificare la ragazza trovata morta la scorsa notte a Roma. Il commissario incaricato delle indagini...» Era sparito di nuovo il segnale. Guardai lo specchietto e vidi due fari puntare dritti verso di me. Non feci in tempo a ragionare, né a spaventarmi, perché fui tamponata con violenza e diedi un colpo di frusta fortissimo. Inchiodai e girai la testa a fatica. La botta mi aveva lasciata stordita. La macchina dietro di me si era fermata e lampeggiava. Io rimasi in auto. Ero paralizzata dal terrore. Con la coda dell'occhio guardai il cellulare. Se anche ci fosse stato campo, non avrei mai avuto il tempo di prenderlo e comporre un numero perché dallo specchietto laterale vidi lo sportello della macchina che si apriva, e una figura scendere. Che dovevo fare? Magari voleva solo soccorrermi. Cercai di ragionare. Mi ricordai di una puntata di *Criminal Minds* in cui a una ragazza capitava la stessa cosa. Tamponata lungo una strada deserta, di notte, scendeva dalla macchina per controllare il danno e discutere con il tizio il da farsi. Non aveva avuto una bella morte. Aspettai che la figura si avvicinasse, fingendomi svenuta. Non dovevo muovermi. Mentre la vedevo avanzare, cercavo di scorgerne i particolari, ma era troppo buio. Il viso era coperto da un cappello calato fino agli occhi e da una sciarpa. Nel giro di pochi istanti me la trovai praticamente accanto. La vidi piegarsi e allungare una mano. Che cosa voleva fare? Aprire lo sportello? Presi la decisione senza neanche pensarci: mi ripresi dal finto svenimento, girai la chiave nel quadro, misi in moto e partii sgommando. Mi sembrò che il cuore mi scoppiasse nel petto. Che diavolo avevo fatto? E se la Panda non fosse partita? D'istinto mi girai e la vidi in piedi, un puntino sempre piú lontano. Magari stava solo facendo il suo dovere, soccorrendo una persona in difficoltà. La testa mi pulsava e la macchina faceva rumori strani. Controllai il telefonino. C'era di nuovo campo. Ed ecco l'uscita del raccordo, che imboccai dritta come un fuso.

Che cosa avrei dovuto fare? Chiamare Matelda? Per carità.

«Commozione cerebrale», sarebbe stata la sua diagnosi. Meglio sentire un medico vero.

Arrivai al pronto soccorso con un paraurti accartocciato e la testa che mi scoppiava. Ormai conoscevo la trafila talmente bene che avrei potuto misurarmi la pressione da sola, cosa che per poco non feci.

Raccontai all'accoglienza quello che mi era successo e aggiunsi che probabilmente avevo un trauma cranico, perché non riuscivo a vedere bene e il mal di testa mi era aumentato a dismisura.
– Le fa lei le diagnosi?
– No, volevo solo essere utile...
– Se vuole davvero essere utile si sieda in sala d'aspetto come tutti gli altri.
Mortificata, ubbidii. Appoggiai la testa al muro e chiusi gli occhi. Cercai di fare ordine in quello che era appena successo. Qualcuno aveva cercato di uccidermi! Ipotesi forse un po' azzardata, ma plausibile. Mi avevano seguito dal locale e poi avevano cercato di mandarmi fuori strada. Controllai l'ora. Non era venuto nessuno da me, e io stavo sempre peggio.
Mi alzai a fatica e bussai al vetro dell'infermiere con cui avevo parlato.
– Scusi se la disturbo, ma sto molto male. Potrebbe darmi intanto un Aulin? Un Toradol? Insomma, qualcosa per la testa?
– Non posso darle nulla se prima non la vede un medico. Ha un trauma cranico.
– Ah, ecco! E io che le dicevo prima?
– E io le ho dato retta. Visto come sono stato bravo?
Mi stava prendendo per il culo?
In quel momento arrivò un altro infermiere che mi fece passare in astanteria. Il primo ostacolo era stato superato ma sapevo che la strada era ancora molto lunga. Mi misurarono la pressione e mi fecero accomodare su una barella. Io, intanto, per non sapere né leggere né scrivere, mi ero presa una bella Cibalgina che avevo trovato in borsa. Infatti mi sembrava di stare già meglio.
Ora potevo rilassarmi. La barella era comodissima.

Feci un respiro profondo e mi guardai intorno. A un ragazzo mancava praticamente il naso, ma non sembrava preoccuparsene; poi c'era un trans con un occhio nero e una ragazza drogata. Il resto dei presenti aveva almeno il doppio dei miei anni.

La signora accanto a me era attaccata a una flebo e non appena incrociò il mio sguardo si illuminò. Distolsi il mio, ma sapevo che era troppo tardi.

– Eh, signora, – esordí, – che le devo dire. Mi hanno tolto la cistifellea stanotte e ora ho tanta di quell'aria in pancia che non le dico.

– Immagino... anche io non ce l'ho piú, la cistifellea.

– Non mi dica! Cosí giovane...

– Grazie, ma mica sono tanto giovane. Comunque poi passa, non si preoccupi.

– No, non passa mica da sola. I medici dicono che la devo espellere, ma non mi esce, proprio non mi esce. Eppure mi sforzo...

– Non insista. Se non esce, non esce.

– Spero che arrivi presto mio figlio, cosí mi porta i giornali. Intanto non le dispiace se provo a...

– Ci mancherebbe.

Oddio, in realtà sí, che mi dispiaceva.

– Che ha fatto lei?

– Un incidente con la macchina.

– Eh, voi giovani. Non sapete piú fare niente, non ve ne andate di casa nemmeno...

– Eh no, signora, qui mi arrabbio!

– Prego?

– Lo sa che vita ho fatto per riuscire a mantenere la mia indipendenza? Lo sa dove ho vissuto per anni? In un sottoscala! Altro che aperitivi sushi, feste e cene con gli amici... lo sa quanto prendiamo di stipendio? E quanto costano le

case in affitto? Certo che i giovani non se ne vanno. Si fa presto a generalizzare... io non potrò mai comprarmi una casa, ho quasi quarant'anni e sono sola!
– Ecco, sta uscendo!
– Chi?
– L'aria!
Me ne dovevo andare subito da lí.
Scesi dal lettino e sgattaiolai fuori dalla porta scorrevole. Meglio morire a casa per le complicazioni di un trauma cranico che uccisa dall'aria nella pancia della signora.

Tornai a casa e mi buttai a letto. Non ebbi neanche il tempo di pensare che già ero tra le braccia di Morfeo.

Capitolo 8

> Se un uomo ha piú di trent'anni ed è single ha qualcosa che non va. È darwiniano: la natura li elimina affinché non propaghino la specie.
>
> MIRANDA in *Sex and the City*

27 novembre, martedí.

Quando alle sette suonò la sveglia ero affamatissima, stanca morta e con le corde vocali logorate.

Mi trascinai dal carrozziere il quale, ovviamente, considerando il fatto che ero una donna, e per giunta rincoglionita, mi disse che per meno di seicento euro proprio non si poteva fare nulla. Il danno era gravissimo, a sentir lui. Decisi di tenermi il paraurti pendente.

– Signo', cosí se lo perde per strada.
– Non fa niente, non ce li ho seicento euro.
– Vabbe', proprio perché è lei, famo quattrocento.
– Trecento.
– Me vole rovina'! Trecento allora. Ma nun me faccia fa' la fattura.
– Ci mancherebbe. Tra quanto posso ripassare?
– Mezz'ora ed è pronta.

Ecco, questo perché era un *danno irreparabile*. Due martellate al costo di centocinquanta euro l'una.

Feci una passeggiata nei dintorni. C'erano già gli addobbi natalizi. Il periodo dell'anno che piú detestavo. Solo il Natale ha la capacità di farti sentire veramente sola. La rincorsa agli acquisti, il traffico nelle strade e la ressa nei negozi, il cibo, tutto quel cibo, e la singletudine. La verità era che sarebbe stato naturale, alla mia età, presentarmi la sera della Vigilia a casa di mamma con mio marito e i bambini o, ancora meglio, invitare mia madre a trascorrere il Natale da noi... Quel noi mi spezzava il cuore perché non c'era nessun noi. Odiavo la Vigilia.

Di solito cenavo con mia madre e andavo a letto alle dieci e mezza. Ma quell'anno sarebbe stato diverso. Con Matelda avevamo organizzato una cena tutti insieme, la mia famiglia e la sua. E per il Capodanno: una settimana in un paesino sulla neve, vicino a Cortina. Una mia amica aveva casa lí e mi aveva detto che stavano organizzando una cena in una baita. Finalmente avremmo potuto conoscere gente nuova, cambiare aria e trascorrere un Capodanno diverso dai precedenti. Avremmo organizzato camminate con le ciaspole, bevute di vin brulé accompagnate da torta di mele e cannella.

Mi sentii rinvigorita al solo pensiero. Andai a ritirare la macchina e arrivai in ufficio.

Non c'era nessuno.

Un'apocalisse?

Poi mi ricordai di una riunione a cui non ero stata invitata.

Chiamai Matelda e le raccontai gli ultimi avvenimenti. Come avevo immaginato, secondo lei avrei dovuto fare una Tac, l'elettroencefalogramma, un paio di radiografie e la risonanza, già che mi trovavo, tanto per essere certi che non ci fossero danni permanenti. Non mi sembrava invece affatto turbata dall'eventualità che qualcuno mi avesse inseguita.

– E poi non ti sento, perché parli cosí piano? Che stai dicendo?

– Non ho voce!

– E perché? Cosa c'entra con la botta in testa?

– Niente.

PARTE PRIMA

– Ah, prima che me ne dimentichi, stasera ci tocca andare da Manuela.
– No, io non ce la faccio.
– Si è lasciata di nuovo con Giulio e avrebbe bisogno di vederci. Non mi farai mica andare da sola?
– Ma io ho un trauma cranico, Mati, e...
– Chi l'ha detto?
– Tu!
– Cretina. Ti passo a prendere io.
Possibile che in ufficio nessuno si fosse accorto della mia assenza durante le prime ore del mattino? Anche Elisa era scomparsa. Come ero caduta in basso.
Controllai le mail: «Speed date: siamo lieti di comunicarti i tuoi cinque match positivi. Ecco i nomi e gli indirizzi». Cinque???
Non mi sembrava di avere scritto cinque sí. Continuai a leggere: «andreailbello@yahoo.it; tumiturbi@gmail.com; briciola45@libero.it; settimio.settimo@kataweb.it; maxthemax@yahoo.it».
Settimio forse sí, e Andrea, il marrone, ma briciola (per giunta 45), tumiturbi e maxthemax chi erano? Tumiturbi poteva essere Giorgio, il depresso.
Avevo una montagna di posta e nessuna voglia di smistarla. Scrissi un paio di mail a Luca e a Chiara, che aveva problemi con il suo trullo, o con l'uomo che lo abitava, e prima di tornare a casa mi affacciai da Maddalena.
– Io sto andando, hai bisogno di qualcosa?
– No cara, grazie.
Solo allora, notai che aveva un rigonfiamento violaceo sotto gli occhi.
– Ma ti senti male?
– È colpa della zanzara.
– Non ti aveva punto le labbra?
– Il siero si è espanso.

In quel momento entrò François. Adesso che me lo trovavo davanti ero quasi sicura fosse lui quello che avevo visto allo speed date.
– Che c'è? Perché mi guardi in quel modo?
Non mi ero accorta che lo stavo fissando.
– Scusa, è che... hai fatto tardi per caso, ieri sera? Ti vedo stanco.
– Certo. Sono stato qui tutta la notte a lavorare a questo nuovo prodotto.
Forse non era lui.
– Che prodotto?
– Questo! – disse allungandomi la crema. – Un'idea geniale, moderna, unica! Una crema che fa scomparire la pancia.
– Come quella della Move On? Ne ho viste tante in palestra...
– Non diciamo stronzate. Nessuno ha mai fatto una crema simile.
– Se lo dite voi. Me ne vado, vi lascio lavorare.
Mi sentivo una donna inutile.
In macchina fui di nuovo assalita dall'orribile sensazione della notte precedente. Qualcuno mi stava seguendo. Arrivata a casa, mi feci una doccia e aspettai Matelda. Quando fummo di nuovo in macchina, ci mise poco a notare il mio nervosismo.
– Che hai? Perché ti giri in continuazione? Ti è venuto un tic?
– No, è che mi sento osservata.
– È la botta in testa.
Il viaggio proseguí senza altri intoppi finché non arrivammo a casa di Manuela che versava in uno stato pietoso: – Questa volta è finita! Io e Giulio ci siamo lasciati.
– Ma lo hai detto anche la settimana scorsa e quella prima ancora e...
– No, questa volta è vero! Mi ha tradito!

– Anche tu hai tradito lui, però!
– E allora? Che c'entra, io l'avevo fatto perché lui mi trascurava.
– Non mi sembra un buon motivo per...
– Voi non capite, io lo amo tanto e quando gli ho detto che lui non me lo dimostrava mai, Giulio mi ha risposto che non poteva dimostrarmelo perché non mi amava.
– Però non fa una piega.
Matelda intanto tendeva l'orecchio per seguire la televisione che trasmetteva una puntata del *Commissario Manara* a volume basso.
– Allora che devo fare?
– Lasciare Giulio, che tanto non ti ama.
– Tu dici?
– Non ne usciamo piú, da questa storia. Siamo a un punto morto.
– Oddio, chi è morto? – intervenne Matelda.
– Nessuno, torna a guardare la tv.
– Lo farei, ma non si sente niente! È seccante. Non mi pare di averla vista, questa puntata.
Mi accasciai sul divano, sconfortata anche perché non avevamo ancora neanche iniziato a pensare alla cena e io avevo una fame da lupi.
– Comunque ieri alla fine sono uscita con Maurizio, – disse Manuela, rompendo il silenzio.
– E ora chi è questo Maurizio? – le chiesi.
– Dài, quello che ho conosciuto al lavoro, il fotografo che...
– Sei davvero incredibile!
– Non mi piace per niente, anche se è stato molto carino con me.
– Se non ti piace perché ci sei uscita?
– Perché Giulio non mi ama e mi trascura, e sai che ho bisogno di attenzioni.

– E chi non le vorrebbe? Ma le cerchi dalla persona sbagliata.

Be', certo, detto da me suonava poco credibile.

– Tanto Maurizio non mi ha manco richiamata, come tutti gli uomini, una volta che ci vai a letto...

– A letto??!!

– Ragazze, non mi state facendo capire niente! – ci interruppe Matelda.

– Ora ti spiego, anche se c'è ben poco da capire. È che Manuela...

– Ma no, parlo della puntata. Se continuate a gridare io non riesco a seguirla!

La ignorai e proseguii: – Ma veramente ci sei andata a letto, con questo Maurizio? Potevi almeno aspettare un paio di giorni...

– Per cosa? Ho solo accelerato l'inevitabile. Se ti concedi troppo presto sei una poco di buono e ti mollano. Se aspetti troppo, sei una suora e se ne vanno con qualcun'altra. Se ti innamori, ti mollano, se non ti innamori non ti mollano, ma alla fine li lasci tu per inseguire quello che invece ami, che ovviamente è innamorato di un'altra. Se le dài tutte vinte a loro, ti mollano perché non hai polso né personalità, diventi scontata e poco desiderabile; se invece tieni il punto, ti mollano perché li metti troppo in discussione e loro hanno bisogno di donne che li sappiano apprezzare, il che equivale a dargliele tutte vinte. Se...

– Basta, basta. Hai ragione. Fai quello che vuoi, purché si ceni, santo cielo!

– Io non ho capito niente! – intervenne Matelda.

– Lascia perdere e fammi spazio. Ma chi è questo? È bellissimo!

– Te l'ho detto, ma tu non mi dài retta. È il commissario Manara. Ora stai zitta e fammi seguire la puntata.

Capitolo 9

> – Perché le donne vogliono sempre aggiustare quello che non ha bisogno di essere aggiustato?
> – Forse perché ci fa sentire calde dentro.
> – Anche il whisky, però non ti costa tanto!
>
> GIBBS e KATE in *NCIS*

28 novembre, mercoledí.

– Patrick, – disse Nicoletta sedendosi sulla scrivania di Garano. – Se smetti di giocare a freccette e stasera mi offri una birra ti do un nome.
Il commissario scattò in piedi.
– Salieri, sei eccezionale!
– Lo so...
– Allora?
– Prima la birra...
– Ti pare il momento di giocare?
– Sei tu a non lasciarmi altra scelta. Sto aspettando...
– Va bene, va bene.
– Ottimo, scelgo io il posto. Cecilia Minetti, hostess di volo di una compagnia low cost, ventisei anni. Arrestata per possesso di stupefacenti quando aveva sedici anni. Avevamo le sue impronte digitali. Nessuno ne ha denunciato la scomparsa perché era una sbandata. Sempre in giro per il mondo, poche relazioni, pochissimi amici.
– Dobbiamo convocarli tutti e...
– Già fatto.
– Sei meravigliosa.

– Ridimmelo stasera, davanti a un buon bicchiere di vino.
– Non si era parlato di una birra?
Nicoletta si stava avvicinando troppo: era pericolosa e bella, accidenti quanto era bella.
Per fortuna bussarono alla porta.
– Avanti.
– Commissario, c'è qui fuori una signora che deve fare una denuncia... è in uno stato, poveretta.
– Che stato, Campanile?
– Piange, si dispera. Dice che sua figlia è sparita da ieri.
– La faccia accomodare subito. No, Salieri, non te ne andare, resta.
La madre della ragazza aveva gli occhi cerchiati di viola e tremava.
– Prego, si accomodi. Ha bisogno di qualcosa?
– No, g... grazie.
– Mi dica tutto.
La figlia era andata via di casa dopo una lite furibonda tra la signora e il marito. Entrambi credevano si fosse rifugiata da un'amica che viveva appena fuori città. Avevano provato a chiamarla sul cellulare ma era sempre staccato. Non si erano stupiti perché sapevano che lí in campagna il telefonino non prendeva. Avevano iniziato a preoccuparsi solo il giorno dopo, quando la figlia non era tornata.
– Avete chiamato l'amica?
– L'ha fatto prima lei. Ieri. Dovevano andare insieme a non so quale festa.
– Ma lei ha aspettato un giorno prima di venire a fare la denuncia. Perché?
– Mio marito... ecco, mio marito pensava che fossi la solita isterica. Sa, mia figlia è una testa calda e ha spesso dormito fuori casa senza neanche avvertirci.

PARTE PRIMA 63

– Quindi potrebbe essere che anche in questo caso...
– Non lo so, non credo, – e scoppiò a piangere.
Garano fece cenno a Salieri di occuparsene. Ecco perché l'aveva fatta restare.
– L'ispettore si prenderà cura di lei. Ha una foto della ragazza da lasciarmi?
– Certo, – disse la donna, e dopo avere frugato nella borsa tirò fuori un paio di digitali, stampate su un foglio A4.
– Mi... mi scusi, le ho prese dal computer.
– Non si preoccupi, vanno benissimo. Grazie.
Rimasto solo, Garano si mise a osservare le foto. Caterina Castaldo. Dove si era andata a cacciare? Sperava che avesse fatto una bravata e che presto sarebbe tornata a casa. Avrebbe comunque interrogato l'amica e il padre. Piú osservava quelle foto, piú gli sembrava che avessero qualcosa di familiare.

Capitolo 10

> Ma perché gli uomini non li dànno con le istruzioni per l'uso?
>
> BARBRA STREISAND in *L'amore ha due facce*

28 novembre, mercoledí.

– Sei cretina? – gridava Elisa mentre eravamo sedute al bar sotto l'ufficio.
– Ti prego, non gridare che ho ancora mal di testa.
– Almeno ti è tornata la voce. Mi dici perché non sei rimasta al pronto soccorso? Perché non hai sporto denuncia? Perché non sei a casa a riposare? Perché non me lo hai detto ieri?
– Non ce la faccio a rispondere a tutte queste domande. E comunque mi sono presa la mattinata e ho portato la macchina dal carrozziere. E tu neanche ti sei accorta che non c'ero!
– Anche questo è vero. Ma ora come ti senti?

Mi era uscito un bernoccolo in testa, ma a distanza di due giorni riuscivo a vedere le cose con maggiore lucidità. Quello che mi aveva tamponata doveva essersi preso un bello spavento. Poi, vedendomi scappare in quel modo, chissà che cosa aveva pensato.

– Mi sento bene, solo un po' stordita, tutto qui.
– Tu dici che ti stava seguendo dal locale?
– Non so piú cosa pensare. Magari mi sono immaginata tutto.
– Comunque dovevi dirmelo.
– La prossima volta che qualcuno mi insegue e vengo tamponata te lo farò presente.

– Brava. Mi sa che una di queste sere esco con Claudio.
– E chi è Claudio?
– Mosca, il ragazzo che ho conosciuto allo speed date. Tipo alto, brillante...
– Meno male che non mi volevi accompagnare. Io mi merito briciola45. Che poi sarà quello sdentato, o il sessantenne che mi ha dato della vecchia... Che dici, paghiamo e torniamo in ufficio?
– Tocca a te stavolta.
– Ah già... ma dov'è la borsa?
– Non c'è?
– Oddio, Elisa, era qui, attaccata alla sedia.
Arrivata in ufficio, buttai all'aria la stanza. Niente. Elisa mi guardava dalla porta.
– Mosca, toccherà andare a fare l'ennesima denuncia di smarrimento.
– In quella borsa avevo le chiavi di casa, i documenti... Per fortuna ieri l'ho cambiata e la maggior parte delle cose le ho lasciate nell'altra, ma...
– Hai guardato in macchina?
– Ah, già! Le chiavi le lascio sempre nella tasca del cappotto. Vado a controllare. Ti posso chiedere un favore? Ho una montagna di posta sulla scrivania che giace lí da due giorni. Sarà tutta pubblicità, ma se ci fosse qualcosa per Maddalena, lei non me lo perdonerebbe. Potresti vedere di che cosa si tratta? Sono tutte indirizzate a me, ma tu aprile.
– Va bene, tu però sbrigati.
Mi infilai in ascensore e premetti meno uno, il seminterrato dove c'era il garage. L'attesa mi stava snervando. Quando si aprirono le porte fuori era tutto buio. Deglutii.
– C'è qualcuno?
Niente. Le porte si richiusero, ma l'ascensore rimase al piano. Che stavo facendo? Stavo diventando pazza? Quan-

do le porte si riaprirono misi un piede fuori, decisa. Tossii e iniziai ad avanzare verso la macchina. Ora capivo perché gli omicidi nei film avvenivano sempre nei garage. Erano luoghi perfetti: bui, silenziosi e ideali per nascondere un ipotetico assassino. Mi bloccai e tornai indietro. Iniziai a camminare spedita verso l'ascensore, ma non appena sentii dei passi dietro di me, partii al galoppo. Non stavo diventando pazza, c'era davvero qualcuno. Ero quasi arrivata quando mi afferrarono alle spalle. A un passo dalla salvezza, ero in trappola, come un topo in gabbia. Strillai.

– Chiara, ma sei matta? – Mi girai e trovai Giovanni, l'assistente di Fabrizio, il grafico, che mi fissava.

– Oddio, Gio, – mi gettai tra le sue braccia.

– Wow, Chiara.

– Sono cosí felice di vederti! – Avevo il fiato corto e il cuore in gola.

– Allora è vero...

– Cosa?

– Che sei innamorata di me!

– Eh?

– Dài, lo sanno tutti che ti piaccio.

– Ma tutti chi?

– Tutti.

– Allora sarà vero...

Cripto gay, cioè omosessuale senza sapere di esserlo, era convinto di piacere a tutte le donne al mondo, anche a quelle che non lo avevano neanche notato, e scoppiava a piangere ogni volta che qualcuno provava a convincerlo del contrario. Si definiva un ragazzo molto sensibile. Un gay, appunto.

– Dove andavi? – gli chiesi, ancora senza fiato.

– Ho lasciato la cravatta in ufficio e...

– Ma stai molto meglio senza –. Lo presi sotto braccio e lo spinsi lontano dall'ascensore.

– Trovi? Sai, ho appuntamento con una tipa qui sotto, per un caffè. È una ex modella e...
– Fidati di me. Senza cravatta hai un aspetto piú... piú... sexy!
– Sexy... è esattamente l'immagine che vorrei dare di me.
– Ecco, vedi?
Ero quasi riuscita a trascinarlo vicino alla mia macchina.
– Aspetta che devo controllare una cosa, poi ti accompagno in ufficio a prendere la cravatta.
– Ma non ero piú sexy senza?
– Ho cambiato idea.
Ci misi un secondo a capire che la mia borsa non era lí.
– Niente, qui non c'è niente!
– Sono confuso...
– Con la cravatta sembrerai piú uomo, – ribadii, e lo trascinai via.
In ascensore, mi appoggiai alla parete e chiusi gli occhi.
– Chiara, te la sei presa?
– Per cosa?
– Be', perché esco con un'altra...
– Ah, certo. Be', un po' sí, in effetti. Ma la vita continua. Eccoci arrivati!
Senza aggiungere altro, mi precipitai in ufficio e trovai Elisa, in piedi, dietro la mia scrivania.
– La borsa non c'era. Ma che ti è successo?
– Mosca, io ho fatto come mi hai detto tu. Ho aperto le buste. C'era una montagna di pubblicità, ma anche queste... – e mi mostrò delle lettere scritte a mano.
«Mi stai rovinando tutti i piani. Farai una brutta fine».
E un'altra: «Chiara, tu, tu, mi hai rubato l'anima. Tu, tu mi hai rubato il bene piú prezioso... me la pagherai».

Lessi la terza, e ultima: «Sei una puttana come tutte le altre».
– Ma... che vuol dire? Cioè... erano indirizzate a me???
– Erano in queste tre buste. Nessun mittente, nessun francobollo...
– Le avranno consegnate a mano... forse devo chiedere a Silvano!
– Il portiere? Ma quello che ne sa, è sempre ubriaco! Magari le ha scritte lui.
– Oddio, Elisa, che devo fare? Insomma, mi inseguono, mi tamponano, mi rubano la borsa e poi mi spediscono queste lettere... Vogliono farmi diventare pazza?
– E a che scopo?
– Non lo so... per farmi internare e rubarmi l'eredità.
– Hai un'eredità da qualche parte?
– In effetti no. Però era un film molto bello. Joan Fontaine e...
– Mosca, se vuoi ti faccio rinchiudere io, anche se non mi lasci niente in eredità. Lo faccio gratis. Andiamo alla polizia, subito. Ti accompagno.
– Io in garage non scendo piú.
– Ci vado io, tu aspettami fuori.
Le diedi le chiavi e prima di uscire chiamai Matelda.
– Questo mi vuole ammazzare!
– È la cosa che mi preoccupa meno. Non ti hanno ucciso due anestesie, un'ulcera al colon, una botta in testa, gli zapatisti, e dire che ti mancano non so quanti pezzi. Anche l'alluce ti ha abbandonata. L'assassino non ce la farà mai...
– No, l'alluce si è ripreso.
– Appunto.
– Allora, cos'è che ti preoccupa?
– Che sarà un'altra cosa che ci porteremo dietro chissà per quanto. Non c'è verso di stare tranquille. Non capisco

perché capitino tutte a noi. Non è che questo tizio è uno degli psicopatici dello speed date?
– Ma no, Mati. Perché pensi sempre che queste cose attirino solo maniaci sessuali o psicopatici? Anche quando mi ero iscritta a Meetic eri certa che mi avrebbero tagliuzzata e rinchiusa in una valigia.
– Ti ho spiegato perché: eri grassa e non ci saresti mai entrata, intera.
– Non intendevo dire questo. Comunque sto andando al commissariato.
– Esserti amica è faticoso. Ti devo accompagnare?
– No, vado con Elisa. Ti faccio uno squillo quando ho finito, cosí passo a prendere la copia delle chiavi.
In macchina non riuscivo a smettere di pensare.
Inchiodavo ogni cento metri e per poco non investii un gatto.
– Mosca, se guidassi io? Che ne dici?
– Perché?
Accostammo e ci scambiammo di posto.
– Elisa, io non sono piú tanto sicura, insomma, mi sembra tutto talmente assurdo. Che ho fatto di male? Perché questo dovrebbe avercela proprio con me?
– Non lo so, si chiamano maniaci e serial killer proprio per questo.
– Serial killer? Mica ha ucciso qualcuno...
– Che ne sai? Si è fissato che vuole farti qualcosa di brutto. E ti sono sparite le chiavi di casa. Quindi ora non solo sa dove abiti ma può anche entrare e decidere che questa cosa brutta è... che ne so, ucciderti?
– Mi chiami stasera prima di addormentarti e me lo ridici? Tanto per tranquillizzarmi...
– Se ci tieni.
– Oh, ma insomma, diciamoci le cose come stanno. Già

mi sembra pazzesco che una cosa simile stia capitando proprio a me, e ora devo anche preoccuparmi che sia un serial killer? Ma quelli non colpiscono le bionde?
– No, anche le more... sono seriali, l'importante è che le vittime abbiano sempre le stesse caratteristiche... o tutte bionde, o tutte more o...
– Ma io intendevo dire le fiche!
– Mica è detto: magari è uno fissato con le donne dalla forte personalità!
Un serial killer del genere non si era mai visto. E io lo sapevo bene perché di film sui seriali me n'ero sciroppati a bizzeffe.
– Comunque pensavo che il serial killer potrebbe averti rubato le chiavi mentre eravamo nel bar. Il che porta anche a supporre che ti conosca, sappia dove lavori... Ah, eccoci arrivate, – disse all'improvviso. – Spicciati. Ti aspetto qui.
La sala d'attesa, se cosí può essere definita quella di una centrale di polizia, era piena di gente di ogni tipo. Mi sentivo in imbarazzo. In fondo la mia situazione non era poi cosí grave e per un attimo pensai di rinunciare.
– Lei che deve fare? – mi chiese un poliziotto.
– Come, scusi?
– Perché è qui?
– Ah, ecco, sí... dovrei fare una denuncia.
– Di che tipo?
– Non lo so. Mi minacciano... credo.
– Va bene. Aspetti qui.
Dopo un'ora non mi ero ancora mossa. Mi si era anche addormentato un piede. Un tossicodipendente si era sdraiato accanto a me, occupando in lunghezza quattro sedie. Io cercavo di non guardarlo e di comportarmi con disinvoltura, ma lui voleva fare conversazione.

– Mi hanno rubato la paghetta. Tossici di merda.
– Che brutta gente.
– Infatti, è quello che ho detto a mia madre. Ma lei non ci crede, pensa che me li sia ciucciati tutti per farmi. Non è vero! Io non mi faccio mica!
– Mi pare evidente...
– Vuoi sposarmi?
– Oddio, sono anni che aspetto che qualcuno me lo chieda...
In quel momento mi squillò il cellulare. Era Elisa.
– Scusa, devo rispondere. Posso pensarci un po' su?
– Va bene –. Fece spallucce e chiuse gli occhi. Risposi al telefono mentre mi allontanavo.
– Mosca, si sono dimenticati di te?
– Sí, però un tossico mi ha chiesta in moglie.
– Che carino. Ecco, vedi? Ti lamenti sempre. Hai accettato?
– Gli ho risposto che ci avrei pensato.
– Brava, fatti desiderare. Ora ti distraggo io. Ho una notizia bomba! Mi ha chiamata Gio: Maddalena e Orsolina si sono accapigliate poco fa, in ufficio!
– Nooo.
– In tutto questo si è licenziato anche Fabrizio!
– Ma figurati!
– Stavolta è vero!
– Senti, ti chiamo quando ho finito, che qui mi stanno guardando malissimo.

Fabrizio era il grafico di tutte le nostre campagne pubblicitarie. Sposato da anni, nessuno si era mai dato la briga di farglielo notare. Lui di certo non se n'era accorto. Egocentrico e molto irascibile, riteneva che le sue idee fossero le migliori del mondo e appena qualcuno osava criticarle, minacciava di andarsene, gridava, prendeva le sue cose e diceva ai malauguràti testimoni che si sarebbero dovuti cercare un altro grafico. Poi, purtroppo, il giorno dopo ritornava con la coda tra le gambe.

– Prego, si accomodi, – disse una voce alle mie spalle, facendomi saltare dalla sedia.

– Grazie! Dove devo andare?

– In fondo al corridoio a destra, non può sbagliare.

Mi avviai titubante. Ma il corridoio era pieno di porte, e tutte chiuse. Che dovevo fare?

Feci un grande respiro e bussai a una a caso, che comunque era in fondo al corridoio.

– È permesso?

Niente.

Spalancai la porta ed entrai. La stanza era in penombra e la prima cosa che notai fu una scrivania piena zeppa di fogli accumulati e troppo piccola per reggerli tutti. Dietro il tavolo sedeva un uomo che feci fatica a inquadrare, perché non appena i miei occhi incrociarono i suoi, che erano di un verde intenso, rimasi senza fiato e una freccetta volò davanti al mio naso, andando a conficcarsi nel muro.

– Oddio! – gridai.

– Che tempismo.

– Sí, be', se lo dice lei...

Quegli occhi mi facevano venire il capogiro, e per darmi un tono mi appoggiai a una pila di fogli che crollò a terra.

– Oddio, sono mortificata –. Mi chinai per raccoglierli facendo leva sul bracciolo della sedia, che mi rimase in mano.

– Mi dispiace.

– Prego. Quando ha finito di distruggermi l'ufficio può iniziare a dirmi perché è entrata.

Silenzio. Non ricordavo piú nulla. Perché ero andata lí?

– Si prenda pure tutto il tempo che vuole, tanto non ho niente da fare.
– Mi scusi.
– Questo lo ha già detto, e se riesco a incollare il bracciolo dopo che sarà andata via, forse la perdonerò.
Scoppiai a ridere. Era insopportabile. E io, ovviamente, già lo amavo.
– Vuole un bicchiere d'acqua? Un succo di frutta? – mi chiese.
– No, grazie.
– Ottimo. Quindi possiamo procedere?
– Certo, certo, mi scusi. Ecco, io non so se ho fatto bene a venire, me lo hanno suggerito le amiche, ma... insomma, c'è qualcuno che mi perseguita.
– Forse ha rotto qualcosa anche a lui? Mi scusi, lasci perdere, non è giornata. Credo lei abbia sbagliato stanza. Le sembro uno che raccoglie denunce di questo tipo?
– Non so, perché? Che tipo è, invece?
Non era esattamente quello il modo in cui avrei voluto formulare la domanda, e provai a recuperare.
– Comunque, se mi dice dove andare, tolgo subito il disturbo.
– Ormai è qui. Non mi faccia perdere altro tempo e mi racconti tutto.
Io in verità me ne sarei andata volentieri, se le mie gambe si fossero mosse. Chi si credeva di essere questo qua? L'ispettore Callaghan?
– Allora?
– È che non vorrei disturbare.
– Lo ha già fatto.
Ecco.
Raccontai del tamponamento notturno, del furto della borsa con le chiavi di casa e delle tre lettere anonime,

che gli mostrai. Purtroppo lo feci non in quest'ordine e di certo non in modo chiaro.
– Non so se ho capito bene.
Appunto.
– Ma potrebbe essere uno stalker, – aggiunse.
– Ah.
– Non si spaventi...
– No, che spavento. È che ero convinta si trattasse di tutt'altro. Mi ero fissata con questa storia del serial killer, cioè in verità era Elisa a credere che... sí... insomma... un serial killer, ecco.
– Mi dispiace deluderla. Comunque io, se permette, mi concentrerei sullo stalker. Uno che in qualche modo ha incrociato per caso, che è rimasto colpito da lei e che ora la perseguita.
– Non credo proprio!
– Guardi che gli stalker esistono...
– Sí sí, non metto in dubbio l'esistenza di questi stalker, mi riferivo al fatto che uno possa rimanere tanto colpito da me da iniziare a perseguitarmi. Insomma, si sarà sbagliato, questo stalker...
Il commissario, impassibile, continuò: – Lo stalker può essere un estraneo, ma il piú delle volte è un conoscente, un collega, un ex partner che agisce per recuperare il precedente rapporto o per instaurarne uno, o addirittura per rimediare a un torto che pensa di avere subito...
– Bah, se lo dice lei... insomma, le sembro una che attira gli sguardi di sconosciuti psicotici?
– Devo risponderle?
– No, no... era cosí per dire...
– Pensi bene alla sua vita, a chi ha incontrato di recente, un ex marito, o amante...
– Io non ho ex mariti.

– Amanti?
– Neanche... cioè, non che io non abbia avuto uomini, non volevo dire questo. In realtà ho avuto una *marea* di uomini, che crede, è che al momento non mi viene in mente nessuno...
– Faccia una cosa. Ripensi a questa *marea* di uomini che ha avuto. Lo stalker potrebbe essere tra loro.
– Guardi, non credo che Francesco, che alla fine si è sposato con l'ucraina, che poi era una bulgara, possa farmi una cosa del genere. Neanche Lorenzo, che in fondo non farebbe del male a nessuno, a parte spargere il suo seme qua e là, ma questo non è un crimine, no? Vede che ce li ho avuti? Tanti uomini... cioè, non che io sia una ragazza facile, intendiamoci...
Silenzio.
– Quindi?
Cercai di concludere per poter scappare il piú presto possibile.
– Quindi non possiamo fare niente, al momento. Lei comunque non smetta di pensare a questi *tanti* uomini che ha avuto e chiami domani, se ha delle novità.
– Devo preoccuparmi?
– Per il momento no. Potrebbe essere solo uno che vuole spaventarla. In ogni caso, cambi subito la serratura. Anche se non abbiamo elementi per stabilire che i due fatti siano in qualche modo collegati, cioè le lettere e il furto della borsa. Comunque, questi sono i miei numeri. Può anche passare, se preferisce. Compili il modulo della denuncia e lasci a me le lettere, le manderò ad analizzare. A domani.
– Sí, allora vado...
– Vada, vada. Arrivederci.
– Sí, bene. Arrivederci. Solo un'altra cosa... ehm... se avessi bisogno di lei, di chi devo chiedere?

– Commissario Garano, Patrick Garano.
– Grazie. Allora io vado. Comunque non volevo dire che ero una poco di buono, prima...
– Ah, no? Mi dispiace per lei.
Uscii senza rendermi conto che avevo ancora in mano il bracciolo della sedia. La porta si aprí d'improvviso alle mie spalle.
– Quello è mio.
– Mi scusi, non mi ero accorta che... ecco, tenga.
– Grazie. Arrivederci! – E sbatté la porta dietro di sé.
Che vergogna, avrei voluto sprofondare. Prima ero rimasta imbambolata a fissarlo, poi mi ero trasformata in una specie di ninfomane e infine avevo provato a scappare con il bracciolo della sua sedia. Il mio approccio con il genere maschile stava decisamente peggiorando. Certo, se fossi stata Grace Kelly in *Caccia al ladro* il mio ingresso sarebbe stato trionfale. «Posso farvi una domanda indiscreta?» chiedeva Cary Grant alias John Robie, il Gatto, alla futura principessa di Monaco.
«Speravo tanto che la faceste».
«Cosa vi aspettate con precisione da me?»
«Forse molto piú di quanto intendete offrirmi».
L'epilogo del bracciolo era ben lontano da tutto ciò.
Quando uscii trovai Elisa ad aspettarmi.
– Allora?
– Era bellissimo!
– Chi?
– Il commissario!
– Ma che ti ha detto? Che devi fare?
– Dice che si tratta di uno stalker.
– Ah, non di un serial killer? Che delusione...
– Infatti, è quello che gli ho detto anche io! Gliel'ho spiegato, che era una tua idea...

– Bah, non capisco. Accompagnami alla metro. Hai chiamato Matelda?
– Ora lo faccio...
– Ma che hai?
– Non lo so...
Invece lo sapevo eccome. Ero tutta scombussolata, come non mi succedeva da anni. Un atteggiamento infantile, il mio. Dovevo smettere di fantasticare, smettere di guardare tutti quei film e incominciare a vivere nel mondo reale. Dovevo cambiare, oppure cercare Bogart e chiedergli qualche consiglio.

Capitolo 11

> Se non sono sposati sono gay, o rovinati dal divorzio, o del pianeta degli infrequentabili!!!
>
> MIRANDA in *Sex and the City*

Il locale era pieno di gente, per cui io e Matelda decidemmo di aspettare che si liberasse un tavolino appartato. Tanto piú che ci avrebbero raggiunte sua sorella Michela e Manuela.

Dopo un lungo battibecco alla fine avevamo deciso di andare nella solita vineria di Ponte Milvio. Il proprietario ormai ci conosceva da anni ed ero certa che ci ritenesse le zitelle alcolizzate della zona. Forse per questo ci trattava sempre bene e ci faceva sconti eccezionali.

– Non so perché sono uscita, sto tanto male, – si lamentò Manuela, che ci aveva appena raggiunte.

– Ma finiscila. Che ne è stato di Giulio? – le chiesi.

– Ci siamo rimessi insieme. Secondo me in fondo mi ama.

– Allora perché stai male?

– Perché lui ancora non lo sa!

– Benissimo. Io direi che possiamo entrare. Michela ha detto che arriverà tra poco.

Finalmente il tavolo si era liberato.

– Voglio subito dirvi che ho conosciuto il commissario Manara.

– Veramente? – mi aggredí Matelda gridando come un'aquila. – Dove? Quando? Perché?

– Stai calma. Non ho visto l'attore, ma uno che gli somigliava parecchio.

– Allora chi se ne frega, sei sempre esagerata!
– Occhi verdi, labbra carnose, pizzetto, capelli ricci...
– Manara!
– Appunto –. E continuai a raccontare alle altre l'antefatto e la mia visita al distretto.

Mentre ripensavo a Garano, afferrai nervosamente cinque pizzette in una volta.

Matelda mi fermò: – Ma che fai, mangi? Sei a dieta!
– Non mi interessa. Stasera mangio, e guai a chi mi rompe le scatole!
– Poi però non piangere perché hai mangiato troppo.
– E quando mai lo faccio? Ordiniamo o aspettiamo Michela?
– Aspettiamola, mamma mia! Piuttosto, ci spieghi che ti ha detto questo Manara dei poveri sul tipo che ti perseguita? E soprattutto, ha un nome vero?
– Che ne so. Ha detto solo che potrebbe trattarsi di uno stalker.
– Ma chi se ne frega del maniaco! Mi riferivo al commissario!
– Ah, sí, Patrick Garano.
– E che razza di nome è?
– Boh. Mi sono fatta l'idea che sia di origine straniera.
– O la madre si faceva di qualcosa. Ecco Michela, finalmente!

L'amica sembrava affranta.
– Che ti è successo, Michi?
– Un disastro, un vero disastro! Vi ricordate il tizio con cui dovevo uscire?
– Sí, e allora?
– Be', ci sono uscita.
– Ottimo, no?
– Tutt'altro. Come si è permesso, come ha potuto?

– Che ti ha fatto?
– Aveva i mocassini, ragazze, i mocassini, capite? Ma non è finita qui. Sapete cosa aveva dentro quelle orride scarpe?
– Non ne abbiamo idea...
– I calzini di spugna bianchi!
– No, questo è troppo, – disse Matelda.
– Oltraggioso, – aggiunsi io.
– Giulio non se li sarebbe mai messi, – concluse Manuela.

Michela aveva una vera e propria fissazione per le scarpe. Riteneva che l'abito non facesse il monaco, ma le scarpe sí. Se non riusciva a vedere cosa indossava ai piedi una persona, iniziava ad agitarsi fino a stare male. Le capitava addirittura di inventarsi stratagemmi per cercare di sbirciare il tipo di scarpa che l'uomo con cui era uscita aveva deciso di indossare.

– Sei inquietante, lo sai? – le dissi.
– Ragazze, che vi piaccia o meno, le scarpe sono l'espressione della nostra identità, il nostro biglietto da visita in società. Non puoi indossare un paio di mocassini neri con le calze di spugna bianche: che immagine trasmetti di te?
– Tu lo sai, vero, che in realtà questa tua fissazione per le scarpe è un pretesto? Una via di fuga? La scusa perfetta per non affrontare la vita sentimentale?
– E lo dice una che invece la vita sentimentale la affronta a testa alta! Chiara, tu parli con Bogart!
– Non parlo con Bogart! Quante volte ve lo devo dire?
– Ho una sorella che appena conosce un uomo va a farsi un check-up completo e un'amica che pensa di vivere in una commedia americana, e accusate me di non riuscire a vivere la mia vita perché do importanza alle scarpe di un uomo?
– Sí, – rispondemmo io e Matelda in coro.
– Con voi non parlo piú.

Decisi allora di aggiornarla sulla situazione. Michela mi seguiva partecipe: – Interessante questo commissario! Mi piace: ironico, tagliente. Bisognerebbe sapere che scarpe porta. Secondo me anfibi. È uno grintoso, che la sa lunga.

– Scarpe o non scarpe, se non fossi stata me ma qualcun'altra, sono sicura che sarebbe andata a finire diversamente.

– Ma tu sei tu, – mi disse Michela, – e te ne devi fare una ragione.

Proseguimmo la serata parlando di uomini. O meglio, della loro assenza.

– Ma scusate, essere single non è poi tanto male, – intervenne a un certo punto Manuela.

– Certo, perché tu non sei *mai* single e perché eventualmente sei tu a decidere di esserlo. Io e Chiara siamo single per scelta, ma di qualcun altro!

– Grazie, Matelda, per avere chiarito la questione, – conclusi.

– Volevo non ci fossero malintesi.

Finito di mangiare, ci salutammo fuori dal ristorante. Lasciai Matelda a casa sua e proseguii verso la mia. Parcheggiai ma qualcosa mi impediva di scendere dalla macchina. E se questo fantomatico persecutore fosse esistito veramente? E se mi stava aspettando appostato da qualche parte per aggredirmi? Se stava studiando i miei movimenti? Cominciavo a diventare paranoica. Mi guardai attorno. Era buio e mi sembrava che dietro ogni albero fosse nascosta un'ombra. Decisi che piuttosto che farmi sgozzare avrei dormito in macchina. Mi ero ricordata di colpo del film *Scream*, in cui le ragazze di un college venivano massacrate perché si ostinavano a passeggiare nel campus di notte. Mi toccai la gola. Non volevo finire dissanguata come quelle povere ragazze. In quel momento vidi in lontananza il mio vicino di casa, un architetto gay insopportabile e costantemente nervoso. Forse non voleva essere gay, ma che colpa avevano gli altri? Anche io non volevo essere single: e allora? Odiavo lui e odiavo il cagnetto insignificante che portava a spasso. Presi la decisione in un secondo. Non era poi cosí lontano da me. Dovevo aprire lo sportello e richiuderlo con un calcio, senza perdere tempo per girarmi e armeggiare con la serratura (mai fare una sciocchezza del genere), correre verso di lui e cercare di attirare la sua attenzione in modo che se ci fosse stato qualcuno pronto ad aggredirmi non sarebbe potuto uscire allo scoperto: a meno che non avesse voluto uccidere anche il mio vicino, cosa che per un attimo mi diede un senso di sollievo. Feci tre grossi respiri e mi buttai. Scesi dalla macchina e mi precipitai verso di lui urlando. Lo vidi sobbalzare e portarsi la mano al petto. Oddio, gli avevo provocato un infarto? Quando arrivai piú vicino capii che non era stato lui ad avere avuto un infarto, ma il suo cane. O meglio, quel topo irascibile e isterico che ringhiava sempre e cercava di mordermi le scarpe. Che fosse l'alter ego di Michela?

– Ma che fa, è matta? Oddio, Chicco, che ti ha fatto questa cattivaccia!

Mi prese per le spalle e iniziò a scuotermi. Gridava che dovevamo andare al pronto soccorso, alla polizia, che Chicco stava morendo. Per fortuna, come per miracolo, quella specie di topo mascherato da cane si riprese.

– Io la denuncio, sa!

– Mi scusi tanto, però vede che ora sta bene?

– Sí, ma non finisce qui! Che fa? Mi segue?

– No, si figuri, abitiamo nello stesso palazzo. Facciamo la strada insieme, no? Se per caso Chicco si dovesse sentire male di nuovo...

– Non lo dica neanche per scherzo! – Prese il cane in

braccio e si diresse silenzioso e circospetto verso il cancello automatico. Io abitavo in un comprensorio diviso in villini. In realtà non erano propriamente dei villini bensí dei palazzi a cui avevano dato il nome di villini e che avevano numerato. Io ero al villino 3, come l'architetto. Ma il percorso che conduceva dal cancello esterno ai vari villini non era breve. Per questo decisi di restargli attaccata alle costole.

Mi guardavo intorno ma, come era accaduto nel garage dell'ufficio, mi sembrava che tutto fosse calmo. Mi rilassai: niente ombre né rumori sospetti. Stavo diventando pazza a furia di guardare serie televisive.

Finalmente arrivammo al portone e giunti davanti all'ascensore ci separammo. Io abitavo al piano terra, l'architetto al primo.

– Allora buonanotte, – dissi, piú che altro per educazione.

Lui neanche mi rispose e il cane ringhiò. Ma non aveva avuto un infarto?

Entrai in casa con un senso di disagio che non mi apparteneva. Continuavo a ripetermi che le mie erano solo stupide paranoie, che non dovevo in alcun modo farmi suggestionare. D'istinto chiusi la porta con il paletto che mia madre mi aveva fatto montare appena ero andata a vivere lí.

«Sei al piano terra e con un terrazzo in mezzo al cortile. Subito sbarre di metallo e paletto alla porta».

«Non siamo mica nella Los Angeles di *Strange Days*».

«Non conosco Los Angeles e non so cosa sia questo *Strange Days*, ma domani ti mando il fabbro».

Non avevo avuto possibilità di replica, ma ora la stavo mentalmente benedicendo.

Prima di andare a dormire infilai il dvd di *Mamma Mia!*

e andai alla scrivania per accendere il computer e scaricare le mail. Fu una sorpresa leggere i messaggi di Settimio e di Andrea, il marrone. Non potevo crederci! Mi avevano contattata! Settimio mi invitava a un suo spettacolo di cabaret e sperava di vedermi in quell'occasione, mentre Andrea era stato molto piú diretto: ci siamo capiti al volo, io e te, che ne dici di continuare il gioco? Non so perché, ma risposi a entrambi. A Settimio promisi che avrei fatto di tutto per esserci, ad Andrea, invece, scrissi che mi piaceva giocare (ma figuriamoci) e che rimanevo in attesa della mossa successiva. Ci misi anche lo smile con l'occhiolino.

Andai a dormire con il dvd di *Mamma Mia!* in sottofondo. La scena in cui la Streep canta davanti a un Brosnan affascinante e innamorato è una delle cose piú belle che il cinema abbia creato.

Mi addormentai cullata dalla canzone... «The winner takes it all. The loser's standing small».

Già, la vita era proprio cosí. Chi vince prende tutto. Chi perde si sente una nullità. Mi svegliai di soprassalto, con il cuore in gola. Cosa era stato quel rumore? Chiavi che cercavano di aprire la porta? Qualcuno stava tentando di entrare?

Accesi la luce e spensi il dvd. Mi guardai intorno. Doveva essere stato un incubo. Andai in bagno e mi guardai allo specchio. Mio dio! Avevo occhiaie profondissime ed ero bianca come un lenzuolo.

Di nuovo quel rumore. Questa volta non era un sogno perché ero piú che sveglia.

Che dovevo fare? Chiamare la polizia? Matelda?

Un attimo. Dovevo ragionare. Afferrai il cellulare e mi misi davanti alla porta.

– Chi è?

Silenzio.
Cosa credevo, che mi avrebbe risposto? Che razza di domanda avevo fatto?
– Insomma, chi è?
Insistevo, anche.
– Ho... ho chiamato la polizia e... e saranno qui tra pochi minuti.
Figuriamoci. Non ci credevo neppure io.
Sentivo il rumore delle chiavi che dentro la toppa cercavano di forzare la serratura.
Le mie chiavi! Santo paletto! Mi tranquillizzai perché non sarebbe mai riuscito a entrare. Il paletto era di ferro e si inseriva nel muro, tipo porta blindata. Era fregato.
Decisi di chiamare Manara, o come diavolo si chiamava il commissario. Andai a rovistare nel cappotto. Niente. Forse, appena tornata a casa, avevo messo il biglietto nella borsa, quella che non mi avevano rubato. Rovesciai il contenuto a terra e mi misi in ginocchio a rovistare. Quante cose mi portavo dietro? Scontrini, ricette, spazzolino da denti da viaggio e una chiavetta usb. Una chiavetta usb? Da dove diavolo saltava fuori? E ancora altri scontrini, foglietti, ma del numero di Garano neanche l'ombra. Un momento, dovevo stare calma, tanto lui non sarebbe riuscito a entrare, a meno che non avesse avuto un trapano, ma in quel caso avrebbe svegliato tutto il vicinato. Poi uno mica andava in giro di notte con un trapano. Dovevo farmi coraggio e guardare nello spioncino.
– Sta arrivando la polizia e...
In quel momento si udirono delle sirene in lontananza, sembravano avvicinarsi velocemente.
Avevo chiamato Manara senza accorgermene?
Il rumore di chiavi si interruppe di colpo e a quel pun-

to decisi di guardare. Ma l'unica cosa che riuscii a vedere furono le spalle di una persona incappucciata che si stava allontanando. Controllai l'ora: le cinque e mezza. Le sirene si erano fermate proprio davanti al palazzo. Doveva essere successo qualcos'altro, e tra poco mi sarei dovuta svegliare. Di tornare a dormire non se ne parlava proprio. Mi sedetti sul divano e feci ripartire *Mamma mia!*

Capitolo 12

– Vuoi vedere dove mi hanno fatto un tatuaggio?
– Sí!
– D'accordo, domani ti ci porto in macchina!

CARY GRANT e AUDREY HEPBURN in *Sciarada*

Era stata una giornata infernale.

Non solo era piombata in ufficio una pazza che aveva distrutto una sedia e rovesciato appunti e referti, ma aveva trascorso ore inutili a interrogare parenti e amici della ragazza scomparsa.

Il padre di Caterina Castaldo non lo convinceva. Era stato reticente durante tutto il colloquio e aveva aspettato a fare la denuncia. Perché? Forse aveva pensato davvero che fosse una delle sue solite fughe, ma Caterina era pur sempre sua figlia!

L'amica, invece, sosteneva di non avere sentito Caterina, il giorno della lite. Avevano appuntamento per la sera successiva: aspettavano quella festa fuori Roma da settimane e ci sarebbero dovute andare insieme. Per questo si era stupita quando, nel tardo pomeriggio, Caterina non si era ancora fatta viva. Allora l'amica aveva chiamato a casa e aveva parlato con la madre. Solo a quel punto aveva scoperto che Caterina era scomparsa.

Anche le indagini sulla Minetti erano a un punto morto. Garano aveva perlustrato la discarica e interrogato il custode, ma non era venuto fuori nulla di significativo. Si appuntò che ci sarebbe dovuto tornare. Sapeva per esperienza che spesso le persone non ricordano immediatamente i dettagli, salvo recuperarli a distanza di giorni.

Il modo in cui era stata uccisa portava a escludere un delitto passionale, come in effetti aveva suggerito Consalvi. Sembrava piuttosto un omicidio pensato, studiato a tavolino. Il sequestro era durato giorni. Possibile che nessuno si fosse accorto della sua scomparsa?

– Garano.
– Salieri, meno male che sei arrivata.
– Cosa fai, accucciato a quel modo?
– Sto cercando di incollare il bracciolo.
– Come ha fatto a rompersi? Lascia, ti aiuto.
– Non me lo chiedere. È passata una tizia a fare una denuncia di stalking. Poi ho capito il perché.
– Perché cosa?
– Perché qualcuno dovrebbe stalkerizzarla! Guarda come mi ha ridotto l'ufficio.
– Senti, io ero passata per sapere se potevo fare qualcosa per la Castaldo. Insomma, tu sei preso con l'omicidio Minetti e quindi... scusa, ma perché hai preso tu la denuncia? Non è di tua competenza e...
– Lascia perdere, aveva sbagliato stanza e non avrebbe mai trovato quella giusta, credimi. Comunque è un capitolo chiuso. Torniamo a noi. Io ho già interrogato il padre e l'amica della Castaldo. Fruga nella sua vita e cerca di scoprire se ha degli ex ragazzi, degli amanti, delle amiche... uno zio poco zio e molto... sí, insomma, hai capito.
– Perfettamente. E il bracciolo è a posto.
– Come farei senza di te?
– Non lo so, ma se continui cosí lo scoprirai presto.
– In che senso, Salieri?
– Nel senso che chiedo il trasferimento, Garano.
– Esagerata!

– A meno che...
– A meno che?
– Tu non voglia riprovarci, Patrick.
– A fare che?
– Sai benissimo a cosa mi riferisco.
– No, non lo so.
– Allora sai che ti dico? Riparatelo da solo, il bracciolo, – e con un colpo secco lo staccò dalla sedia, facendolo cadere al centro della stanza.

Quando Salieri se ne fu andata, Garano sprofondò nella sedia e riprese a tirare le freccette.

Doveva piantarla di mettersi nei guai. D'ora in poi avrebbe avuto solo rapporti semplici, lineari e con poche pretese. La vita era già abbastanza complicata: perché peggiorare ulteriormente le cose?

Stava per tirare di nuovo, ma si bloccò di colpo. Un'immagine chiara stava prendendo forma nella sua mente. L'immagine di due paia di occhi, perfettamente sovrapponibili e identici tra loro. Quelli della Minetti, strappati *post mortem*, e quelli della Castaldo, appena scomparsa.

Sperò di essersi sbagliato.

Capitolo 13

> – Tu fammi un solo esempio di una che conosciamo alla quale è andata bene!?
> – Quella gran culo di Cenerentola!
>
> VIVIAN e KIT in *Pretty Woman*

29 novembre, giovedí.

Quando la sveglia suonò, avevo gli occhi aperti già da un pezzo. In verità non mi ero proprio addormentata. Dopo *Mamma mia!* mi ero vista *A qualcuno piace caldo,* che mi aveva rimesso di buon umore. «Nessuno è perfetto» era una delle frasi piú belle che un uomo potesse dire a una donna (o a un altro uomo). Mi preparai in fretta per andare in ufficio. Dovevo anche passare al commissariato e avvertire Garano della visita notturna. Comunque la sera prima, in macchina, ci avevo visto giusto. Se fossi scesa incurante del pericolo sarei finita come le famose studentesse del college: sgozzata. Mentre guardavo Jack Lemmon che ballava il tango con il miliardario innamorato, avevo cercato di mettere ordine negli avvenimenti di quei giorni. In effetti, tutto era iniziato con lo speed date. Odiavo ammetterlo ma Matelda ci aveva visto giusto. Il tamponamento notturno, le lettere anonime e ora il tentativo di effrazione. Dovevo avere visto o sentito qualcosa che non avrei dovuto sentire o vedere. Ma certo! François! Era l'unica spiegazione logica. Mi alzai di scatto mentre la televisione trasmetteva il telegiornale del mattino.

«Finalmente ha un nome la ragazza trovata morta in

una discarica alle porte di Roma: Cecilia Minetti. Spetterà alla polizia stabilire nel piú breve tempo possibile come e quando la...»

Poveretta. A lei era andata decisamente peggio. Io, almeno, ero ancora viva. Andai in terrazzo. Il sole aveva allontanato ogni mia paura. Di giorno non poteva succedere nulla. Tornai in salone e spensi la tv. François era la chiave di tutto. Lui era allo speed date e non si sarebbe mai aspettato di vedere anche me. Mi sentivo piú tranquilla, perché se si trattava veramente di lui non mi avrebbe mai fatto del male. Forse voleva solo spaventarmi, ma perché?

Spalancai la porta di casa e mi ritrovai di fronte l'architetto con il topo.

– Buongiorno!

– Ancora lei? Ha deciso di ammazzarci entrambi?

– No. Volevo tanto scusarmi per ieri sera. No so cosa mi sia preso...

– Stia lontana da noi!

– Guardi, l'accompagno fuori, sto uscendo anche io.

L'uomo prese in braccio il cane e allungò il passo. Io gli andai dietro.

– La smetta di seguirci. Ma lo sa che per colpa sua stanotte ho dovuto chiamare l'ambulanza?

– Quindi le sirene che ho sentito non erano della polizia!

– Ora non vorrà dirmi che l'hanno disturbata!

– Nooo, anzi, stavo per dirle esattamente il contrario! Quelle sirene mi hanno salvato la vita!

– Lei non è una persona normale, sa? E l'ambulanza non era per me, ma per Chicco!

– Per il topo???

– C'era un topo? Dove?

– Guardi, sono arrivata alla macchina. Arrivederci, e mi scusi ancora!

Come deciso, mi fermai davanti al distretto di polizia e feci un grande respiro. Avevo già le palpitazioni, come un'adolescente. Cercavo di immaginarmi la scena. Io che entravo, mi fermavo davanti a Garano, mettendolo a parte dei miei sospetti. François era il colpevole e io gli avevo fornito tutti gli elementi per incastrarlo. Mi avrebbe invitata fuori a cena per festeggiare e davanti a un calice di vino mi avrebbe sussurrato: «Garantisco che ci saranno tempi duri... ma garantisco anche che se non ti chiedo di essere mia lo rimpiangerò per tutta la mia vita, perché sento nel mio cuore che sei l'unica per me...» Chi l'aveva detto, questo? Film brutto, ma frase bella. Julia Roberts a Richard Gere in *Se scappi ti sposo*. Scossi la testa e mi feci coraggio. Entrai al commissariato e chiesi di lui.

– Il commissario non c'è.

– Ah, mi aveva detto, sí, insomma...

– È fuori per delle indagini in corso. Può aspettare se vuole, ma non so quanto ci metterà. Vuole lasciare detto qualcosa? Se ha bisogno di aiuto c'è l'ispettore Salieri, che è libera al momento.

– Ah, una donna? No, grazie, preferisco tornare domani. Arrivederci.

Mi sentivo svuotata. Sapevo di essere ridicola, eppure dovevo ammettere che avevo aspettato quell'incontro per tutta la notte.

Mi diressi in ufficio.

Appena entrai, Elisa mi venne incontro eccitatissima: – Mosca, ti devo assolutamente parlare! Non sai cosa è successo qui ieri. Mi hanno raccontato tutto. Il putiferio! Che faccia che hai!

Io me la cavai con poco: non volevo spaventarla e quando le dissi che ero stata al commissariato si tranquillizzò. Elisa invece mi raccontò che Giovanni, tornando in ufficio per prendere la cravatta che lo avrebbe trasformato in un uomo sexy, aveva sorpreso Orsolina e Maddalena che si accapigliavano, perché, a quanto pareva, Orsolina aveva colto in flagrante Filippo Maria e Maddalena mentre facevano sesso in ufficio. Quest'ultima, dopo la collisione, non si era piú presentata.

– E Giovanni che ha fatto, quando le ha sorprese?
– Dice di avere provato a dividerle, ma ha rimediato un pugno in un occhio. Ora va in giro a dire che Maddalena ha reagito cosí perché è innamorata di lui.
– Anche lei! Un'epidemia. Qualcuno dovrebbe assumersi la responsabilità di comunicargli che è gay.
– Ognuno nasconde le proprie verità, Mosca...
– Ti giuro che non parlo con Bogart!
– Io non ho detto niente.
– No, ma lo hai pensato.

In quel momento entrò François. Come mai oggi sapevano tutti esattamente dove trovarmi?

Appena lo vidi ebbi un sussulto. Per fortuna c'era Elisa con me.

– Chiara, ti devo parlare.
– Sí, certo...
– Ne ho discusso anche con Filippo e siamo concordi sul fatto che le cose qui non vanno.
– Eh, direi!
– Come?
– Niente, scusa, non volevo interromperti.
– Abbiamo quindi pensato di trovare una persona affidabile che possa organizzare le riunioni e poi farne un report dettagliato. Ho come la sensazione che quando parlo nessuno mi ascolti.
– A chi lo dici! Per esempio, la nuova crema snellente che ci hai mostrato è identica a quella della Move On e...

– Ora devo andare, il lavoro mi aspetta!
Sprofondai nella mia poltrona.
– Che bella conversazione, Mosca.
– Non infierire, ti prego.
– Io vado. Posso lasciarti da sola?
– Sí, vai. Ah, senti. Tu per caso l'altra sera allo speed date hai notato se c'era François?
– François? No, perché?
– Io sono quasi certa che fosse lui. E poi sono iniziati tutti i miei problemi.
– Dici che potrebbe essere lui a...
– Dico che è strano, tutto qui.
– Ci penserò su. A dopo.

Dovevo andare a pranzo con mamma. Buttai un occhio alle mail, d'istinto, come se lí dentro potesse esserci una risposta ai miei interrogativi. Risposta che ovviamente non trovai. Quello che lessi, invece, mi distrasse a tal punto che dimenticai in un batter d'occhio lo stalker. Andrea mi invitava a prendere un aperitivo con lui. Eccola, la sua mossa successiva. Io accettai. Cosa avevo da perdere? Speravo solo si mettesse in varecchina prima dell'incontro. Presi la borsa e mi avviai verso l'uscita.

Per arrivare all'ascensore dovevo passare davanti all'ufficio di François. Mi fermai di colpo e decisi di parlarci. Se non aveva niente da nascondere, perché allo speed date aveva fatto finta di non riconoscermi? Con la scusa di chiarire la faccenda delle riunioni bussai alla sua porta.

– Prego. Avanti!
– François, scusa se ti disturbo...
– Ma no, figurati. Entra, entra.
– Volevo solo chiederti un paio di cose.
– Dimmi.
– Primo: dovresti dirmi quando ci sono le riunioni.

– Mhm, non hai tutti i torti… troveremo una soluzione.
– Sí, basterebbe avvisarmi. Secondo: eri tu l'altra sera allo speed date?
Forse ero stata un po' troppo diretta, ma l'unico modo per scoprire cosa nascondono le persone è prenderle in contropiede. Regole dell'agente speciale Gibbs, di NCIS.
L'agente Gibbs aveva ragione, perché se fossi stata un dottore, avrei giurato che François fosse morto.
– François?
Niente.
– Tutto bene?
– Non capisco come ti sia venuta in mente un'idea del genere.
Ah, Dio sia lodato, era vivo! Aveva anche ripreso colore.
– Scusa, ma eri proprio tu. Non ho dubbi.
– Forse sarebbe stato meglio per te averne.
– Come?
Mi aveva appena minacciato?
– Dico solo che nella vita è sempre meglio non essere cosí sicuri di qualcosa.
– Sí, be', comunque a me sembravi proprio tu.
– Buon pranzo.
Uscii dalla sua stanza, e dall'ufficio, con un senso di trionfo misto a sconfitta. Avevo avuto la conferma che era lui allo speed date, ma mi mancava un movente.
Certo, questo cambiava tutto. François non mi avrebbe mai uccisa, o almeno cosí credevo. Forse voleva solo spaventarmi per non farmi parlare, cosa che invece io avevo subito fatto. Dovevo prendere aria. Feci un grande respiro. Tutta questa storia sarebbe finita presto e sarei tornata alla solita routine.
– Mamma!
– Chiaretta, che faccia tirata, che ti succede?

– La mia vita sta precipitando!
– Che esagerazione.
Non le raccontai tutto: le avrei procurato un infarto. E nonostante il racconto fosse edulcorato, la reazione fu tragica.
– Chiara, ma io sono preoccupatissima, perché non vieni a stare da me per un po'?
– Ma sei matta? Poi inizio a scrivere lettere anonime anche io.
– Come vuoi, cambiamo argomento. Il matrimonio di Rosa?
– Un incubo... Non capisco niente di uomini e sono sola. Il che non sarebbe un male, se non fossi cresciuta nella convinzione che una donna si realizza ed è felice solo in coppia...
– Ora è colpa mia!
– No... è che avrei tanto bisogno di essere amata...
– Difficile amare qualcuno che non ama sé stesso, non credi? Perché qualcuno dovrebbe amarti se sei tu la prima a non farlo?
– In fondo è andata bene solo a Cenerentola...
– No, Cenerentola no, basta!
– Invece bisognerebbe inserirla come materia obbligatoria all'università. Letteratura italiana, Filologia romanza, Storia dell'arte e Esegesi della favola di Cenerentola. Sarebbe seguitissima. È quel vissero felici e contenti che ci ha rovinato la vita. Chi lo dice? Che ne sappiamo? Si può essere felici anche da sole, giusto?
– Possiamo risolvere un problema alla volta?
– Questo problema purtroppo non si risolverà mai.
– Cosa pensi di fare?
– Niente, che devo fare? Morirò single...
– Intendevo dire, cosa pensi di fare riguardo alle lettere anonime?! Potresti finire come quella ragazza trovata morta...

– Macché! Hai visto che bella che era? Io non corro alcun pericolo. Quel tipo di donna viene uccisa sempre da un ex fidanzato geloso, un ex marito, un ex amante. Insomma, comunque un ex. Io non ce li ho, gli ex. Non credo che qualcuno mi ammazzerebbe per amore, purtroppo, e non credo neanche di essere la preda ideale di psicopatici e assassini. Quelli vanno in cerca di ragazze giovani e belle...
– Meno male.
– Insomma...
Me ne tornai in ufficio sconsolata. Non potevo neanche essere uccisa in santa pace.
In quel momento squillò il mio interno e fui convocata in riunione.
Bisognava riorganizzare la Push and Lift e questa volta, purtroppo, si erano ricordati di avvertirmi.
– Chiara, – disse a un certo punto Filippo Maria, – qui c'è bisogno di una persona come lei...
Ora si ricordava improvvisamente chi ero?
– La posta l'ho smistata e il report delle riunioni...
– A quale report si riferisce?
– Non mi avete detto che avrei dovuto assistere a tutte le riunioni?
– Io non le ho mai detto niente, – intervenne François.
Lo guardai torva: ormai sapevo chi era.
Be', comunque quello che volevo dire io è che lei ha tutte le qualità per sostituire Maddalena!
Eh???
– Maddalena ovviamente tornerà presto. Si è presa un periodo di meritato riposo. Lavorava troppo e ultimamente era molto affaticata.
– Certo...
– Ma chi meglio di lei, che seguiva passo passo i progetti di Maddalena, potrebbe sostituirla? Lavorerà a stretto contatto con François e...

Mi alzai di scatto, rovesciando la sedia. Mi stava gettando tra le braccia del mio stalker?
– Non si emozioni troppo. L'ho osservata attentamente in questi anni.
Come no! Se fino a pochi giorni prima non si ricordava neanche di avermi assunta!
– E posso affermare con certezza che lei è *bravissima*.
Deglutii e sistemai la sedia. I miei giorni alla Push and Lift stavano volgendo al termine. In poche parole, ero pronta per affrontare la parabola che era toccata un po' a tutti, lí dentro: da genio a cogliona! Ero appena entrata nella fase uno.
Provai a dire qualcosa: – Non credo di avere quelle qualità... insomma, ecco, la ringrazio per l'opportunità che mi ha appena offerto ma...
– Bene, allora siamo d'accordo. Prenda le sue cose e si sistemi nella stanza di Maddalena.
Che cosa stava succedendo? Il mondo si era capovolto. Io a capo della «Push», o della «Lift», ora non me lo ricordavo proprio, e con un maniaco tutto per me. Forse poteva essere l'occasione per dimostrare che in fondo valevo qualcosa. Mi sforzavo di ricordare quali fossero i compiti di Maddalena, ma proprio non mi veniva in mente nulla.
La riunione proseguí per tutto il pomeriggio. Non si venne a capo di niente, ma per la prima volta da quando avevo iniziato a lavorare per la Push and Lift, mi sentivo stremata.
Uscii dalla stanza in silenzio. Il cervello, rimasto inattivo per anni, aveva bisogno di essere ossigenato.
Per fortuna era giovedí e il giovedí in palestra c'era body pump con Franco.
– Sei sempre in ritardo!
– Scusa, Mati, in ufficio c'è stata una riunione fiume...
– E da quando in qua ti invitano?
– Da oggi!

– Che sfiga!
Entrammo a lezione con dieci minuti di ritardo.
Franco saltava su uno step e contemporaneamente sbraitava dentro un microfono. La sala era piena di donne giovani e meno giovani che seguivano con una precisione e una serietà disarmanti le indicazioni di Franco, il quale per sovrastare la musica gridava a squarciagola.
– Siete in ritardo! Prendete subito uno step, i pesetti, la barra da due chili e il tappetino.
– Tutte queste cose insieme? – mi chiese Matelda.
– Credo di sí, ma che cosa è la barra?
– E che ne so, lo chiedi a me?
– Silenzio, voi due! E allora tre, quattro, cinque… gli ultimi otto su.
I pesetti mi caddero dalle mani provocando un rumore assordante. Tutti si girarono verso di me continuando a fare gli esercizi, e il disprezzo che notai era evidente.
– Scusate…
Finalmente eravamo riuscite a sistemarci in fondo alla sala, perché le prime file erano tutte occupate, e iniziavamo a seguire i movimenti delle altre. L'impresa si presentava piú complessa del previsto perché, appena ci sembrava di avere imparato la sequenza, Franco la cambiava.
– Io non ci sto capendo niente.
– Attenta a non inciampare, Mati.
– Spingi! – gridava l'istruttore.
– Ma spingi che?– mi chiedeva Matelda.
– Boh, i glutei?
– Io non ce li ho neanche, i glutei.
– Appunto li devi spingere.
Dopo mezz'ora non ce la facevamo piú. Sudate e tachicardiche, ci guardammo intorno. Eravamo circondate da donne perfette. Non sudavano, non ansimavano, il masca-

ra non era colato, il rossetto era ancora sulle labbra. Indossavano pantaloni della tuta aderentissimi, a vita bassa e a mezza gamba con il perizoma in bella vista, canottiere di almeno due taglie piú piccole, per mettere in risalto il seno prosperoso, schiene e addominali scolpiti nella roccia. Magari erano anche madri di famiglia. Noi, invece, avevamo i capelli appiccicati, una tuta ingombrante e per fortuna non ci eravamo truccate per andare in palestra, perché avevamo il viso congestionato per il troppo sforzo.

– Prendete i tappetini e iniziamo con una sequenza di cento addominali. Schiena a terra e uno, due, tre.

– Ma come cento... e poi un attimo!

Eravamo appena riuscite a sdraiarci che la prima sequenza era già terminata e Franco stava gridando a tutte di prendere un pallone gigante e la barra da due chili. Ora, la barra da due chili ormai la conoscevo bene. Ma la palla?

– Scusa, dove troviamo la palla? – chiese Matelda a una ragazza/donna, l'unica che avesse mai parlato con noi da quando ci eravamo iscritte in palestra.

– Nella sala pesi, – rispose tra il seccato e lo stupito.

– Grazie.

Ci mettemmo un po' a trovare quelle benedette palle, ma alla fine tornammo trionfanti a lezione. Franco ancora gridava.

– Allora. Sedetevi sulla palla, mani dietro la nuca, distendete la schiena e tiratela su. Fate questo movimento almeno quaranta volte.

Matelda finí per terra, mentre io ero indecisa se bloccare la palla o Matelda che rotolava insieme a lei. Nell'incertezza lasciai le cose come stavano e mi concentrai su me stessa.

– Ora prendete la barra e sollevatela con le braccia mentre continuate con gli addominali.

Il sedere non riusciva proprio a stare fermo sulla palla,

o forse era la palla che non stava ferma sotto il mio sedere. La maledetta barra, invece, mi scivolò sulla giugulare. Iniziai a tossire. Nessuno si scompose né venne in mio soccorso. Matelda stava ancora rotolando per la sala, quindi non potevo certo contare su di lei. Sarei morta cosí, uccisa da una barra, altro che maniaco. Riuscii a togliermela di dosso quando la lezione era ormai terminata. Ci catapultammo fuori dalla sala mentre le altre ragazze avevano ancora l'energia per gettarsi su Franco e chiedergli un parere su alcuni esercizi.
– Franco, è normale che mentre faccio gli addominali mi continui a far male qui sotto? – chiedeva una indicando praticamente il fondoschiena.
Io e Matelda ci guardammo sgomente e ci trascinammo negli spogliatoi.
– Oddio, domani non mi alzo dal letto.
– L'alluce?
– No, quello non lo sento manco piú. È tutto il resto… Sono tanto depressa…
– Ti capisco, ma vedrai che non morirò subito.
– Mati, tu ci seppellirai tutti!
– Sarebbe una responsabilità enorme…
– Comunque, sei sicura di poter stare da me stanotte?
– Ci mancherebbe. Certo. Non ti lascerei mai morire da sola. Mi faccio un bagno in sauna e ti raggiungo.
– Ti aspetto a casa.
Uscii senza neanche cambiarmi. Mi sarei fatta una doccia in santa pace. Ero ancora tutta arruffata e con il viso congestionato per lo sforzo di togliermi dalla giugulare quella maledetta barra. Assassini. Arrivai sotto casa e vidi una volante della polizia che lampeggiava davanti al cancello principale del comprensorio. Ebbi un brivido lungo la schiena. Mi portai la mano alla gola e la massaggiai.

Capitolo 14

> – Come quando sei piccolo e i genitori fanno uccidere il tuo cane e ti dicono che è andato a vivere in campagna.
> – È curioso! Ma sai, i nostri genitori invece lo hanno fatto veramente. Hanno mandato veramente il nostro cane a vivere in campagna!
> – Ehm... Ross...
> – Sí... sul serio! La fattoria dei Minner, nel Connecticut. Avevano una fattoria meravigliosa, avevano i cavalli e i conigli e anche... oh mio dio! Ciccio!
>
> CHANDLER e ROSS in *Friends*

Qualcosa si stava muovendo.

Aveva incaricato Salieri di andare a ritroso di un mese e risalire agli ultimi movimenti della Castaldo.

Lui avrebbe fatto la stessa cosa con quelli della Minetti. Si stava facendo strada nella sua testa un pensiero strisciante.

Aveva attaccato al tabellone dietro la sua scrivania le foto delle due ragazze, e benché non avessero molto in comune, c'era qualcosa che gli dava da pensare. In primo luogo il colore dei loro occhi: pressoché identico. Erano di un blu molto particolare. Non ne aveva mai visti di simili in giro. Poi c'era la questione dell'età: erano entrambe giovani, sui venticinque anni, molto appariscenti e relativamente indipendenti, quindi facili esche per uomini di un certo tipo. Magari era un'idea azzardata, ma se l'omicidio e la scomparsa fossero stati in qualche modo collegati? Se avesse presto trovato un secondo cadavere? Era prematuro, lo sapeva bene, e non avrebbe potuto parlarne con nessuno, ma avrebbe continuato a scavare in quella direzione, come gli suggeriva il suo istinto. Bastava trovare un piccolissimo e insignificante dettaglio, una palestra in comune, la stessa discoteca, e il gioco era fatto. Sentiva che là fuori qualcuno si era risvegliato.

– Garano, scusami, ma nel pomeriggio si è presentato un uomo a denunciare un omicidio.

– Un omicidio? Porca vacca, Nicoletta, un altro? Dove? Perché non mi avete chiamato subito?

– Perché la situazione è un po'... particolare...

– In che senso?

– Be', ecco, il morto è un cane...

– Un cane?

– Sí.

– Un cane nel senso di persona poco gradita?

– No, no. Proprio un cane nel senso di animale a quattro zampe.

– E ti pare il caso di intervenire per una cosa del genere? Lasciamola cadere nel nulla, la denuncia. Non possiamo perdere tempo con queste stronzate.

– Te lo sto dicendo solo perché è stata formalmente accusata una certa Chiara Moscardelli, e mi pare si tratti della stessa che...

– Porca vacca!

– Appunto, sapevo che la cosa ti sarebbe risultata interessante. Ho mandato una volante che pattugliava nella zona perché l'architetto è un gran rompicoglioni ed è ammanicato molto in alto, perciò qualcosa dovevamo pur fare.

– Li raggiungo.

– Garano, è tutto sotto controllo, non mi pare il caso di andare di persona, insomma...

– Nicoletta, se è cosí ammanicato sarà meglio occuparsene personalmente, non trovi?

– Allora vengo con te.
– Non è necessario...
– Non hai appena detto che dobbiamo farci vedere interessati? Se saremo entrambi lí, daremo a chi di dovere la prova che il commissariato si sta occupando seriamente della faccenda, giusto?

Era in trappola.

– Andiamo, Salieri.

Lo sapeva. Lui le donne le riconosceva a pelle, e dall'istante in cui quella ragazza aveva messo piede nel suo ufficio, aveva sentito odore di guai. Tanti guai.

Capitolo 15

> – Questa è la cosa piú eccitante che è accaduta al nostro matrimonio.
> – Sí, troppo eccitante! Non ne ho bisogno. A me piacciono cose tipo la pesca, la giornata del papà, o sai, quando vedemmo Bing Crosby sulla Fifth Avenue. Non ho bisogno di un omicidio per ravvivare la mia esistenza!
>
> DIANE KEATON e WOODY ALLEN in
Misterioso omicidio a Manhattan

Arrivai a casa, salutai imbarazzata i poliziotti appostati davanti all'ingresso ed entrai. La borsa della palestra pesava, faceva freddo e mi sentivo ancora tutta sudata. Non era stata una buona idea non farsi la doccia. Mentre infilavo le chiavi nella toppa, sentii che dal piano di sopra provenivano voci e rumori. Qualcuno gridava. Poi una porta venne aperta con troppa irruenza e le voci si spostarono sul pianerottolo. Ora potevo distinguere chiaramente le parole: – È stata quella! Me lo ha ammazzato!
– Si calmi, controlleremo. Dove ha detto che abita?
– Qui sotto. Fate attenzione. È matta!
– Non si preoccupi.
Io ero ormai entrata in casa. Non mi interessavano le beghe condominiali, volevo solo lavarmi. Mi tolsi le scarpe, buttai la borsa della palestra sul divano, presi il phon e mi guardai allo specchio. Uno spettacolo raccapricciante: i capelli erano incollati alla testa, ero bianca come un morto e il mio naso, già abbastanza appariscente, era rosso per il freddo. Sorrisi amaramente pensando

che quello stesso naso portato da un uomo lo avrebbe reso interessante. Avevo anche delle occhiaie terrificanti. In quel momento suonarono alla porta. Sussultai pensando alla notte appena passata. Ma di certo un maniaco non avrebbe suonato il campanello. Guardai dallo spioncino e vidi una donna.
– Sí?
– Polizia, le dovremmo fare alcune domande.
– Prego –. Aprii, e la feci passare.
– Che succede?
– Sono l'ispettore Salieri.
– Ah!
Oddio, che cosa era venuta a fare da me? Non era quella che lavorava nello stesso distretto di Garano? E quanto era bella.
– Ispettore, qui ci penso io, – intervenne una voce alle sue spalle. – Vai su a finire con il signor Basile.
Quella voce. L'avrei riconosciuta tra mille. Infatti, appena Salieri si allontanò, lo vidi entrare e il phon che mi ero scordata di avere in mano mi cadde a terra frantumandosi.
– Non ha perso il suo solito smalto!
Perché, perché non avevo fatto la doccia in palestra? Mi chinai, e mentre con una mano cercavo di raccogliere i pezzi del phon, con l'altra mi sistemai i capelli. Ma era tutto inutile perché il problema non erano solo i capelli.
– Posso entrare?
– Sí, sí, certo...
– Che ha fatto?
– Ecco, non mi sono fatta la doccia... Cioè, di solito me la faccio, è che non l'ho fatta in palestra...
– Molto interessante, ma io intendevo dire alla gola, ha un segno rosso.

– Ah, questo? Niente, mi è caduto un peso sulla giugulare mentre facevo ginnastica...
– Ah.
– Sí, be', ma cosa è successo?
– Hanno ammazzato il cane del suo vicino e lui ritiene che lei ne sappia qualcosa.
– Oddio, il topo?
– Di solito non mi occupo personalmente di queste vicende, ma quando ho capito che c'era di mezzo lei ho pensato che sarebbe stato opportuno fare un sopralluogo. Senza contare che l'architetto ha amici molto in alto.
Ah, ecco perché...
– Il signor Basile sostiene che l'altra notte lei lo abbia aggredito, provocando anche un malore al cane. E la cosa si è ripetuta anche questa mattina.
– Ma no. Ecco, le spiego...
– Sono tutto orecchi.
– Per quanto riguarda ieri sera, avevo parcheggiato la macchina. Era tardi e mi sembrava ci fosse qualcuno appostato nell'ombra. Cosí mi sono spaventata e quando ho visto il signor Basile che rientrava dopo avere fatto la sua passeggiata mi sono avvicinata a lui. Forse l'avrò fatto con un po' di irruenza.
– Lo immagino. E questa mattina?
– No, per questa mattina sono innocente. L'ho semplicemente incrociato uscendo di casa per andare al lavoro. Io tra l'altro stamattina ero passata anche al commissariato, perché sono successe delle cose di cui le volevo parlare. Insomma, ho fatto una serie di collegamenti... tutto è iniziato allo speed date, ma ci ho pensato dopo, e poi il tamponamento, le lettere e questa notte qualcuno ha provato ad entrare nel mio appartamento, sa? Mi scusi, non penserà che io abbia potuto veramente uccidere quella povera crea-

tura? Io tra l'altro adoro i cani e… – Per sottolineare la cosa, accompagnai la frase con un gesto plateale del braccio, talmente plateale che il phon che avevo cosí faticosamente raccolto e ricostruito mi sfuggí di mano, volò per aria e andò a schiantarsi contro il muro alle spalle del commissario. Garano riuscí ad abbassarsi appena in tempo.
– Sono mortificata.
– Forse ha ragione il signor Basile…
Oddio, quando mi guardava cosí intensamente non sapevo proprio cosa fare. Iniziai a tossire e a vagare per la stanza.
– Sta cercando qualcosa?
– No, perché?
– Allora, se non le dispiace, riesce a stare ferma per cinque minuti?
– Certo, certo, mi scusi.
– Bene. Proviamo a ricapitolare.
– Sí, ricapitoliamo… ma come è morto il cane?
– Gli hanno spezzato il collo.
– Oh, Gesú… – e mentre lo dicevo toccai istintivamente il mio, di collo.
– Ha qualcuno con cui dormire questa notte?
– No, veramente io sono single…
– Buono a sapersi, ma io intendevo dire un genitore, un'amica…
– Ah! In quel senso… Credevo che lei me lo stesse chiedendo per interesse… ma *non* quel tipo di interesse… non avrà mica pensato che io…
– Non faccio proprio in tempo a pensare, quando lei parla.
– Ecco, appunto. Comunque potrei andare da Matelda. In effetti sarebbe dovuta venire lei da me ma…
– Chiami subito questa Matelda e vada a stare da lei, per stanotte. Temo che si tratti della stessa persona che

la sta perseguitando. Chi ha ammazzato il cane voleva in realtà mandare un chiaro messaggio a lei. Non credo sia una coincidenza. E la visita che le ha fatto stanotte poteva significare solo una cosa.
– Sono pronta al peggio.
– Non esageriamo, voleva solo spaventarla.
– E c'è riuscito benissimo! Un momento, però. Com'è possibile? Che ne sapeva lo stalker del cane?
– Questo è il problema. Probabilmente la spia. È tipico di questa categoria di persone. Spesso si limitano alle mail o alle telefonate, ma altre volte la loro ossessione sfocia nel pedinamento e nella violenza. Potrebbe essere rimasto tutta la notte qui fuori, averla osservata questa mattina e per la rabbia essersela presa con la persona che per ben due volte ha ostacolato i suoi piani: quindi, con il cane.
– Lo sapevo! – gridai. – Lo sapevo che c'era qualcuno! Io l'ho pensato e mi sono detta che non potevo certo morire come si muore nei film, ha presente? Una scende dalla macchina, di notte, e *zac!* In un attimo le tagliano la gola. E certo, dico sempre io, se scendi dalla macchina quando in giro c'è un serial killer il minimo che ti possa succedere è di essere uccisa. *No?*
Silenzio.
– Forse sono solo un po' scossa.
– Immagino. Oppure...
– Oppure?
– Il cane è morto per un semplice incidente. Qualcuno l'ha investito e per non essere accusato se l'è data a gambe, come succede sempre in questi casi, e la vicenda non ha nulla a che vedere con gli episodi di stalking. Ma lei mi stava accennando a uno speed date...
– Sí, ma ci sono andata per accompagnare un'amica... un favore che mi aveva chiesto, poverina.

– Volevo dire che forse, in effetti, lei potrebbe aver incontrato lí la persona che ora la sta perseguitando.
– Era quello che cercavo di spiegarle.
– Ah sí? Non avevo capito...
– Mi sembra di essere in *Attrazione fatale,* ha presente il film?
– Sí, ma lei non è Glenn Close.
– Lo so, lo so. E Michael Douglas è finito in una clinica del sesso.
– Lei è una fonte inesauribile di informazioni interessanti. Perché oggi non ha lasciato detto che era passata?
– Lei non c'era...
E certo, tanto valeva che mi mettessi anche a piangere. Da dove mi era uscito quel tono lamentoso?
– Non faccia cosí. Alla fine ci siamo visti lo stesso, no? Comunque poteva anche parlarne all'ispettore Salieri.
Ma chi si credeva di essere?
– Sí, certo... ma ho ritenuto di dovere informare lei, visto che già si stava occupando del caso.
– Ovviamente.
Mi stava prendendo per il culo?
– Comunque, a questo speed date ho incontrato una persona, François Benvenuti, uno che lavora con me, ma non ha importanza il fatto che lavori con me, o forse sí, quello che sto cercando di dirle è che lui ha fatto finta di non vedermi e, messo alle strette, sa come succede durante gli interrogatori, ha negato, capisce!?
– Se le dico di no, si offende?
– La mia teoria è che ci sia lui dietro le minacce che ricevo.
Ecco, lo avevo detto. Avevo risolto il caso.
– Lei ha una teoria...
– Sí, è quello che ho detto... una teoria.

– Moscardelli, non credo di riuscire a resistere ancora per molto. Sono in piedi da ventiquattr'ore, ho per le mani un caso di omicidio e una ragazza scomparsa nel nulla, e ora mi trovo davanti a lei che farnetica da almeno venti minuti, tirando fuori interrogatori e teorie. Le lettere le ho mandate alla Scientifica e domani cercherò di accelerare gli esami, dopodiché, se lo riterrò opportuno, ma non credo, farò delle indagini su questo François Benvenuti. Tutto chiaro?

Abbassai la testa e iniziai a prendere a calci dei sassolini virtuali. Cosa che facevo fin da quando, bambina, mi rimproveravano per qualcosa.

– E per cortesia, chiami la sua amica!
– Ah sí, certo.
Feci la telefonata.
– Bene, possiamo andare. Mi lascia il suo numero di cellulare?

Mi illuminai: – Il mio numero di cellulare? Ma sí, certo...
– Per l'indagine. Se domani ci sono novità, la chiamo. Cosa pensava, che la volessi invitare a cena?

Se mi avessero sparato avrei sofferto meno. No, forse no.

– Ora è meglio che vada. Ah, lascerei perdere le sue teorie, se non le dispiace. Faccia lavorare me. E niente piú interrogatori, per il momento. Ho la sua parola?
– Sí.
– Aspetto fuori. Visto che siamo qui, è meglio non lasciarla sola –. E uscí.

Ma cosa mi era saltato in mente? Che diavolo avevo nel cervello? Tutta la vita a scappare dagli uomini e poi capitolavo di fronte a un cretino che era esattamente il prototipo di quelli da cui ero sempre fuggita?

Chi si credeva di essere, quello? Spocchioso e antipatico. Pieno di boria e maschilista.

– Ce l'ha con me? – disse Garano affacciandosi alla porta.
Oddio, avevo di nuovo parlato ad alta voce.
– Certo che no. Con lo stalker!
– Borioso e maschilista? Non credo si adatti al profilo di uno stalker, se è questo che intende. La prego di fare in fretta perché ho una lunga notte che mi aspetta e non vorrei trascorrerla sul suo pianerottolo.
Presi la borsa e mi chiusi la porta alle spalle.
– Ha fatto presto.
– Sí, ho infilato un paio di mutande nella borsa e via.
I poliziotti tossirono imbarazzati.
– Allora a domani, – tagliai corto.
Il commissario sembrò stupito.
– Intendevo per le informazioni, non per la cena, – mi affrettai subito a specificare, casomai pensasse di nuovo che stavo lí a pendere dalle sue labbra.
– Che cena, commissario? – chiese un poliziotto.
– Nessuna cena, per carità.
– Che gli farà alle donne, commissario!
– Niente, niente, ecco cosa faccio.
Mi sentii trapassare lo stomaco. Questa volta non era la fame, ma gli occhi dell'ispettore Salieri che mi stavano fulminando. Perché aprivo la bocca e parlavo? Non potevo pensare prima di farlo? Salii in macchina e rimasi seduta con le mani sul volante. Qualcuno bussò allo specchietto ed ebbi un sussulto.
– Che fa, la macchina non parte? – Era il commissario.
– No, no, tutto bene. Riflettevo.
– Per favore, vada a riflettere a casa della sua amica: mi sentirei piú tranquillo.
– Scusi, ha ragione, ora vado.
– Bene. Arrivederci.

A casa di Matelda nessuna delle due riusciva a dormire. Decidemmo di raggiungere le altre in vineria.
Susanna, appena tornata dall'Australia, Michela e Manuela.
– Ragazze, che succede?
– Niente, Chiara ha avuto una giornataccia. Susy, ma tu non dovevi essere in Patagonia?
– No. In Alaska. Per la Patagonia parto... vediamo... – Tirò fuori la sua agenda. – Sí, infatti, come immaginavo. Tra tre giorni.
– Stai via per Natale!
– Meglio, a me il Natale fa schifo!
– A chi lo dici! – risposi con un sospiro.
Susanna lavorava in Rai. Era la direttrice di un programma di viaggi, per cui era costretta a lunghe e continue trasferte. Non si spostava senza la sua agenda ed era la donna piú organizzata che io avessi mai incontrato. Anche quando decidevamo di andare al cinema, lei doveva prima consultare la sua agenda. Se invece dovevamo prenotare un ristorante, tirava fuori il suo cellulare e chiamava le operatrici del servizio informazioni. Per fortuna era nata nell'èra dei telefonini, altrimenti sarebbe stata come l'amico di Woody Allen in *Provaci ancora, Sam*: il marito di Diane Keaton, costretto, ovunque andasse, a chiedere il numero di telefono del posto in cui era e lasciarlo alla segretaria. «Ora sono al 5554279», oppure «Mi sono spostato e mi trovi al 5553987», o ancora «Non mi trovi piú al 5553987, ma al 5556982». Comunque, mi sentii finalmente in pace. Le mie amiche avevano questa capacità. Le conoscevo da sempre ed ero grata a Dio, ad Allah o a chi per lui di avermele fatte incontrare. Come al solito ci ritrovammo a parlare di uomini. Era sempre piú difficile incontrarne uno,

e quando accadeva nascondeva sempre una magagna. A monte, però, c'eravamo noi, con le nostre paure e le nostre insicurezze che, spesso, ci spingevano a desiderare l'uomo sbagliato. Mi scolai un litro di vino e pensai che forse, stordita com'ero, avrei potuto addormentarmi. A casa di Matelda, infatti, dopo una doccia calda crollai.

Capitolo 16

> Sei una carta moschicida per amori sbagliati.
> MIRANDA in *Sex and the City*

30 novembre, venerdí.

– Mi sembra di essere tornata indietro di dieci anni con questo Garano, – dissi a Matelda appena svegliate. – Scelgo l'uomo sbagliato per potermi compiangere e giustificare la mia solitudine con il fatto che tanto l'uomo che ho scelto non mi vuole. Perché è ovvio che non mi vuole, no?
– Non è questo il punto, anche se non credo tu abbia molte possibilità.
– Ecco.
– Il problema è che desideri sempre quello che non puoi avere e questo ti fa sentire inadeguata, rendendoti infelice. Perché non torni dalla dottoressa?
– Quella sottospecie di psichiatra che per dirmi che dovevo accettarmi per quella che ero ci ha messo due anni, cosí intanto gli operai le montavano la piscina in villa e anche la villa? Dovevo andare da lei per scoprire che scappavo per paura di essere lasciata? Me lo dico da sola tutti i giorni, e gratis! Ormai lo so che penso di non meritare di essere amata. E questa storia dello stalker, poi... Cosa avrei a che fare io con tutto questo? Ragiona, Mati, ti pare che una come me possa attirare un maniaco?
– Perché? Che male ci sarebbe, scusa? Ci saranno anche

dei maniaci che magari hanno un'attrazione morbosa per le donne, diciamo, non proprio appariscenti...
– Me lo ha detto anche Elisa.
– Vedi? Magari poi scopre che si era sbagliato, però prima ti accoppa. E si sa, tu hai una forte personalità. Te lo fece notare anche Francesco. E quell'altro imbecille te lo sei dimenticato? Lorenzo.
– Ho capito, ho capito. Non c'è bisogno che tu mi faccia l'elenco dei miei fallimenti.
– No, ma quale elenco. Sono già finiti, – e mi fece l'occhiolino.
Scoppiammo a ridere di gusto. Già, Lorenzo. Come dimenticarlo? Era trascorso quanto? Due anni? Lorenzo era la ragione della mia chiusura nei confronti del mondo maschile. Dopo di lui, avevo gettato la spugna. A letto era un disastro, ma era colpa mia, ne ero certa. Tutti questi orgasmi multipli di cui sentivo tanto parlare evidentemente non mi erano concessi. A me, poi, se proprio devo dirlo, ne sarebbe bastato uno, che diamine!
– Forse dovrei davvero tornare dalla psichiatra. Magari ha bisogno di una casa in montagna. Però tu vieni con me.
– Io non ne ho bisogno.
– Ci vuole del coraggio a sostenerlo! Sono vent'anni che dici che devi morire!
– E una psichiatra cosa può fare? Qui ci vogliono dei dottori...
– Come non detto. Comunque questo Andrea mi sembra una persona carina.
– Ma se mi hai detto che aveva un'abbronzatura marrone testa di moro!
– Be', nella mia posizione, mi metto anche a fare la schizzinosa?
– Anche tu hai ragione. Facciamo colazione, va.

Mangiai come se quello fosse il mio ultimo giorno sulla Terra. Al diavolo la dieta.
– Almeno mastica.
– Perché?
In quel momento squillò il telefonino. Risposi con ancora il cibo in bocca.
– Sono il commissario Garano. Ci dobbiamo vedere. Ha fatto colazione?
– Ah, salve! Ehm... colazione?
– Guardi che non è un invito.
Dio come lo odiavo. Lo odiavo?
Tossii nel tentativo di buttare nello stomaco la quantità di cibo che avevo ancora in bocca.
– Tutto bene? Ha una voce strana...
– Sí, sí... sono solo un po' raffreddata, ecco. Diceva?
– Che devo andare al commissariato ma devo anche fare colazione: se viene con me nel frattempo parliamo. Lei ha mangiato?
– Assolutamente no, si figuri. Io la mattina non faccio *mai* colazione.
– Perché? Fa parte di una qualche pratica religiosa?
– No, intendevo dire che non la faccio a casa.
– Bene. Allora l'aspetto al bar di fronte al distretto: da *Serafina*.
– E chi è Serafina?
– Il nome del bar. Tra quanto arriva?
– Cinque minuti?
Oddio, avrei avuto bisogno di una lavanda gastrica.
– Matelda, inutile che mi guardi con quell'aria di rimprovero. Lo so da me che ho già fatto colazione...
– Ah, bene, almeno questo.
– Ma ci sono momenti nella vita in cui bisogna fare una scelta e non si ha il tempo di pensare.

– Bogart?
– No, John McClane: *Die Hard*! «Tu sei l'uomo sbagliato, nel posto sbagliato, nel momento sbagliato!» «La storia della mia vita». E comunque trovo che non ci sia niente di male nel voler fare due colazioni...
– È uno stile di vita alternativo. Piuttosto, che cos'è questa? L'ho trovata sul comodino della camera da letto.
– Ma che ne so? È una chiavetta usb che mi porto dietro da giorni. Devo averla presa dall'ufficio per sbaglio. Grazie, – l'afferrai, me la ficcai in borsa e uscii, lasciando Matelda a borbottare di non so quale malattia mentale. In meno di cinque minuti ero già parcheggiata davanti al bar, gonfia come un pallone e in preda al panico. Con questa ventata di ottimismo, scesi dalla macchina ed entrai nel locale a testa alta. Cosí alta che inciampai sul gradino d'ingresso. Quando ritrovai l'equilibrio vidi un cartello con scritto: «Attenti al gradino». Grazie.

Il commissario, che era già seduto al bancone e impegnato in una fitta conversazione con la barista, si girò di scatto per il rumore provocato dalla mia caduta.

– Buongiorno! – mi disse. – Che ingresso trionfale! – E poi, rivolto alla donna dietro al bancone: – Scusami, ora devo andare, il dovere mi chiama –. E le diede un pizzicotto sulla guancia. La ragazza emise degli strani mugolii. Arricciò la bocca e il naso e incrociò le braccia.

– Non fare cosí, poi stasera mi faccio perdonare.

– Bravo, Garano, – rispose lei, e la conversazione si chiuse lí.

Io cercavo di darmi un tono, mentre il commissario si avvicinava a un tavolo e mi faceva segno di raggiungerlo:
– Veniamo subito al dunque, prima che distrugga il bar, – e tirò fuori degli incartamenti. – Non prende un cornettino? Serafina li fa buonissimi. Vero, Serafina? – E rivolse

lo sguardo a un donnone di cento chili incastrato dietro al bancone insieme alla ragazza.
– Eh, commissa'... – rispose Serafina.
– Portane due, allora!
– No, veramente io...
– Non ha detto che deve fare colazione? Non sarà mica anche lei a dieta!
E guardò in direzione della sua amata barista, un'anoressica con le tette.
Che dieta poteva mai fare, quella?
– No, no...
– Benissimo. Allora mangi. Non era raffreddata?
– Mi è passato.
– Ah... be', comunque, la questione è la seguente. Credo che la sua *teoria* non sia poi cosí sbagliata. L'idea dello speed date potrebbe essere valida, se in effetti i problemi sono iniziati dopo quella serata. Che fa? Non mangia?
– Certo, certo...
Stavo per vomitare.
– Comunque, c'è qualcosa che non mi torna. Sulle lettere non c'erano impronte, niente di niente. Quello che c'è scritto le dice qualcosa? Sembra che lei abbia infastidito il nostro stalker, che gli abbia sottratto l'anima, dove per anima credo intenda un oggetto che gli apparteneva...
– No, io non capisco. Insomma, se si tratta di François potrebbe essere qualsiasi cosa, visto che lavoriamo insieme e poi l'ho visto in un posto dove probabilmente non voleva essere visto. Forse per anima intende questo.
– Vedremo. Nel frattempo mi auguro che lei abbia fatto cambiare la serratura, e le suggerirei comunque di continuare a dormire fuori casa.
La serratura! Me ne ero completamente dimenticata!

– Sí, è stata cambiata, ma...
– Lo so, lo so, me lo ha già detto. Lei è single. Ma dovrà esserci qualcuno disposto a ospitarla.

Che arroganza! Certo che c'era, e piú di una persona!
– Guardi che io sono single, ma ho una vita. E poi, sa come si dice... che una è single quando non ha un compagno fisso, ma questo non esclude il fatto che io possa avere dei partner!

Dei partner? Gesú, ma come parlavo?
– Sono contento per lei.
– Ah sí?
– Sí. È la mia politica.
– Essere contento per me?
– No, avere tanti partner. E visto che la pensiamo allo stesso modo, le consiglio di sceglierne uno e di andare a dormire da lui. O fare a rotazione, come preferisce.
– A rotazione?
– Sí, è la cosa migliore. Ora devo proprio andare. Se ho delle novità mi faccio vivo.
– Va bene...
– Non metta il broncio. Se lo desidera, mi faccio vivo comunque.
– Cosa le fa credere che lo desideri?
– Non lo desidera, allora?
– Uff, faccia un po' come vuole!
– Lo sa che lei è proprio un bel tipo?
– Se voleva essere un complimento, non le è riuscito bene.
– Ah no? Peccato, perché credo che lo fosse... Arrivederci.

Oddio, cioè?
Mentre rimuginavo, mi avvicinai all'uscita con precauzione. Ma sentivo i suoi occhi puntati su di me e questo

mi fece inciampare un paio di volte. L'alluce questa volta me lo ero giocato. Altro che «non ho mai amato nessuno. Sono guasta dentro».

Con la coda dell'occhio, vidi Garano di nuovo al bancone.

– Allora a dopo, Carolina. Ti passo a prendere per il pranzo.

– Conterò i minuti, – rispose l'anoressica, ammiccando.

Presuntuoso e arrogante.

Capitolo 17

> Quanto vuoi essere coccolata dopo? Tutta la notte eh? Ecco, il tuo problema sta proprio tra quei trenta secondi e tutta la notte.
>
> BILLY CRYSTAL in *Harry ti presento Sally*

Arrivai in ufficio gonfia di cibo e ancora con il mal di testa. Ormai ero in overdose da analgesici. Avrei voluto tornare a casa subito. Anche perché dovevo traslocare da qualcuno, ma prima dovevo trovarlo, questo qualcuno. In quel momento entrò François.
– Chiara, dovremmo parlare...
Scattai in piedi: – Hanno ammazzato il cane del mio vicino.
Volevo testare la sua reazione, sempre come l'agente speciale Gibbs.
– Che cosa c'entra, adesso?
– Non lo so. E tu?
– Io ero entrato solo per dirti che prima o poi dovremo vedere insieme il lavoro di Maddalena.
– Ah. Tutto qui?
– Sí. Ma non c'è fretta.
– Ok, io non mi sento molto bene, ti dispiace se ne riparliamo?
– In effetti non hai un bel colorito. Forse però è meglio se rimani qui in ufficio.
– Perché?
– Be', perché è pericoloso: se dovessi peggiorare mentre sei al volante?

– Forse hai ragione.
– Certo che ho ragione. Dài, rimani qui ancora un paio d'ore e appena ti senti meglio torni a casa. Io sto uscendo per andare a incontrare un paio di fornitori, ma in ufficio ci sono gli altri...

Era stato carino. Dovevo smetterla di giocare a fare l'investigatrice. Dio, come stavo male. Presi un analgesico e telefonai a Matelda: – Passo a casa a prendere il cambio e poi sono da te.

– Dici che è il caso che tu vada da sola? Hai una voce strana...

– Mi sento malissimo.

– Certo, se fai due colazioni!

– Zitta, che mi viene anche da vomitare.

– Io ti accompagno...

– Ma no, stai tranquilla. I serial killer non operano mai in pieno giorno.

– E tu che ne sai, scusa? No, non lo voglio sentire. Perché te l'ho chiesto? Ci vediamo piú tardi allora.

– Sí, scusa, ora riattacco, non riesco neanche a parlare...

Mi accasciai sulla sedia e persi il senso del tempo. Quando riaprii gli occhi era trascorsa piú di un'ora. Mi sentivo meglio, molto meglio. Mi era anche tornata la fame. Sbrigai le ultime faccende e in un baleno era arrivata l'ora di pranzo. Potevo tornarmene a casa. In corridoio incrociai Giovanni.

– Ciao, – lo salutai, – sto andando via.

– Non sapevo neanche che fossi arrivata. Come stai, bellezza?

– Benone, grazie.

– Una sera di queste ci prendiamo una birretta, io te, che ne dici?

– Non vedo l'ora!

Appena parcheggiai la macchina, capii subito che qualcosa non andava. Il mio terrazzino si vedeva dalla strada e le porte finestre erano spalancate. Ero certa di averle chiuse, prima di andare via, la sera dell'omicidio del topo.

Mi avvicinai al cancello principale guardandomi intorno. Ripetevo a me stessa che era giorno, c'era il sole e che non poteva succedermi niente, ma non ne ero piú cosí convinta. Infilai le chiavi nella toppa e aprii la porta. La prima cosa che notai furono i cassetti. Come mai erano aperti?

Immobile sulla soglia, abbracciai con lo sguardo tutto l'interno. Impiegai una manciata di secondi a capire che qualcuno era entrato nel mio appartamento e l'aveva messo a soqquadro. Il contenuto dei cassetti e dell'armadio era stato rovesciato sul letto, le sedie e il tavolo spostati in terrazzo e i miei splendidi coccetti marocchini giacevano frantumati a terra, con tutto il loro contenuto. Volevo precipitarmi dentro, ma se chi aveva commesso quello scempio si fosse trovato ancora lí?

Quante volte avevo visto accadere quella scena nei film? Nonostante il furto, i proprietari entravano in casa per usare il telefono e chiamare il 911. La botta in testa se l'erano meritata! A che servivano, allora, i cellulari? Indietreggiai fino al portone, senza mai distogliere lo sguardo dalla porta, premetti il pulsante e mi precipitai all'aperto. Corsi verso la macchina, mi chiusi dentro e chiamai Garano. Rispose al terzo squillo: – Rimanga in macchina, non si muova da lí. Arrivo subito.

Non avevo alcuna intenzione di uscire. Le gambe mi tremavano e l'adrenalina era crollata. Mi avevano svaligiato casa, e in pieno giorno! Questo contraddiceva tutte le mie teorie. Sapevano che non mi avrebbero trovata. Contavano sul fatto che fossi in ufficio. François! Aveva insi-

stito che rimanessi al lavoro. Oddio, ma che cosa andavo a pensare? Sentii bussare con violenza al finestrino e feci un salto, sbattendo con la testa sul tettino della macchina.
– Apra, sono io, Garano!
Appena scesa, gli buttai le braccia al collo senza neanche pensarci e rimasi attaccata a lui per un tempo infinito, finché una serie di colpi di tosse mi riportò alla realtà.
– Ehm, va meglio ora?
– Oddio, sí, mi scusi... mi sono cosí spaventata...
– Allora non le dispiace restituirmi il collo?
– Ah sí, certo... il collo è suo.
– È una delle poche certezze che ho nella vita. Vogliamo entrare, ora?
Ci incamminammo in silenzio e arrivati sulla soglia gli indicai lo scempio.
– Ha toccato qualcosa?
– No, no! Non sono proprio entrata! Se fosse stato ancora in casa? Si sa come vanno queste cose... una entra per chiamare la polizia e *zac*! Un attimo dopo è morta.
– Queste cose succedono solo nei film!
– Appunto! Ora cosa farà? Chiamerà la Scientifica? CSI?
– No, il RIS, al limite. Ma lasciamo che si occupino dei casi di omicidio. Qui non credo ce ne sia bisogno.
– Mi scusi. Non sono pazza, mi creda.
– No, non le credo. Lei è pazza da legare.
Le sensazioni che fino a qualche minuto prima mi avevano travolta erano svanite nel nulla. Quell'uomo era insopportabile.
– Piuttosto, controlli se le hanno rubato qualcosa.
– Va bene, certo con questa confusione non sarà facile capirlo.
– Mi dice come le è venuto in mente di tornare a casa da sola?

– Ma era giorno...
– E allora?
– Di giorno certe cose non succedono... anche se a questo punto...
– E chi lo dice?
– Be', come chi lo dice? Si sa! «Platone ha scritto: possiamo perdonare un bambino che ha paura del buio. La vera tragedia della vita è quando gli uomini hanno paura della luce». Lo dice Aaron Hotchner, di *Criminal Minds*.
– Ma lei ce l'ha una vita?
– No.
– Lo sospettavo. E comunque non aveva cambiato la serratura?
– Veramente no. Non credevo... poi io ho il paletto... ecco, vede? Nessuno può entrare.
– Nessuno può entrare quando lei è in casa, ma il paletto non si può mettere da fuori, a meno che lei non sia una specie di MacGyver!
– Be', sí, in quel caso con una calamita...
– Porca vacca, sto iniziando a parlare come lei. Moscardelli, cosa mi ha fatto? Ho bisogno di bere qualcosa. Si potrebbe avere un caffè?
– Come?
– Un caffè, sa, quella bevanda nera...
– Mi scusi, certo, lo faccio subito.
– Grazie, molto gentile. Lo prendo amaro.
Ma che ero, la sua cameriera?
– Comunque in questa casa c'è ben poco da rubare. Il computer è qui, il televisore anche, e sono le due cose piú preziose che possiedo.
– È chiaramente un furto simulato. Cercavano qualcosa di specifico.
– Ma che cosa? Non capisco.

Mentre parlavo, iniziai a sistemare l'appartamento. Garano mi aiutò a riportare il tavolo e le sedie all'interno. Avrei dovuto essere sconvolta, eppure non lo ero, non lo ero affatto.

– Forse, dopo tutto, lo stalker non è fissato con lei, ma con qualcosa che è in suo possesso. Questo rafforza l'idea che si tratti di qualcuno del suo ufficio. Dovremmo parlarne e non so lei, ma io devo pranzare.

– Be', sí, anche io.

Voleva che gli preparassi il pranzo, tanto per gradire?

– Allora meglio andare.

– Ottimo. E dove? – Poi, rendendomi conto che suonava come un invito, mi affrettai ad aggiungere: – Non intendevo dire io e lei...

– Io invece credo proprio di sí.

– Oh, ma lo sa che lei è insopportabile?

– Sí, me lo dicono in molte, e di solito mentre se ne vanno sbattendo la porta.

– Appunto.

– Buono questo caffè. Raccolga le cose per la notte e andiamo.

Oddio, voleva che passassi la notte con lui? Non ero preparata, avevo solo pigiami di pile.

– Non mi interessa il suo abbigliamento notturno. Ma di certo non penserà di tornare a casa!

Avevo di nuovo pensato ad alta voce? Che vergogna.

– No, certo che no, e comunque non ho creduto che fosse un invito a trascorrere la notte insieme. Tra l'altro ho anche dei pigiami in seta, dei baby-doll, cosa crede? Solo che adesso non saprei dove trovarli, cosí, su due piedi...

– Io starei ore ad ascoltarla, ma purtroppo non ho tempo.

– Certo, certo. Prendo al volo il pigiama e sono pronta.

– Quindi niente baby-doll? Peccato...

In pochi minuti avevo preparato la valigia e indossato il cappotto. Mi sentivo incredibilmente bene. Non mi capitava da anni e in quel momento pensai che non me ne fregava assolutamente niente dello stalker, o di quello che poteva o non poteva farmi. Anzi, sperai quasi che continuasse a perseguitarmi per tutta la vita. Ero cosí eccitata che non mi accorsi neanche che eravamo arrivati, avevamo parcheggiato e Garano era in piedi accanto al mio sportello.

– Ci facciamo portare la pizza in macchina?
– No, no, scendo, è che...
– Meno male! – E si allontanò, senza neanche aspettarmi. Che cafone!

Lo seguii a passo di carica e imboccai nel ristorante che lui era già dentro.

Gli andò incontro un omino basso e tarchiato. – Commissario, che piacere! Tavolo per due?

– Buongiorno Mario. Sí, per due. Mario fa delle polpettine al sugo di lepre che sono una meraviglia, ma immagino che lei prenderà qualcosa di piú leggero...

– Perché? Le polpettine mi sembrano ottime. Solo, se si potessero avere di carne e non di lepre...

– Perché, la lepre non è carne?
– Sí, anche il cavallo è carne. Ma io non lo mangio. Cosí come non mangio il cervo o il capriolo...
– Non capisco...
– Come faccio a mangiare Bambi?
Silenzio.

In quel momento, per fortuna, gli squillò il cellulare.
– Scusi, devo rispondere. Sí? Pronto? – Era chiaramente una voce di donna, e per giunta molto alterata. – Porca vacca, mi sono dimenticato...

Ma Garano non sembrava interessato alla cosa, anzi, mentre la persona al telefono continuava a gridare, lui

era impegnato a scegliere qualcosa dal menu. Quando arrivò Mario al tavolo, mise la mano davanti al telefono e bisbigliò: – Allora Mario, per me le solite polpette, alla signorina gliele fai con un bel ragú di carne, non di lepre…
– Ma, commissario…
– Lascia stare, meglio non sapere. E portaci una bottiglia di vino. Morellino… sí, ti sto ascoltando, ma che devo fare? Ero in servizio e poi mi sono dimenticato: vuoi crocifiggermi per questo? Sí? E va be', allora crocifiggimi, – e riattaccò. – Non mi guardi cosí anche lei, domani le sarà già passata.
– Veramente non mi interessano le sue beghe amorose.
Oh, gliele avevo cantate, finalmente.
– Ah no?
– No. È solo che sono preoccupata.
– Capisco, ma non deve, vedrà che si sistemerà tutto.
– Volevo dire che sono preoccupata per le ordinazioni. Solo le polpettine… sí, insomma… io ho fame! È che non volevo interromperla, era cosí preso… non si potrebbe richiamare Mario?
– Certo…
Ordinai un piatto di bucatini all'amatriciana e nell'attesa un tagliere di formaggi.
– Il dolce lo chiediamo dopo? – domandai.
– Ma mangia tutto lei?
– No, se vuole ci possiamo dividere il tagliere.
Quando arrivarono i formaggi in effetti ce li dividemmo. Io cercavo di darmi un contegno, senza però riuscirci. Con l'amatriciana, la tovaglia si trasformò dopo pochi istanti in un mosaico di sugo.
Per cercare di distrarlo dallo scempio, gli chiesi qualcosa di lui.
– Io non parlo mai di me stesso.

– Cos'è? Una qualche pratica religiosa?
– Ok, uno a zero per te.
– Ah, siamo passati al tu?
– Già, ma so che me ne pentirò...
– Ma no, in fondo ti sono simpatica.

Eh? Altro che *Garano, stammi alla larga perché tutto quello che tocco lo distruggo. Molti uomini si sono uccisi per...*
– Chi si è ucciso?
– Nessuno, chi si è ucciso?
– Molti uomini, lo hai detto tu... o era una citazione da uno dei tuoi film preferiti?
– Sí, be', forse in effetti ne vedo troppi...
– Quindi, se ho capito bene, ti piace vivere la vita di qualcun altro.
– Ma figuriamoci! E perché mai dovrei fare una cosa del genere?
– Ah, non lo so. Per paura? Degli uomini, per esempio?
– Ma senti che presuntuoso! La mia non è paura.
– E cos'è allora?
– È una certezza! Scusa, mettiamo il caso che tu sia un uomo...
– Ma sí, dài, mettiamolo pure.
– Intendevo dire un uomo che mi invita a pranzo...
– Pensavo di averlo appena fatto.
– Sí, ma non in quel senso.
– Quale senso?
– Quello!
– Va bene, va bene, vai avanti.
– Io passerei ore a sistemarmi, a cercare di rendermi presentabile. Arriverei all'appuntamento carica di aspettative e sbaglierei tutto. Dopo poco ti stuferesti e mi lasceresti per una donna piú giovane, o piú vecchia o piú sexy o piú, piú... bella, ecco.

– Già, probabilmente andrebbe a finire proprio cosí. Me l'ero cercata.
– Quindi mi risparmio una bella fatica, non trovi? – conclusi soddisfatta. Oddio, proprio soddisfatta no.
– Il problema è che tu credi alle favole e nessuno sarà mai all'altezza delle tue aspettative, soprattutto se consistono nel pensare che la vita sia come un film. Il principe azzurro non esiste, anche se io mi ci avvicino parecchio, non trovi?
– Ahahahaha, sí, come no. Ma se prima mi hai sbattuto la porta in faccia!
– Quale porta?
– Quella del ristorante.
– Ma se neanche te l'ho aperta!
– Appunto. E poi senti chi parla. Uno che da quanto ho capito non si vuole legare a nessuno, e che ha... quanti anni?
– Quarantacinque, ma che significa? La mia non è paura, ma voglia di libertà: è diverso. Poi voi donne siete una richiesta continua, e tutte con questa fissazione del matrimonio, della fedeltà...
– Hai ragione, è proprio una cosa imperdonabile!
Scoppiammo a ridere.
– Poi c'è anche il fatto che non vengo mai accettata per quella che sono.
– E chi sei, Moscardelli?
– Ah, questo non lo so, in effetti. Quello che vedi.
– A me non dispiace quello che vedo.
– Veramente? – Sgranai gli occhi e mi partí una polpetta che andò a schiantarsi nel piatto di Garano.
– Mi dispiace...
– Sei un personaggio, Moscardelli.
– Lo so, ho una forte personalità.
– Questo è certo! Sei un tipo strano, ma se la cosa ti

può consolare, la mia curiosità è piú simile a quella che un uomo ha nei confronti di una donna: ti dice qualcosa?
— Sí, no, oddio... ho un vago ricordo...
— Sarebbe il caso di rispolverarlo, che dici? Non con me, sia chiaro!
— Avevo capito. Comunque non ci penso proprio! Non ho bisogno di altro per essere felice, anzi, quando quel qualcos'altro arriva mi rende profondamente infelice. Poi, anche se mi trovassi un uomo, prima o poi verrebbero fuori le magagne.
— Ho paura a chiedertelo, ma quali sarebbero queste magagne?
— Ce ne sono di ogni tipo.
— Ma come la mettiamo con il fatto che io non ho nessuna magagna???
— Tu *sei* una magagna, – mi sfuggí, – e anche gigante!
— Come se voi non aveste colpe. Povere vittime di questi uomini cattivi...
— Dici bene!
— Voi siete troppo dietrologiche, pensate che i nostri gesti, le nostre parole, nascondano chissà quali pensieri. Costruite una vostra storia personale che non ha alcun riscontro nella realtà. Se un uomo dice no, è no! E non l'ha detto perché in realtà voleva dire sí. Se decide di andare a letto con una donna, non vuol dire che la ama o che ha improvvisamente deciso di sposarla, né lei deve sentirsi autorizzata a sistemare le sue cose nell'armadio.
— Allora perché ci deve andare a letto, scusa?
— Be', perché no?
— In effetti...
— Siete voi che in questo gesto leggete altro da quello che è. Pensate che in fondo l'uomo in questione si è innamorato. Ma non è cosí, e quando uno ve lo fa notare vi incazzate e vi incaponite, per giunta!

– Per caso hai visto *La verità è che non gli piaci abbastanza*?
– Ovviamente no.
– Cito testualmente: «Se un uomo si comporta come se non gliene fregasse un cazzo di te, non gliene frega un cazzo di te davvero!» È Alex a parlare. Il problema è che spesso veniamo incoraggiate a pensare che se un uomo sparisce lo fa perché gli piacciamo ma ha dei problemi, ha avuto un incidente aereo o è morto!
– Vedi che faccio bene a starvi alla larga? Buone le polpette, no?
– Molto. Ho fatto anche la scarpetta.
– Ho visto, ho visto... certo mangi parecchio, eh?
– No, in questo periodo sono a dieta.
– Ah, e quando non sei a dieta cosa mangi?
– Non divido l'antipasto... – E scoppiammo entrambi a ridere.
In quel momento squillò il mio cellulare.
– Scusa, devo rispondere, è la mia amica Rosa. Non la sento dalle sue nozze... Pronto? Rosa?
– Sono tornata!!! Una vacanza splendida. Spiagge bianche, palme, mare blu...
– Rosa, Rosa, ti prego, ascoltami. Ora non posso parlare, sono in compagnia di una persona e...
– Da come lo hai detto sembra quasi che tu sia con un uomo...
– In effetti... è cosí.
– Un uomo???!!! Finalmente, era ora! Non vai a letto con qualcuno da quanto? Dieci anni?
– Be', non esagerare, gli anni sono due ma...
Perché gridava in quel modo? Garano poteva sentirla?
– E non lo trovi spaventoso? Come diceva Ben Stiller in quel film che ti piace tanto? «Tre anni che non fai l'amore e sei ancora viva?» Comunque ti ho chiamato per avvisarti

che la cena della Vigilia si fa da noi. Ah, ci saranno anche i miei, oltre a te e a tua madre, ovvio. Ora chiamo Matelda...
– Sí, bene, ti saluto.
– Che cos'è che non fai da tre anni? – chiese Garano.
– Niente... le vacanze.
– Mi sembrava di avere capito un'altra cosa... A proposito, stasera dove dormi? E non prenderlo come un invito. Non sei il mio tipo.
– Cosa ti fa pensare che *tu* sia il mio tipo?
Oddio, certo che lo era!
– Perché? Non lo sono?
– No.
Non ci crederà mai.
– Ah.
Ci aveva creduto?
– Moscardelli, cosí mi uccidi. Pensavo di essere l'uomo dei tuoi sogni! Sono anche senza magagne!
Gli tirai il tovagliolo.
– Tu di magagna ne hai una gigante: non ti vuoi impegnare.
– Neanche abbiamo fatto sesso e già parli di impegni!
– Ma non intendevo con me! Cioè l'impegno, non il sesso... Oddio, non sto mica dicendo che invece voglio fare sesso con te...
– Peccato. Comunque, per tornare alla domanda iniziale, posso sapere come ti sei organizzata per le notti a seguire, senza che questa richiesta porti a tutta una serie di tue considerazioni?
– Starò dalle mie amiche. Poi, tanto, parto per la montagna...
– Ottimo! Fai bene a cambiare aria e a stare lontana dall'ufficio. Intanto farò delle ricerche sui tuoi colleghi, su François in particolare, che mi sembra quello su cui ti sei maggiormente accanita.

– Tu non mi prendi sul serio.
– Al contrario: per questo mi preoccupo di farti stare alla larga da Roma. Ma sono certo di una cosa: chiunque sia, non ti vuole fare del male, sta solo cercando di spaventarti, altrimenti non starei qui a parlare dei tuoi problemi con gli uomini, ma a tenerti la mano in qualche ospedale.
– Non ti ci vedo, a tenermi la mano.
– In effetti no. Te la farei tenere da Campanile, il mio vice. È un ragazzo molto sensibile...
– E in ogni caso non ho problemi con gli uomini!
– Se lo dici tu... forse ti hanno fatto cadere dal seggiolone quando eri piccola.
– Al massimo, quando ero già grande...
– Moscardelli, ti siedi ancora sul seggiolone? La cosa potrebbe piacermi. Ha un che di perverso.
– Basta, non ce la faccio piú. Chiamo le mie amiche e mi faccio venire a prendere da loro.

Presi il cellulare e chiamai Matelda, che avvertí le altre. Trenta minuti dopo arrivarono.
– Gesú santo, Chiara. Tu stai bene? – esordí Matelda.
– Sí, sí, tutto a posto, – risposi mentre la prendevo a gomitate perché smettesse di fissarlo.
– Vedi? Che ti avevo detto? Anfibi! – disse Michela trionfante.
– Perché? Che hanno le mie scarpe?
– Niente, anzi, sono perfettamente intonate!
– A cosa?
– All'immagine che mi ero fatta di lei, – concluse Michela soddisfatta.

Susanna intanto era impegnatissima a scrivere sulla sua agenda: – Potrebbe darmi il suo numero di cellulare? Cosí lo segno qui, per qualsiasi evenienza...
– Certo, – rispose Garano, e le dettò il numero. – Bene.

Io a questo punto andrei. Ho distribuito numeri di cellulare e ti ho messo in ottime mani!

Uscimmo dal ristorante. Faceva un freddo terribile.

– Ho bisogno di una sigaretta, – dissi.
– Hai smesso, – mi ricordò Matelda.
– E da quando?
– Da due anni...
– Ah sí? Non me lo ricordavo. Ragazze, non mi sento affatto bene, sapete?
– Certo, se continui a mangiare come un bue!

Salii in macchina e ripensai al pranzo. Da domani avrei cambiato atteggiamento. Mi sarei lasciata tutto alle spalle.

Capitolo 18

> – Quando dormo ho bisogno di stare da solo. Ho evitato anche il servizio militare per questo.
> – Con le donne ci dormi, però, eh?
> – Ci vado a letto. È diverso!
>
> PHILIPPE NOIRET in *Speriamo che sia femmina*

Patrick uscí dal ristorante che ancora rideva. Doveva ammetterlo. Si era divertito parecchio.

La prima volta che l'aveva vista, nel suo ufficio, aveva subito pensato che quella donna gli avrebbe portato dei guai, tanti guai. Le donne lo avevano sempre affascinato, e infatti ne aveva molte, ma in quel caso aveva subodorato solo problemi.

Quando l'aveva incontrata la seconda volta, per via del cane, si era convinto che fosse la classica zitella pazza con il cervello fuso per i troppi film. Per questo non si capacitava del fatto che stesse perdendo tempo con lei. Una ragazza era stata uccisa, un'altra era scomparsa e lui cosa faceva? Si divertiva a stuzzicarne una che proprio non era il suo tipo. Non lo era affatto. A lui piaceva la sua vita cosí come era, non c'era bisogno di incasinarla ulteriormente. Gli piacevano le donne, ma soprattutto gli piaceva la sua libertà. Non si era mai fatto incastrare da nessuna. Stava per compiere quarantacinque anni e non se la sentiva ancora di legarsi a qualcuno. Il suo unico grande amore era la nonna materna, che lo aveva cresciuto. I suoi genitori erano morti quando lui aveva appena tre anni.

Be', con molta probabilità non avrebbe piú rivisto quella

Moscardelli. Lo stalker si sarebbe stancato di perseguitarla e lei sarebbe tornata alla sua vita e ai suoi film.

Provò a richiamare Carolina. Ovviamente il cellulare era staccato, ma lui sapeva dove trovarla. L'avrebbe raggiunta al bar. Una bella notte di sesso con lei era quello che ci voleva. Carolina stava finendo l'università e per pagarsi gli studi lavorava al bar sotto il distretto. Il loro era un rapporto perfetto, se di rapporto si poteva parlare. Si vedevano ogni tanto. Nessuna pretesa, nessuna richiesta d'impegno da parte di entrambi. A lui andava bene cosí. Quando era andato a letto con la sua collega, l'ispettore Salieri, era stato un disastro. Lei aveva iniziato a chiedere di piú. Non riusciva proprio a capire perché le donne avessero sempre bisogno di chiarire. Qualsiasi cosa doveva essere chiarita. Cosa vuoi da me? Che tipo di rapporto abbiamo? Mi vuoi bene? Perché non mi porti mai con te? Sempre e solo domande. Non ci si poteva frequentare e basta? Eppure lui non aveva mai finto di essere quello che non era, né aveva mai detto di poter dare piú di quello che in realtà era disposto a dare. Con Carolina aveva finalmente trovato la sua dimensione ideale. Lei non chiedeva e lui non si sentiva soffocare. Per quasi un mese Salieri non gli aveva rivolto la parola. In quel periodo lavorare era stato impossibile. Perché, poi? Erano usciti un paio di volte ed erano finiti a letto insieme. Tutto qui. E lei invece già parlava di weekend, vacanze insieme. Ci mancava poco e si sarebbe ritrovato il suo spazzolino da denti in bagno e uno di quei cani minuscoli e pelosi di nome Fuffi in giro per casa! Che aveva fatto di male? Ci voleva pazienza, tanta pazienza. Parcheggiò e si diresse verso il bar.

– Che vuoi, Garano?

– Dài, Carolina, non mi tenere il muso. Sai come sono fatto. Ti porto fuori stasera. È uguale, no?

– No. Non è affatto uguale. Perché? Perché fai sempre cosí?
– Ah no, eh? Non cominciare anche tu. Ora sono qui per te. Se ti va bene, bene, altrimenti me ne vado!
– Mi porti a cena?
– Perché proprio a cena? Io pensavo invece a una bella seratina casalinga, io e te...
– Garano, sei tremendo! E non riesco mai a dirti di no. Ti aspetto alla fine del turno. E non te lo dimenticare, questa volta!
– Quando mai? Cosí mi piaci! – E le diede un bacio sulle labbra.
La serata andò esattamente come doveva andare. Fecero l'amore e rimasero chiusi in casa fino a quando Patrick non dovette tornare al lavoro, sabato mattina. La riaccompagnò all'appartamento che lei divideva con altre ragazze e si diresse in ufficio. Garano non aveva regole in fatto d'amore, ma non avrebbe mai permesso a nessuna di soggiornare nel suo appartamento mentre lui non c'era. La cosa avrebbe creato delle aspettative che non voleva assolutamente alimentare.

Capitolo 19

> – Non c'è niente da dire, è solo un tizio con cui lavoro!
> – Ma andiamo, se esci con questo tizio deve sicuramente avere qualcosa che non va.
> – Allora, cos'è, ha la gobba e il parrucchino?
> – Aspetta, mangia il gesso? Non voglio che passi quello che ho passato io con Carl... *bleah*...
> – Calmatevi ragazzi, non si tratta di una cosa seria: siamo solo due persone che vanno a cena e non fanno l'amore.
> – Mi sembra una cosa normale.
> MONICA, JOEY, CHANDLER e PHOEBE in *Friends*

3 dicembre, lunedí.

Il weekend era passato senza lasciare traccia, per fortuna. Sabato sera ero uscita con il marrone, Andrea, ma solo per un paio d'ore e guardata a vista. Matelda e le altre mi avevano accompagnata a Ponte Milvio ed erano entrate subito dopo di me nello stesso locale, per potersi sedere a un tavolo vicino al nostro.

La serata era stata disastrosa, ma non solo per colpa del marrone. Mentre lui mi stava raccontando le sue prodezze sentimentali e sessuali si era avvicinato cosí tanto al mio viso che riuscivo a vedergli le carie. Io cercavo di ritrarmi perché la cosa non mi piaceva affatto, ma piú mi allontanavo piú lui si avvicinava, quasi infastidito.

– Stai ascoltando quello che ti dico?
– Certo.
– Perché è importante che tu mi conosca bene, altrimenti non è divertente giocare.

– Infatti.
– Dunque, ti stavo dicendo che il fatto di essere un fisioterapista aiuta. Sai, tutte vogliono essere massaggiate, e una cosa tira l'altra...
– Già, i massaggi hanno sempre un loro perché...
– Dove ti piace?
– Dove mi piace, cosa?
– Il massaggio. Mi sa che tu sei una da piedi...
– Be', oddio, no... magari le spalle...
– Ma lo sai che i piedi sono molto sexy? Cioè, se accuratamente sollecitati possono portare a un orgasmo.

Io sputai quello che avevo in bocca nel momento esatto in cui Garano entrò nel locale.

Non mi sarei neanche accorta del suo arrivo se non fosse stato per Matelda, che aveva iniziato a farmi dei gesti forsennati. O era preda di un attacco epilettico o stava cercando di dirmi qualcosa. Io seguii le sue braccia e incrociai gli occhi verde ghiaccio di Garano.

Il pezzo di bruschetta al pomodoro che stavo cercando di tagliare con le posate per darmi un tono da signora volò in aria e cadde ai suoi piedi.

– Moscardelli, sapevo che dietro c'era la tua firma.

Io scostai la sedia facendola cadere e mi misi in piedi di scatto, sull'attenti.

– Garano! No... è che mi stava raccontando una storia così interessante che...
– Immagino, anche perché ti stava facendo una tonsillectomia. Hai già conosciuto l'ispettore Salieri.
– Sí.

Che bella che era, vestita in quel modo. Mi sentii profondamente a disagio con il mio maglioncino di lana e i pantaloni. Perché non avevo indossato anche io una maglietta come quella? Forse perché non ne possedevo neppure una.

– Lui è Andrea, un mio, ehm...

– Amico? – Poi si avvicinò e mi sussurrò all'orecchio:
– Amante? Uno dei *tanti*...
– Amico! – dissi allontanandolo.
– Io sono il commissario Garano, piacere. Non volevamo disturbare, continuate pure. Andiamo, Nicoletta? – E lo vidi cingerle con il braccio la vita. Fui attraversata da un brivido.
– Ah, Moscardelli! – E si avvicinò di nuovo con la bocca al mio orecchio. Io mi reggevo in piedi a malapena. – Ti sei accorta che il tuo ragazzo è marrone in viso?
Insopportabile! Non risposi neanche e mi risedetti.
Nei successivi venti minuti Andrea divenne taciturno e nervoso.
– Che succede? Qualche problema? – gli chiesi.
– No, no, è che ora dovrei proprio andare.
– Ma come? Di già...
– Troverò il modo di farmi perdonare, è una promessa. E comunque ti riaccompagno a casa.
– Grazie, ma non ce n'è bisogno.
– Insisto.
– E io ti ringrazio ancora, ma non devi. Sono venuta con la mia macchina.
– Ah, in questo caso non mi lasci altra scelta.
E se ne andò, senza neanche pagare il conto. Tornammo a casa sconsolate e il resto del fine-settimana lo passai a casa di Susanna, in pigiama. Inutilmente le mie amiche provarono a distrarmi. Non avevo voglia di uscire, di vedere gente. Volevo essere lasciata in pace. Mi sentivo minacciata, braccata. Era una sensazione bruttissima. La mia casa non era piú sicura e questo mi metteva addosso un malessere che non avevo mai provato prima. E volevo dimenticare Garano. In piú, da quando ero uscita dal ristorante con lui, avevo un terribile mal di stomaco. Secondo Matelda, si trattava di una gastrite nervosa. Io non ne ero tanto convinta. E infatti...

Capitolo 20

> Joseph Conrad disse: l'idea di una fonte sovrannaturale del male non è necessaria, gli uomini da soli sono capaci di ogni nequizia.
>
> JASON GIDEON in Criminal Minds

1, 2 e 3 dicembre, sabato, domenica e lunedí mattina.

Le indagini andavano a rilento. Sarebbe stato meglio dire che non avevano niente in mano. La ragazza era stata soffocata, tenuta prigioniera per chissà quanto tempo, e torturata. Non era morta alla discarica ma c'era stata portata in un secondo momento. Perché? Dove era rimasta durante tutti quei giorni? Garano sapeva per esperienza che i mostri si nascondono quasi sempre all'interno della famiglia. Il padre, uno zio, un fidanzato tradito. Ed era lí che avevano scavato, interrogando amici e parenti. Non era emerso nulla. E quel particolare degli occhi, strappati con violenza. Conservare un trofeo era tipico dei serial killer ma una sola vittima non poteva spostare le indagini in quella direzione, e della Castaldo ancora non si avevano notizie di alcun tipo.

– Garano, vai a casa. È sabato sera.

– Non me lo posso permettere. Non abbiamo niente, Salieri, niente. Nessuna impronta, nessun indiziato, niente di niente.

– Rivediamo insieme i verbali degli interrogatori? Magari ci è sfuggito qualcosa e...

– Li ho riletti almeno una quindicina di volte. L'unico che mi pare reticente è l'ex fidanzato.

– Si è contraddetto in un paio di occasioni, ma potrebbe essere stata la paura.

– Uno non ha paura se non ha niente da nascondere, e il dna sul corpo della vittima era il suo.

– Questo perché si sono visti quella sera e hanno litigato. Lo ha ammesso, ma sostiene di averla lasciata a casa, viva.

– Non mi torna. Perché all'inizio ha negato di averla incontrata? Richiamiamolo.

– E con quale scusa?

– Non ne abbiamo bisogno. C'è stato un omicidio, porca vacca!

– Lo faccio venire qui lunedí mattina.

– Grazie.

– Ci andiamo a prendere una cosa da bere? In memoria dei vecchi tempi?

– I vecchi tempi sono vecchi, lasciamoli pure dove stanno.

– Sei il solito stronzo, Garano.

– A quanto pare negli ultimi tempi stronzo è il mio secondo nome. E quando vai via non sbattere la... come non detto.

Doveva distrarsi, prendere aria, uscire, e Carolina avrebbe fatto al caso suo.

Non fece in tempo a comporre il numero che Nicoletta rientrò come una furia.

– Ah, ma allora è un vizio, il tuo!

– Dobbiamo parlare.

– Non dei vecchi tempi, spero.

– Garano, mi devi una birra, te lo ricordi?

E va bene: niente Carolina.

– E non capisco perché stai perdendo tempo con quella dello stalker. Abbiamo un mucchio di cose da fare e tu passi le serate ad ascoltare le deposizioni di un architetto

a cui hanno ammazzato il cane. Il cane, Patrick! Che cosa ti sta succedendo?
– Ah, ma allora è questo il problema. Sei gelosa. Guarda, non ce n'è motivo. Non è proprio il mio tipo.
– Però la porti fuori a pranzo.
– In questo commissariato nessuno si fa i fatti suoi? Mi faceva pena... è una fissata con i film, parla da sola, insomma, una pazza.
– Poverino, quindi è stato un pranzo orribile...
– Non riesco neanche a descriverti quanto.
– Andiamo, ti consolo io.
– Sono nelle tue mani.
Che doveva fare? Nicoletta gli piaceva. Sapeva che avrebbe dovuto mantenere le distanze, ma era molto difficile.
– Però da Mario non mi hai mai portata...
– Ah, ma è una fissazione!
Quando entrarono nel solito locale vicino al distretto, Garano rimase di sasso. In fondo, in un tavolo appartato, vide Chiara in compagnia di un ragazzo. E meno male che non aveva una vita. E poi, che cosa faceva? Invece di starsene chiusa in casa, trascorreva le sue serate a chiacchierare a lume di candela? Quello con cui stava non mostrava un atteggiamento da amico. Stava controllando se avesse delle placche in gola! Comunque, non erano affari suoi.
– Parli dell'asino... – gli sussurrò Salieri.
– Che asino?
– Hai visto chi c'è seduta là in fondo?
– No, chi c'è?
– Quella dello stalker...
– Ma tu guarda, – le rispose, trascinandola per un braccio. – Andiamo a salutare, no?
– Non mi sembra stiano in atteggiamento...

– Ma no, poi si offende, la conosco. Moscardelli!
Chiara scattò in piedi come un soldatino, buttando la sedia a terra. Un pezzo di bruschetta gli volò su un piede.

Garano era infastidito.
– Ma che aveva quello in faccia? Era marrone...
– A me è sembrato un gran bel ragazzo.
– Dici? Mah...
La serata passò in un baleno. Ogni tanto sbirciava oltre le spalle di Nicoletta.
– Se vuoi mi sposto.
– Perché?
– Cosí la controlli meglio.
– Chi?
– Quella dello stalker.
– Ah, credevo fosse già andata via...
Riportò Salieri alla macchina e si diresse a casa, dove trascorse tutta la domenica a leggere gli incartamenti.

Il lunedí mattina il commissariato era in subbuglio. Avevano convocato di nuovo l'ex ragazzo della Minetti, che ora aspettava tremante nella sala degli interrogatori insieme al suo avvocato.
– Tutto ciò è oltraggioso. Il mio assistito ha...
– Si calmi avvocato, nessuno lo sta accusando di niente. Voglio solo rivedere insieme a lui alcuni dettagli –. Poi, rivolto al ragazzo: – Allora. Mi ripeta esattamente cosa è successo la sera in cui è scomparsa.
– Ve l'ho già detto!
– E noi lo vogliamo ascoltare di nuovo, le dispiace?
– Io l'ho raggiunta a casa perché volevo provare a rimettermi con lei. Sapevo che sarebbe partita il giorno dopo per non so quale destinazione, per questo ci tenevo a parlarle prima. Ero convinto che se ci fossimo rivisti...

– Ma lei all'inizio ci ha detto che non la vedeva da settimane. Perché ha mentito?
– Perché avevo paura. Insomma... è morta!
– Per la precisione è stata uccisa, strangolata. Vede i segni sul collo?
– Mio dio... ma è orribile... non ha... non ha piú...
– Gli occhi.
– Ma è impazzito, Garano?
– Avvocato. Il suo assistito ci ha mentito su dove si trovava quella sera, ci ha nascosto di aver visto la ragazza, ci ha fornito un falso alibi...
– Ma ha già risposto alle sue domande e le ha già detto il perché della sua reticenza. Ora, se vogliamo farla finita una volta per tutte con queste idiozie...
– Solo un'ultima domanda. Come ha reagito quando è stato respinto per l'ennesima volta? Si è sentito ferito, mortificato?
– Sí.
– La odiava?
– Sí, cioè no!
– Sí o no?
– No.
– Voleva punirla? Cosa avrebbero pensato i suoi amici? Insomma, lei è un leader, non poteva certo tornare sconfitto. Per questo l'ha schiaffeggiata. Ma non le è bastato per sentirsi soddisfatto.
– Ora basta!
– Lo faccia rispondere alla domanda, avvocato!
– Sí, le ho dato uno schiaffo. Tutto qui. Lei non voleva proprio ascoltarmi ed ero arrabbiato. Ma me ne sono subito pentito. Le ho chiesto scusa, l'ho pregata di perdonarmi ma lei ha iniziato a urlare e...
– E cosí l'ha ammazzata!

– No, no, no! Sono scappato via... lei non si calmava e io mi sono spaventato. E ora è morta e...
Il ragazzo fu sopraffatto dai singhiozzi.
Garano era a un punto morto.
– Potete andare.
In quel momento si affacciò Salieri: – C'è Consalvi in linea per te.
– Consalvi, mi dia buone notizie.
– Qui di buone notizie ce ne sono ben poche. Come le ho già detto, nessuna violenza sessuale e nessun frammento sotto le unghie. Lo stomaco era vuoto, il corpo disidratato. Le confermo che i segni trovati ai polsi e alle caviglie sono stati provocati da una corda sottile, stretta intorno agli arti. Purtroppo non ho rinvenuto fibre, quindi non so dirle che tipo di corda fosse.
– Perché tenerla legata, se aveva le ossa rotte?
– Una domanda molto pertinente. La saluto. E non la voglio piú sentire fino a dopo Natale.
– Come farà senza di me?
– Sopravvivrò.
– Be', detto da lei...

Parte seconda

Prima o poi sarai costretta a fare i conti con noi due!
AL PACINO e MICHELLE PFEIFFER in *Paura d'amare*

Capitolo 21

> Mark Twain ha scritto: tra tutti gli animali l'uomo è il piú crudele. È l'unico a infliggere dolore per il piacere di farlo.
>
> <div align="right">JASON GIDEON in <i>Criminal Minds</i></div>

23 dicembre, domenica.

Quando il commissario giunse sul posto era quasi buio e la Scientifica aveva già isolato la zona.

Aveva litigato con il procuratore per farsi affidare anche questa indagine. Era stato rinvenuto il cadavere di un'altra ragazza, apparentemente nello stesso stato della Minetti. Non sarebbe stato compito suo andare fino a lí, un parcheggio isolato sulla Magliana, ma Garano era convinto che non fosse una coincidenza. Due cadaveri ritrovati nella stessa zona: doveva esserci un significato ben preciso che lui era intenzionato a scoprire.

– Affidi a me il caso, – aveva detto al telefono. – Sono sicuro che i due omicidi sono collegati, e dal momento che sto seguendo il primo, sarà piú utile alle indagini che io mi occupi anche del secondo.

– Garano, non mi ha affatto convinto, lo sa?

– Quindi vado?

– Vada, vada.

Parcheggiò la macchina abbastanza distante e si avvicinò a grandi passi verso il luogo dell'omicidio.

– Buonasera, Garano, – disse il medico legale quando lo vide arrivare.

– Consalvi, alla fine non ce l'ha fatta a stare senza di me!
– Si prepari, perché è uno spettacolo da far resuscitare i morti!
– Il suo senso dell'umorismo è davvero macabro Consalvi, gliel'ha mai detto nessuno?
– Sí, mia moglie.
– Povera donna... – e Garano passò sotto i nastri che circondavano il perimetro da analizzare.

L'omicidio era tra i piú efferati che il commissario avesse mai visto nella sua carriera. La ragazza era seduta a terra, le gambe divaricate e la schiena ricurva. La testa pendeva in avanti. Indossava un abito da bambina, la bocca era spalancata e le braccia e le gambe erano spezzate. Gli occhi erano stati strappati.

– Porca vacca! – esclamò il commissario, coprendosi la bocca e il naso con la mano. Poi si rivolse a Consalvi: – È la stessa scena?
– Identica, ma piú violenta. Vede i lividi?
– E mi conferma che si tratta della ragazza scomparsa? Caterina Castaldo?
– Glielo confermo e sottoscrivo.
– Come è morta?
– Non mi secchi, Garano. Devo fare l'autopsia...
– A occhio e croce?
– Soffocata.
– Strangolata, vuol dire.
– No, se le dico soffocata vuol dire soffocata. Mi vuole rubare il mestiere?
– Continui.
– Gommapiuma. Spinta in gola con violenza. Non ha segni sul collo, le labbra sono livide e scommetterei che la morte è avvenuta nello stesso modo della vittima precedente. Guardi le petecchie sottocutanee. Potrò essere

piú preciso solo dopo l'autopsia. E avrà di certo notato i vestiti... Se sta pensando a quello che penso io la risposta è sí.
– Quindi mi sta dicendo che siamo di fronte a due omicidi identici?
– Esattamente.
– Sa cosa vuol dire questo, Consalvi?
– Un serial killer.
– Porca vacca.
– Io qui ho finito. Buonanotte, Garano.
– Se ne va cosí?
– Che cosa devo fare? La devo baciare? Lascio volentieri alle sue ammiratrici questo compito.
– Domani mattina la chiamo per il referto.
– Domani mattina? Ma è matto? Ha visto che ore sono?
– Visto che è tardi provveda subito, cosí si toglie il pensiero.
– Io la odio, lo sa?
– Lo so. Anche lei non mi è granché simpatico.
– Garano, domani è la vigilia di Natale, se ne rende conto, vero?
– E lei lo sa da quanti giorni stiamo cercando questa ragazza? Ho impiegato tutte le mie risorse, i miei uomini, ma niente. Neanche un indizio. Abbiamo setacciato i locali che frequentava, interrogato tutti i parenti, gli amici. Niente. Non è venuto fuori niente. E ora devo avvertire una madre distrutta che la figlia scomparsa è morta, e nel modo piú atroce possibile.
– Ha vinto, mi ha fatto quasi venire i lucciconi...
– La chiamo domani mattina. Buon lavoro, Consalvi! – Poi Garano si rivolse ai ragazzi della Scientifica: – Posso passare?
– Ancora no, commissario.
– Quanto ci vorrà?

– Una ventina di minuti.
Si incamminò verso la macchina. Aveva bisogno di fumare. Aprí lo sportello e cercò nel cruscotto. Era sicuro di avere lasciato un pacchetto di sigarette da qualche parte quando aveva deciso di smettere. Infatti lo trovò. Ne accese una e si appoggiò allo schienale. Era un gran casino. Avevano a che fare con un seriale, non c'erano dubbi, e lui l'aveva sospettato fin dall'inizio.
Poi c'era la vicenda del famigerato stalker di Chiara. Doveva ammettere che piú di una volta aveva pensato di chiamarla, poi aveva desistito. Non capiva perché quella donna si fosse insinuata dentro di lui con tanta prepotenza. Non era il suo tipo, ed era piena di paure. Sarebbe stato meglio lasciar perdere.
Venne riportato alla realtà da un ragazzo della Scientifica.
– Commissario, se vuole abbiamo finito.
– Grazie, arrivo –. Spense la sigaretta e si avviò verso il luogo del delitto.
Superò la recinzione e arrivò ai piedi della donna.
– Trovato qualcosa?
– Sí. Impronte di scarpe, segni di trascinamento. Ma siamo in un parcheggio, sa questo cosa vuol dire? Comunque, non credo sia stata uccisa qui. Portiamo tutto in laboratorio e le facciamo sapere.
– Bene. Posso toccare il corpo?
– Sí. Sta arrivando l'ambulanza per trasportarlo all'obitorio. Faccia presto.
Patrick si chinò e analizzò la ragazza.
Che brutta storia. Sapeva già che il procuratore non l'avrebbe lasciato in pace. Perché l'assassino spezzava gli arti? E soprattutto perché strappava gli occhi? Doveva esserci una ragione. La Castaldo era sparita a fine novembre, dunque era stata tenuta prigioniera per quasi un mese e seviziata, a

giudicare da come era ridotto il corpo. E anche questa volta, nessuna violenza sessuale, ci avrebbe scommesso. Notò i segni sui polsi e sulle caviglie. Doveva chiedere a Consalvi se potevano essere stati provocati dallo stesso tipo di corda. Si chinò ancora di piú. Il modo in cui i corpi venivano esposti gli sembrò pressoché identico. Gli abiti con cui venivano ritrovate dovevano nascondere un significato. Non poteva trattarsi di una coincidenza. Tornò verso la macchina nel momento in cui stava arrivando l'ambulanza. Sarebbe stata l'ennesima nottata insonne. Prima di tornare in ufficio, decise di fermarsi a un distributore: aveva assolutamente bisogno di un caffè.

La ragazza che lo serví non era affatto male. Trascorse quasi una mezz'ora a chiacchierare con lei e alla fine ottenne, senza neanche troppa fatica, il suo numero di telefono.

Questo tipo di distrazioni lo aiutava a sopportare l'orrore che aveva di fronte e l'inquietudine strisciante che sentiva da quando era cominciata quella storia.

– Allora ci sentiamo presto, – le disse mentre usciva.

Doveva scappare, aveva già perso troppo tempo. Ah, le donne. Appena arrivato al distretto, chiamò il procuratore per aggiornarlo sul nuovo caso di omicidio.

– Garano, ha idea di che ore sono?

– No, che ore sono?

– Lei ha il fuso orario americano, ed è anche la vigilia di Natale! Ha presente? La neve, i regali sotto l'albero, le cene in famiglia...

– Ah, con questa Vigilia... siete tutti fissati. Facciamo una bella cosa, lei festeggi il Natale scambiandosi i regalini con i nipoti, io nel frattempo faccio partire un'indagine su un serial killer. Arrivederci.

– No, no, no, Garano, aspetti un momento! Quale serial killer? Di che cosa sta parlando?

– Non si scaldi, che le rimane il panettone sullo stomaco. Sto parlando di omicidi seriali, ha presente? Uomini che si divertono ad andare in giro ad ammazzare ragazze giovani, piú o meno con le stesse caratteristiche...
– So cosa è un serial killer, Garano. Ma qui mica siamo a casa sua. Non precipitiamo le cose, sapevo che non avrei dovuto affidarle anche questo delitto. Voi americani siete fissati con i seriali. Siamo di fronte a semplici coincidenze.
– Abbiamo due vittime della stessa età, uccise nello stesso modo, ritrovate in due zone dello stesso quartiere, entrambe con gli occhi strappati e gli arti spezzati, entrambe vestite con degli abiti da bambina e lei queste le chiama semplici coincidenze?
– Sí, e non voglio sentir parlare di seriali, ha capito, Garano? I giornalisti ci farebbero a pezzi e noi ne usciremmo ridicolizzati. Per non parlare di quello che succederebbe se non fosse vero...
– Ho capito, ho capito.
– Mi tenga aggiornato, mi raccomando.
– Sí, certo.

Dopo avere riattaccato, si avvicinò al suo tabellone e scrisse, a caratteri cubitali, «serial killer». Caratteristiche: occhi strappati, arti spezzati, nessuna violenza sessuale, soffocamento, vestiti simili, segni su polsi e caviglie, con un bel punto interrogativo. Sapeva che lui era là fuori. La caccia era iniziata.

C'erano due genitori da avvisare. Ripensò alla madre della ragazza che si era presentata da lui. Avevano fatto tutto il necessario per ritrovarla? Gli squillò il cellulare.

– Garano, ma che fa? Prima mi dice di sbrigarmi e poi non risponde al telefono? Ce l'ha con me, allora.
– Che vuole che le dica, Consalvi, non mi andava di sentire la sua voce!

– Poche storie, vuole sapere o no cosa ho da dirle?
– Spari.
– Soffocata dalla gommapiuma, come immaginavo. Ha gli stessi...
– Segni sui polsi e sulle caviglie.
– Guardi, facciamo una bella cosa. Visto che non ha bisogno di me io me ne torno a casa da mia moglie...
– Non faccia cosí. C'è altro che io già non sappia?
– Lo sa che lei è insopportabile?
– Ultimamente me lo sento ripetere spesso... Pensa che si possa trattare dello stesso tipo di corda?
– Senza fibre è difficile da stabilire, ma i segni sono identici. La morte risale a piú di ventiquatt'ore fa. Per la precisione, la collocherei tra le tre e le quattro del mattino. È stata torturata e, come nel caso precedente, gli arti sono stati spezzati quando era ancora viva.
– Porca vacca!
– Sono d'accordo con lei. Brutta storia. Comunque ho scritto tutto nel referto che le consegnerò. Ora, se non le dispiace, tornerei a casa a dormire e le chiederei la cortesia di non farsi piú vivo. Oggi è...
– È la Vigilia, lo so. Anche volendo, non riuscirei a dimenticarmelo. Non ci vogliamo andare a fare una birretta, io e lei?
– Non mi dica che per una volta l'hanno lasciata in bianco!
– Non ci speri, Consalvi...
– Arrivederci.

Poteva andare a casa anche lui. Ripensò di nuovo a Chiara. Non poteva farsi carico anche di quella storia. L'avrebbe passata a Salieri. Prima, però, doveva avvisarla.

Avrebbe potuto anche non farlo, ma aveva proprio voglia di sentirla. Anzi, si rese conto che aveva voglia di ben altro, e la cosa non gli piaceva affatto.

Capitolo 22

> Io ho quarantadue anni e lei diciassette. Sono piú vecchio di suo padre. Ci crederesti che sto con una ragazza che ha un padre che è piú piccolo di me?
>
> WOODY ALLEN in *Manhattan*

24 dicembre, lunedí, vigilia di Natale.

Erano trascorsi venti giorni.
Venti giorni di assoluto silenzio da parte dello stalker e, cosa ancora piú grave, da parte di Garano.
Questo perché, dopo avere visto Andrea, il marrone, fui ricoverata d'urgenza in ospedale.
Non so se a causa delle polpette al sugo di Mario, della doppia colazione, o di Garano, fatto sta che la sera dopo il famigerato aperitivo avevo la febbre alta e terribili crampi allo stomaco. Matelda fu costretta ad accompagnarmi al pronto soccorso, suo malgrado.
– Che avrai, Chiara? Ormai non hai piú manco un pezzo. Che ti potranno togliere?
Dopo una settimana, i medici ancora non riuscivano a venirne a capo. Mi avevano fatto, nell'ordine, una lastra, una Tac e una risonanza con liquido di contrasto all'addome. Analisi del sangue di ogni tipo, una radiografia al piede, da cui era emersa una grave tendinite, e una gastroscopia. Niente. Matelda era l'unica ad avere certezze: – Avrai l'Aids! Non ci possono essere altre spiegazioni.
I miei colleghi chiamavano tutti i giorni. Giovanni passò a trovarmi, Fabrizio, invece, pare non si fosse accorto

della mia assenza. Anche François si teneva aggiornato sulla mia salute e mi parlava della sua crema snellente. Non c'era verso di fargli capire che era già stata messa in commercio da un'altra azienda. Non venne mai in ospedale, per fortuna. Quando ormai i medici avevano perso le speranze di trovare la causa dei miei mali, l'ortopedico del mio tendine, un uomo molto simpatico, suggerí che forse dovevano sottopormi a una colonscopia. L'idea venne accolta da tutto lo staff medico con entusiasmo. Mi furono somministrati quattro litri di purga, fui sedata, e al mio risveglio incrociai sguardi soddisfatti. Rettocolite ulcerosa, fu la diagnosi. Niente piú verdure bollite, frutta e cereali. Insomma, dovevo abolire tutto quello che nel pensiero comune era considerato «sano».

Fui dimessa dopo dieci giorni dal ricovero e andai a stare a casa di Rosa. Matelda stava facendo dei lavori di ristrutturazione. Non tornai in ufficio: ero in convalescenza e a breve ci sarebbero state le vacanze di Natale. Ecco spiegata la ragione del silenzio da parte dello stalker, o di François. Non poteva certo infastidirmi anche in ospedale! Forse, dopo la piccola vacanza a Cortina, sarei potuta tornare nel mio bilocale.

Il giorno della cena della Vigilia arrivò in un baleno. Già nel pomeriggio si respirava un clima di grande agitazione, soprattutto da parte di Rosa. Alle sette c'erano tutti: i genitori di Rosa, Matelda e Michela con il padre, gli immarcescibili zia Martina e zio Giuliano, che nessuno aveva mai capito di chi fossero zii ma che erano stati sempre presenti da quando ne avevo memoria, e infine io e mia madre. La cena era squisita, ovviamente, e dal momento che ero stata autorizzata a mangiare qualsiasi cosa, tranne verdure, mi abboffai di tortellini.

Al caffè, mi alzai barcollando e andai a prendere una

boccata d'aria in terrazza. Quando rientrai, mi accorsi che c'era grande agitazione.

– Guarda questa quanto è bella! – diceva la madre a Rosa. – Qui sono venuta benissimo.

Alzarono tutti gli occhi verso di me e Rosa disse: – Abbiamo ritirato le foto del matrimonio.

– Sai, Rosa, – intervenne Carla, sua madre, – che il fotografo è rimasto sconvolto quando gli ho detto che avevo quasi sessant'anni?

– Tu *hai* sessant'anni, ma dal momento che hai smesso di festeggiarli quando ne hai compiuti quaranta, chi tiene piú il conto? – si lasciò sfuggire Rosa.

– Dovevi proprio ricordarmelo?

– Che bella idea che abbiamo avuto, – mi sussurrò Matelda.

– Quindi hai sessant'anni? – continuai io, imperterrita.

– Chiara!

– Uffa, Matelda! Erano anni che me lo domandavo.

– Se tu facessi ogni tanto la madre, invece di far finta di essere mia sorella, – riprese Rosa, – forse non te lo starei a ricordare. E poi era una battuta, potevi anche riderci sopra... o avevi paura che ti aumentassero le rughe sul collo?

Mio dio. Che stava succedendo?

– Perché? Ho le rughe sul collo? Sergio?

– Chi ha il culo a mollo? – chiese zia Martina. Ma per fortuna venne ignorata.

– Che sciocchezze. Sei bellissima. Volete smetterla di litigare, voi due?

– Che effetto fa, mamma, guardarsi allo specchio e vedersi sempre belle? Compiacersi della propria immagine ogni giorno, ogni minuto? Come ci si sente? Lo vorrei tanto sapere, sai? Perché per quanti sforzi io abbia fatto non sono riuscita a diventare come tu avresti voluto e questo per te è un problema, vero, mamma? E la vuoi sapere un'altra cosa? Te la devo dire, me la tengo dentro da troppo tempo. Quando ero piccola, io non avrei mai pensato che le imperfezioni fossero un difetto, che le *mie* imperfezioni potessero essere un problema, se non fosse stato per le cose che mi dicevi tu. Eri tu a farmi sentire sempre inadeguata, eri tu a farmele notare.

Ormai Rosa era impazzita.

– E dovevi dirmelo proprio ora? Se te lo sei tenuto dentro tutto questo tempo, potevi aspettare ancora un po' –. Carla scomparve in cucina, seguita dal marito.

Rosa quando era piccola si sentiva inadeguata? Pensava di avere delle imperfezioni? Il mondo si era forse capovolto? *Io* mi sentivo inadeguata, *io* avevo le imperfezioni, non lei! Come si permetteva Rosa di togliermi anche questo primato?

– Scusate. Non avrei dovuto.

– Perché non giochiamo tutti a bridge? – intervenne il padre di Matelda e Michela.

– Papà! Ti pare il momento?

– A me sembra un'ottima idea, – disse Michela, – anche se non saprei da che parte cominciare...

– È facilissimo, ti insegno io!

– Ah, bene. Che belle scarpe che hai. Sono quelle che ti ho detto di comprare io?

– Rosa, ma veramente ti sentivi inadeguata? E credevi seriamente di avere delle imperfezioni?

– Chiara hai idea di cosa voglia dire essere figlia di mia madre? Chiunque è brutto in confronto a lei.

Non avevo mai pensato a questo aspetto. Per me Rosa era bellissima ed ero sempre stata convinta che lei non avesse problemi, proprio in virtú del fatto che era bella.

Appena la madre di Rosa tornò in soggiorno come se

nulla fosse accaduto, decidemmo di aprire i regali. Rosa mi stupí e mi commosse. Aveva fatto una colletta con le altre, di sua iniziativa, e mi aveva regalato un abito stupendo, fatto dalla sua sarta preferita.
– Ma ragazze, è magnifico! Certo, è scollatissimo...
– E fa' vedere qualcosa, Chiara. Se stai sempre tutta infagottata nessuno ti noterà mai.
– Hai ragione. Ma se anche cosí non riuscissi a trovare qualcuno, che scusa potrei tirare fuori?
– Se non cambi, non lo scoprirai mai.
– Giochiamo o no a bridge? Noi qui siamo pronti! – gridò il padre di Matelda e Michela.
– Che trambusto, – disse Carla, esausta.
– Chi è che ha messo il busto? – chiese zia Martina, ancora una volta inascoltata.
Per fortuna in quel momento mi squillò il cellulare e senza essere notata mi allontanai.
– Sono Garano.
Oddio. I tortellini si bloccarono nello stomaco e il cuore mi si fermò. Prima o poi di qualcosa dovevo pur morire.
– Garano!?
– Sí, è ancora il mio nome, in effetti.
– Non mi dire che hai chiamato per farmi gli auguri?
– Perché? Ti sposi?
– È la Vigilia!
– Di che? Della fine del mondo?
– Vedo che questi ultimi venti giorni non ti hanno cambiato.
– Moscardelli, per caso hai contato i giorni che sei stata senza vedermi?
Certo che li avevo contati.
– Mi fa piacere saperlo...
– Oddio, l'ho pensato ad alta voce?

PARTE SECONDA 163

– Sí.
– Comunque, è la vigilia di Natale, e le persone normali...
– Porca vacca, è la Vigilia! Non so come abbia fatto a dimenticarmene, dal momento che sono circondato da persone che me lo ricordano di continuo. Sarò breve. Volevo controllare che non ti fosse successo qualcos'altro e dirti che...
– In quel caso saresti venuto a salvarmi?
– Ci hai preso gusto, eh?
– Sei rimasto insopportabile.
– Ti sono mancato, è evidente.
– Ah, be', se lo dici tu.
Non volevo certo raccontargli dell'ospedale e della colonscopia. Non era una cosa molto sensuale da dire. Quindi mentii: – Comunque, visto che me lo chiedi, no, non è successo niente.
– Ottimo, allora...
– Però sono sempre del parere che ci sia François dietro tutto questo. Chi altri avrebbe potuto sapere che non ero in casa, se non lui? Chi poteva rubarmi la borsa? Insomma...
– Moscardelli, se anche François Benvenuti ti avesse *realmente* svaligiato casa, si è trattato comunque di un tentativo maldestro e arrangiato all'ultimo minuto.
Non sono neanche degna di uno stalker professionista, pensai.
– E non sei contenta?
– Certo –. Non ne potevo piú: dovevo smetterla di pensare ad alta voce. – Ora, se mi hai detto tutto quello che mi dovevi dire, io tornerei di là.
– Non metterti a piangere però.
– Ti saluto. Buon Natale.
Riattaccai. Basta farsi mettere i piedi in testa: la nuova Chiara stava arrivando. Avevo sempre pensato che la vita dovesse essere affrontata di petto, a testa alta. Non

potevo crollare davanti a un commissario qualsiasi. Il cellulare continuava a squillare.
– Pronto.
– Moscardelli, sei svenuta?
– No.
– Hai inciampato in qualcosa? Hai rotto un asciugacapelli?
– No.
– Allora, se mi dài l'indirizzo, appena finisco qui ti passo a prendere e parliamo.
– Di cosa?
– Di quello che vuoi.
Meraviglioso.
– Io però pensavo di fare due chiacchiere su François, – precisò.
– Ah.
Gli diedi l'indirizzo, che altro potevo fare?
Tornai in salone, dove era scoppiata di nuovo la bufera.
Matelda e Michela si erano messe a giocare a bridge con zia Martina, che stava sbaragliando tutti.
Sorda sí, ma mica stupida.
Rosa e Carla urlavano, mentre Sergio non sapeva chi calmare.
Io mi accasciai sul divano e piluccai gli aperitivi che erano ancora sul tavolino del caffè. Non riuscivo a stare ferma. Mi alzavo, mi risedevo. Garano stava per arrivare. Mi precipitai in bagno per controllare che fosse tutto a posto. Sarebbe stato meglio non farlo. Mi raggiunse Matelda: – Zia Martina è tremenda. Che stai facendo con la faccia spalmata sul vetro?
– Mati, sono cosí da buttare?
– No, Chiara, ma è quello che vedi tu che conta. Se tu pensi di essere da buttare, allora sei da buttare. Se ti convinci che sei una strafica, sarai sempre da buttare ma

non te ne accorgerai neanche, perché penserai di essere una strafica.
– Mica ho capito...
– A me è spuntato un bozzo proprio sotto la scapola. Che sarà? Me la faranno una Tac, il giorno di Natale?
– Matelda, sarà una puntura di zanzara!
– A dicembre? No, no, qui c'è qualcosa che non va... e se spingo qui, – disse, mettendosi la mano sul petto, – mi fa malissimo.
– E tu allora non spingere. Sta arrivando Garano.
– Ah.
– Quindi? Che faccio? Insomma, avevo tanti buoni propositi, ma ogni volta che c'è di mezzo lui, vengo assalita dal panico.
Il mio cellulare squillò.
– Ma te lo porti anche in bagno?
– Certo! Pronto?
– Garano.
– Sí, lo so che sei tu.
– Ottimo. Quindi?
– Non lo so, non ho capito che devo fare.
– Scendere, cosí parliamo.
– Va bene, va bene. Arrivo.
Mi precipitai in salone, seguita da Matelda, che continuava a toccarsi il suo bozzo. Salutai in fretta mamma e Rosa e mi precipitai di sotto. Uscendo dall'ascensore, inciampai e caddi a terra.

Capitolo 23

> O forse il lieto fine è questo: sapere che nonostante le telefonate non ricevute e il cuore infranto, nonostante tutte le figuracce e i segnali male interpretati, nonostante i pianti e gli imbarazzi, non hai mai e poi mai perso la speranza.
>
> GIGI in La verità è che non gli piaci abbastanza

Fuori dal portone trovai Garano. Era in piedi, appoggiato alla macchina.

– Se volevi passare la vigilia di Natale con me potevi dirlo subito, mi sarei organizzato per tempo.

– Garano, ti sei offerto tu di...

– Sali in macchina, che andiamo a cena. Cioè, io mangio e tu guardi, per una volta, o bevi.

– Questo però suona come un invito...

– Non lo è. Posso mangiare anche da solo –. Eravamo a un centimetro di distanza.

Quando era cosí vicino mi mancava il respiro.

– Non ti preoccupare, ti riporto a casa sana e salva. Non sei il mio tipo.

– Me lo hai già detto, ma mi pare che stia diventando un'abitudine, la tua.

– Cosa? Mangiare? Devo ammettere che lo faccio spesso...

– Per lo meno posso sapere dove stiamo andando?

– In un posto tranquillo.

– Ah, bene. E dove sarebbe questo posto tranquillo?

– Casa mia.

Oddio. Come, casa sua?

Sedevo rigida accanto a lui senza riuscire a emettere un suono.
– Quando si dice che il silenzio è d'oro... – scherzò.
Niente. Non mi usciva una parola. Avevo la gola secca e gli occhi sbarrati.
– Ti hanno tagliato la lingua?
– No, scusa. Non ho capito bene perché dobbiamo andare a casa tua. Guarda, ho cambiato idea, se mi lasci da qualche parte io poi prendo un taxi. Insomma, vorrei sapere perché sei venuto a prendermi e perché stiamo andando a casa tua...
– Tu saresti capace di portare un uomo all'alcolismo, lo sai?
– Va bene, ho capito. Sto zitta.
– Il tuo problema, Moscardelli...
– Io non ho nessun problema.
– Ne hai parecchi, invece, ma quello principale è... insomma, non è che non mi sei simpatica, perché in certi momenti di calma lo sei, e molto, e tutto sommato saresti anche una donna attraente. Se ci fossero, con te, dei momenti di calma...
– Io ho dei problemi? Io ho dei problemi??? Ma sentilo!
– Tu ascolti solo quello che ti fa comodo. E smettila di borbottare.
– Ho sentito quello che hai detto!
– Non credo.
Per fortuna squillò il suo cellulare.
– Ehilà, – disse. – No. Tutto bene. Magari riusciamo a vederci domani, che dici? Sto andando a casa e... – Venne interrotto. – Si potrebbe fare, ma non stasera. Sono molto stanco e sto andando a letto... – Scoppiò a ridere. – Da solo, da solo. Vado a letto sempre da solo. Ti chiamo domani. Ciao.

Appunto, roba da matti.
– Che c'è?
– Non ho fiatato.
– Questo lo pensi tu.
– Non sono affari miei.
– È una tipa che ho conosciuto al bar di una stazione di servizio...
– Mi pare di capire che tu abbia un debole per le bariste...
– No. Io ho un debole per le donne in generale.
Tranne che per me. Meglio cosí. Almeno avrei potuto rimandare il cambiamento a un'altra occasione. In fondo, che fretta c'era? Non ero costretta a cambiare proprio in quel momento. Pensai a Bogart. Se fosse stato lí, in macchina con me, avrebbe saputo consigliarmi: «Vedi, Chiara, – mi avrebbe sussurrato, – gli uomini sono creature semplici, io non ne ho mai incontrato uno che non capisse il significato di una bella sberla sul grugno o di una pallottola calibro 45». Invece mi sentivo piú vicina a Sam, purtroppo, e allo «sparisci, sgorbio!» della ragazza in discoteca, quando lui le chiede di ballare. Non era un buon modello con cui identificarsi.
Stavamo andando fuori Roma.
– Ma dove abiti? Io sono a casa di Rosa e non saprei come tornare poi, e...
– Dormi da me.
Mi rizzai sul sedile.
– Sto scherzando. Dovresti vedere la tua faccia! Parliamo, cioè tu parli mentre io mangio, e ti riporto dove vuoi. Sto piú tranquillo se rimani nei paraggi, con te non si sa mai.
Io non sto piú tranquilla, però...
Garano scoppiò a ridere.
– L'ho detto ad alta voce?
– Sí, come sempre. Moscardelli, io ti inviterei a riflet-

tere sul perché ti trovi in questa macchina, e mentre lo fai abbasserei anche le tue difese. Non mordo mica. Per quanto, in certi momenti... qualche morso qua e là...

Cosa stava cercando di dirmi? Insomma, mi aveva preso in contropiede. E poi, mi ero depilata? Cosí, solo nell'eventualità di... ah, ma che andavo a pensare?

La casa del commissario era una villetta fuori Roma. Non me lo sarei mai aspettata. Mi immaginavo piuttosto un appartamento incasinato e polveroso con una donna di servizio che ogni tanto andava a fare le pulizie. Invece il posto era incantevole e la casa era ordinatissima. Appena entrati fummo investiti da un buonissimo profumo di arrosto.

– Mhm, che meraviglia. Serafina ha dato il meglio di sé!

– Ora chi è Serafina? Garano, seguire le tue imprese diventa sempre piú difficile.

– Non è come pensi. Serafina è la proprietaria del bar sotto l'ufficio: te la ricordi, no? Abita qui anche lei, e siccome mi vuole bene, ogni tanto viene a casa, pulisce e mi lascia qualche suo manicaretto. Che fai? Rimani all'ingresso?

– No, no. Ti seguo.

Entrai in cucina e mi sedetti di fronte a lui, che stava già addentando l'arrosto.

– Vuoi una patata?

– Grazie, perché no? – risposi, e per il nervoso iniziai a mangiarne una dopo l'altra.

– Ma ti hanno lasciata a digiuno?

– No, anzi.

– Allora ne lasci qualcuna anche a me, o devo andare al discount notturno e comprarne delle altre?

– Oh mamma mia, scusa, sono molto nervosa. Stare a casa tua, sí, insomma. Sono anni che non... be', comunque a te non interesserà questa cosa, infatti non so perché la sto dicendo... fermami, ti prego.

– Non ci penso proprio. Cos'è di preciso che non fai da anni?

– Queste cose qui...
– Perché? Che stiamo facendo?
– Be'... siamo a casa *tua*!
– Certo, io ci vivo! Beviamo qualcosa?
– Grazie! Proprio quello che ci voleva, – gli dissi, avvicinandomi.
– Sicura?
– Io reggo benissimo l'alcol.
– Allora serviti pure.

Cafone. Non era capace neanche di versare il vino a una donna.

– Non mi sembravi cosí agitata la sera che ti ho incontrata nel locale con quel tipo... come si chiama?
– Andrea...
– Ecco, Andrea.
– Veramente ho rovesciato una sedia e fatto volare la bruschetta.
– No, quello è successo quando mi hai visto entrare.
– Oh, sí, certo... Comunque Andrea è una persona squisita. Un fisioterapista che si è anche offerto di farmi un massaggio ai piedi. Almeno, cosí credo di avere capito.
– Anche io sono bravo a fare i massaggi.
– Ma figuriamoci. Non ci credo neanche se lo vedo.
– Mi stai sfidando? Spogliati, che te lo dimostro subito.
– Be', no, cioè, insomma, Garano! Per fare un massaggio ai piedi mica mi devo spogliare!
– Sí, ma valeva la pena dirtelo solo per vedere la tua espressione.

Mi scolai il terzo bicchiere di vino. O era il quarto?

PARTE SECONDA

– Dunque, Moscardelli, per quanto non credo ci sia da preoccuparsi, ho incaricato l'ispettore Salieri di fare dei controlli su François Benvenuti. Alla fine mi hai convinto. Spero di darti presto notizie. Ma mi stai ascoltando?
– Sí, ispettore Salieri, ricerche su François... – e buttai giú il quinto bicchiere.
Patrick intanto si era alzato, aveva fatto il giro del tavolo e mi era arrivato di fronte.
Oddio, che voleva fare? Baciarmi?
Mi scolai il sesto bicchiere.
Non mi sentivo affatto bene. Era a un centimetro da me e io avevo le gambe molli.
– Non starai bevendo un po' troppo?
– No. Perché?
– Hai finito un'intera bottiglia!
– Mi viene da vomitare.
Humphrey Bogart mi avrebbe sparato.
– Molto eccitante.
Appunto.
Svenni. E la cosa non ebbe nulla di sensuale. Credo piuttosto che crollai a terra rovinosamente, perché quando mi risvegliai avevo un bernoccolo in testa e dei lividi sul fianco destro.
– Oddio, che male. Che è successo?
– Niente. Sei scomparsa sotto il tavolo...
– Sono tutta dolorante. Mi hai picchiata???
– Selvaggiamente. Credo ti sia anche piaciuto.
– E come ci sono finita, sul divano?
– Ti ho portato io, da vero gentiluomo.
– Ma io peso.
– Abbastanza.
Sí, proprio un gentiluomo.
– Tra poco starò meglio, e me ne torno a casa.

– Non credo. Moscardelli, sei appena svenuta nella mia cucina. Ora, so di fare questo effetto a molte, ma se devo dirti la verità una cosa del genere non l'avevo mai vista.
Che vergogna.
– Sí, be', comunque io qui non ci posso stare...
– Ti faccio cosí paura?
– Sí.
Garano rimase di stucco, e un po' anche io.
– Le donne come te mi spaventano. Per fortuna non ce ne sono molte in giro. Devi per forza dire tutto quello che ti passa per la testa? Qualcosa potresti anche tenertela per te...
– Come ogni uomo che ha successo con le donne, hai l'assurda presunzione di conoscerle tutte. Be', ti sbagli di grosso! E poi non tutte le donne sono fatte allo stesso modo... Un momento, che vuol dire che le donne come me ti spaventano?
– Tu ora ti metti a dormire. Il divano è molto comodo.
– No, adesso voglio saperlo. Tu pensi di conoscermi bene e invece... come sarebbe, il divano? Tu dovresti dormire sul divano, io in camera da letto!
– E chi l'ha detto?
Andò nell'altra stanza, prese le lenzuola e le poggiò sul tavolo.
– Buonanotte.
Che avvilimento.
Guardai l'ora. Era ancora presto, potevo chiamare Matelda.
– Allora? Dove sei?
– Da Garano!
– E che ci fai lí? Mica ci avrai provato?
– Se fossi una persona normale certo, ci avrei provato subito! In piú sai che ho il morbo...

– Che morbo? Hai la febbre? Non è che il bubbone che mi è venuto me lo hai attaccato tu?

– Ma no. Il morbo dell'amicizia. Mi sa tanto che stiamo diventando amici... – In quel momento sentii tossire alle mie spalle.

– Ehm, scusa. Mi era venuto lo scrupolo che avessi bisogno di qualcosa, cosí ti ho portato una maglietta con cui dormire. Te la lascio qui e torno in camera mia, cosí puoi finire la tua telefonata.

Io non ero riuscita ad aprire bocca.

– Vorrei sprofondare, – dissi a Matelda. – Ora mi metto a dormire, almeno ci provo. A domani.

– Chissà se sarò ancora qui, domani.

– Perché? Dove vai?

– Tu non mi stai a sentire. Io sono malata.

– Vorrei avere il coraggio di affrontare la passione...

– Io vorrei non essere malata.

– Infatti non lo sei. Buonanotte.

– Notte. Ah, Chiara, se anche ti butti e lui ti rifiuta, non hai nulla da perdere. Se invece non ti dovesse rifiutare, allora avrai vinto.

– Lo so, ma non sono pronta per questo.

– Neanche io lo sono per una vita senza malattie...

Dopo la telefonata mi era passato completamente il sonno. Andai in bagno e mi cambiai, poi passai in cucina e presi un pezzo di arrosto dal frigo. Tornai in salone, mi distesi sul divano ma alla fine decisi di tornare in cucina e finire l'arrosto. Con una gomitata feci cadere la pila di piatti lasciati sul lavello, che si ruppero facendo un baccano infernale. Mi misi a imprecare ad alta voce e a cercare la scopa. Niente. Iniziai a raccogliere i cocci con le mani e a buttarli nella pattumiera. Stupida, stupida, stupida! Quando mi girai c'era Patrick appoggiato allo

stipite della porta, a torso nudo, che mi osservava. Mi aveva sentita? Ero cosí imbarazzata che invece di scusarmi lo aggredii: – Non li avevi messi nella lavastoviglie?
– Scusa, ho dimenticato di infilare tutti i mobili in cassaforte prima di farti venire qui, potrai mai perdonarmi?
– Sono mortificata. È che non riesco a dormire.
– Forse perché pensi di non essere il mio tipo.
– Infatti non lo sono!
– Lo so, ma non c'è bisogno di perderci il sonno. E comunque non sei una stupida.
Sí, mi aveva sentita.
– Me ne torno a dormire.
– In ogni caso, se ti può consolare, non siamo neanche amici. Questo perché tu sei una donna e io sono un uomo.
– Grazie per avermelo ricordato.
– È qui che ti sbagli. Te lo dimentichi spesso perché ti fa comodo.
– Ha parlato quello che sa tutto. E allora scusa, cosa siamo?
– Vuoi veramente che te lo dica?
– Vado a dormire.
– Come immaginavo.
Me ne tornai in salone e cercai di sistemarmi sul divano, ma ero troppo nervosa.
Se Bogart fosse stato qui mi avrebbe detto: «Bimba, vai nella sua stanza, schiaffeggialo e fallo tuo!»
Sí, lo schiaffo me lo sarei preso io, altro che.
Mi addormentai come un sasso, nonostante Garano e la battaglia che si stava combattendo dentro di me.

Capitolo 24

> – Ma tesoro, amerai anche il mio cervello?
> – Una cosa per volta.
>
> PRISCILLA LANE e CARY GRANT in
Arsenico e vecchi merletti

25 dicembre, martedí, Natale.

– Buongiorno! – mi svegliò Patrick.
Io spalancai gli occhi e me lo trovai in piedi, davanti al divano e sempre a torso nudo.
Ma non ce l'aveva una maglietta, santo cielo?
– Perché? Ti dà fastidio se giro a torso nudo?
– Uffa. No, perché dovrebbe darmi fastidio? È solo che non ti avevo sentito, – e cercai di alzarmi dal divano. – Ma è tardi? Devi andare? Che ore sono? Mi dispiace se ti ho fatto perdere tempo...
– Ferma, ferma, per carità, non reggerei la tua valanga di domande di prima mattina. È presto, sono le sette. Devo andare in centrale. Ti sta bene la mia maglietta.
– Ah sí, grazie. La lavo e te la riporto.
– Ne ho altre, non ti preoccupare.
– E allora indossale, qualche volta!
Garano scoppiò a ridere: – Senti, mi infilo in doccia e poi se vuoi vai tu. Intanto fai come se fossi a casa tua. Di là c'è il caffè e non so... vedi tu, – e scomparve.
Mi alzai di scatto in cerca di uno specchio. Purtroppo lo trovai in corridoio. L'immagine riflessa era orribile. E che cos'era quella roba violacea sulla fronte? Ah sí, il ber-

noccolo. Per non parlare dei capelli. Mi diressi in cucina e iniziai a preparare la colazione.

Quando Patrick mi raggiunse avevo anche apparecchiato.

– Però, che meraviglia. Quasi quasi licenzio Serafina, – mi disse entrando.

Io mi eclissai in bagno. Non ero un bello spettacolo. Neanche un'ora dopo eravamo in macchina, in silenzio.

– Dove ti porto?

– Da Rosa. Ormai vivo lí. Non ho praticamente piú una casa. E questo mi fa sentire... insicura, ecco.

– Tranne che con me, mi auguro.

– Sí, certo, però non posso mica starti incollata!

– Si potrebbe provare...

– Ma tu prendi mai qualcosa sul serio?

– E tu, invece, hai mai vissuto qualcosa con leggerezza?

– Certo! Be', forse no, qualche volta mi ubriaco, però. E quando mi ubriaco...

– Che fai? Oltre a svenire, intendo.

– Ah, di tutto!

– Mi piacerebbe essere nei paraggi la prossima volta che succede.

Puntai gli occhi sul panorama e decisi che non avrei aggiunto una parola.

– Stamattina mi ha chiamato Salieri, – disse Garano, rompendo il silenzio.

– L'ispettore?

– Sí, lei.

– Ecco.

– Che c'è?

– Niente.

– Bene. Ti stavo dicendo che mi ha chiamato e...

– È evidente che è innamorata di te.

– Ora questo cosa c'entra? La botta in testa deve es-

sere stata piú forte di quanto credessi. Fammi sentire? – E cosí dicendo allungò una mano per toccarmi la fronte.
– Sí, sí... senti che bernoccolo!
– La smetti? Sto parlando dell'amore. Tu non l'hai mai provato, ma ne avrai almeno sentito parlare!
– Vagamente. Ma è un concetto sopravvalutato.
– Quando fai cosí ti metterei le mani addosso!
– Non aspetto altro. Ora, se non ti dispiace, vorrei provare a spiegarti quello che mi ha detto. Credo che non ti piacerà.
– Quasi tutto quello che dici non mi piace.
– Non è vero. Altrimenti perché romperesti quello che ti capita sotto mano? È un chiarissimo segno che io ti piaccio!
Sbuffai: – Io non sono come le altre donne a cui sei abituato tu. Io... io non sono in cerca di avventure o di una storia passionale! – Oddio, mica era vero...
– Ah, no? Peccato.
– Quelle le lascio a chi ha ancora la stoffa per viverle. Non sarei proprio in grado di affrontarle. Anzi, guarda, io non sono in cerca di niente. Con me sei al sicuro, Garano, quindi smettila di stuzzicarmi.
– Che ti ha fatto il mondo maschile, Moscardelli?
– Non sono affari tuoi.
– Hai ragione. Non me lo dire.
– Sono quelli come te che... che... oh insomma, a te interessa sapere chi è davvero una donna?
– Non lo so, non ci ho mai pensato. Dici che dovrei?
– Ecco, appunto.
– Tu usi la tua intelligenza come arma respingente, e ci riesci alla grande. Nessun uomo vorrebbe una donna che ripete in continuazione quanto è intelligente. Comunque io non volevo iniziare una seduta di psicoanalisi. Volevo parlarti di tutt'altro. Nicoletta, cioè l'ispet-

tore Salieri, ha trovato qualcosa. François ha la fedina penale sporca.
 Io stavo ancora rimuginando sulle parole di Patrick.
 Forse dopo tutto non era il mondo a essere sbagliato, ma la sottoscritta.
 – Mi stai ascoltando?
 – Perfettamente. Metto avanti la mia intelligenza per nascondermi e François ha la fedina penale sporca. Oddio!!! Veramente?
 – Sí, ma non per quello che stai pensando tu. Si tratta di truffe aziendali. Ha frodato il suo datore di lavoro precedente. E chissà, forse in qualche modo lo hai scoperto, o, cosa piú probabile, lui crede che tu sappia qualcosa.
 – Ma io non so nulla.
 – Non ho dubbi. Ma lui non lo sa.
 – Quindi, cosa devo fare?
 – Assolutamente niente, ti prego. Per il momento non tornare a casa. Resta da una delle tue amiche, parti, vai via per un po' e sforzati di pensare a quello che potresti sapere.
 – Quindi la mia vita privata non c'entra niente?
 – No.
 – Te l'avevo detto! Figurati se un mio ex fidanzato...
 – Uno dei tuoi *tanti* ex, – precisò Patrick, – come quell'Andrea, per esempio.
 – E basta, con questo Andrea! Comunque, non è un ex. È uno che ho conosciuto allo speed date.
 Dio, ma perché non ero capace di mentire?
 – Sei uscita con uno che neanche conosci?
 – Be'? Mi sembrava una persona perbene e...
 – Certo, uno che si offre di massaggiarti i piedi al primo appuntamento...
 – Tu mi hai chiesto di spogliarmi!
 – Ma io sono un commissario.

– E cosa c'entra? Poi, scusa, che ti importa?
– Niente, infatti. Non so neanche perché ne stiamo parlando. Esci con chi ti pare.
– Appunto.
– Ti pregherei anche di smetterla di sentirti una protagonista di CSI, un ruolo che peraltro non ti si addice. Comunque, sono venti giorni che non ti capita piú niente, giusto?
– Infatti, – mentii. Certo che non mi era successo nulla. Ero in ospedale a farmi colonscopie!
– Ha del miracoloso. Siamo arrivati.
– Ah, di già?
– Ti dispiace lasciarmi?
– No, in realtà non vedevo l'ora.
– Fai la brava.
– Grazie per la... ehm... nottata, e per avermi fatta dormire sul divano!
– Non c'è di che.

Scesi dalla macchina e citofonai. Rispose Paolo, il marito di Rosa. Era assonnato ma mi fece salire.

– Grazie, Paolo. Scusa, mi sono dimenticata di prendere le chiavi.
– Non ti preoccupare.

Entrai in camera e mi buttai sul letto a pensare.

Ero rimasta al sicuro per troppo tempo, su questo Garano aveva ragione. Dovevo decidere cosa fare: essere coraggiosa e andare avanti, o stare ferma e guardare il mondo che mi passava accanto? Che cosa avevo voglia di fare? Distesa sul letto e braccata da uno stalker, avevo capito che il modo in cui scegliamo di vedere noi stessi limita ciò che potremmo essere. Perché in realtà siamo piú capaci di quanto immaginiamo e sappiamo fare cose che non abbiamo mai fatto prima, riuscendo a sorprendere persino noi stessi. E io avevo voglia di sorprendermi.

Mi misi a riflettere su François e su quello che potevo sapere di lui. Era entrato in casa in cerca di qualcosa. Qualcosa che potevo avere preso per sbaglio. Ma certo! Afferrai la borsa e iniziai a rovistarci dentro. Dove diamine l'avevo messa? Per settimane me l'ero portata dietro, anche in ospedale, senza avere mai il tempo di capire di che cosa potesse trattarsi, e ora era scomparsa! Continuai a frugare e trovai quasi subito quello che cercavo. Accesi il mio pc portatile e aspettai. Poi infilai la chiavetta usb, che di certo non mi apparteneva. Se solo ci avessi pensato prima, quando l'avevo trovata nella mia borsa, forse a quest'ora sarebbe tutto finito. Cos'era? Un filmato? La risoluzione era pessima. Sembrava girato negli anni Settanta. La stanza aveva una carta da parati a rombi marroni e gialli ed era piena di bambole di ogni tipo. Uno specchio appeso al muro rifletteva l'immagine di un bambino, almeno cosí mi sembrava. Poi entrava una donna con una torta e delle candeline accese. Sforzai gli occhi nel tentativo di riconoscerla. Mi sembrava familiare. Cantava tanti auguri, ma anche l'audio era pessimo. Dopo dieci minuti decisi di fermare il filmato. Era noiosissimo, ma dovevo comunque avvisare Garano, perché quel video non era certo mio e poteva essere la risposta a quello che mi stava succedendo. Gli mandai un sms. Gli scrissi che avevo trovato qualcosa che forse poteva essere utile e che dovevo consegnarglielo il prima possibile. Copiai il file video sul mio computer, sfilai la chiavetta e provai ad addormentarmi. L'immagine del video mi dava da pensare. La mamma era inquietante e mi sembrava di averla già vista, ma non poteva essere, perché doveva avere settant'anni, ora. Per non parlare della camera, con tutte quelle bambole. Ero felice: non stavo piú pensando a Garano. Peccato, però, che avessi appena pensato di non aver pensato a lui. Mi addormentai confusa.

Capitolo 25

> Insomma parliamoci chiaro, vale la regola d'oro, si abolisce l'emendamento: uomini e donne non possono essere amici. Vieni a cena con me?
>
> BILLY CRYSTAL in *Harry ti presento Sally*

Rimasi chiusa in stanza fino all'ora di pranzo, quando sentii un trambusto proveniente dal salone.
– Guardi, le dico che è impossibile!
– Signora, mi dispiace insistere, ma sono sicuro che è qui, l'ho accompagnata io stamattina!
Garano? Non feci in tempo a realizzare la cosa che la porta della camera si spalancò e vidi la mamma di Rosa affacciarsi nella stanza.
– Chiara! Allora sei qui! Non lo sapevo. Ieri sera sei andata via come una furia!
– Mi ha aperto Paolo stamattina, credevo ti avesse avvertita.
E poi, che cosa ci faceva *lei* in quella casa, non io! Forse si era fermata per la notte.
– Paolo e Rosa sono usciti presto mentre noi ancora dormivamo. Comunque è arrivato un commissario. Ha dei modi assolutamente orribili, ma mi piace. Non ne fanno piú di uomini cosí.
Oddio.
– Ah, Rosa e Paolo stanno tornando a casa. Giusto in tempo per il pranzo di Natale. Tanto si sa che qui devo fare tutto io. Intanto cerca di renderti presentabile e vai di là...

Rendermi presentabile sarebbe stato difficile, ma ci provai, lo giuro.

Entrai in soggiorno e vidi Carla che chiacchierava affabilmente con Patrick, seduto di spalle. Se non fosse stato assurdo, avrei scommesso che quella donna ci stesse provando. Dio santo, spargeva sensualità come fosse ddt.

– Ciao Patrick.

– Chiara! Sembra che tu sia stata su una decappottabile lanciata a tutta velocità, o su una moto senza casco o...

Meno male che avevo cercato di rendermi presentabile.

– Grazie, hai reso l'idea. Il fatto è che non ho dormito bene, stanotte.

– Ah no? E perché mai?

– Lasciamo perdere.

– Vuole che le porti qualcosa da bere, commissario?

– Sí, grazie. Si potrebbe avere un caffè? Anche io non ho dormito un granché, – e mi sorrise.

A cosa stava alludendo? Non certo alla notte di sesso che *non* avevamo passato.

La madre di Rosa scomparve in cucina.

– Che succede, Moscardelli? Perché mi sono dovuto precipitare da te? – mi chiese Garano, avvicinandosi.

– Se per *precipitare* intendi le cinque ore che ci hai messo per venire dopo avere ricevuto il mio messaggio, allora la risposta è in una chiavetta usb.

– Sono tutto orecchi e... – In quel momento gli squillò il cellulare.

– Scusami, devo proprio rispondere. Bellezza! Come stai?

Con tutte queste donne c'era da perdere il conto.

Mi allontanai, e dopo pochi minuti mi raggiunse. Io fingevo di sistemare la tavola.

– Stavi parlando di una chiavetta...

– Sí, non so quanto sia utile, c'è un video assurdo e mi

pare nient'altro, ma non è mia e quindi potrebbe appartenere a François. Me la sono ritrovata in borsa settimane fa. Lí per lí non ci avevo fatto caso. Poi però, ripensando a quello che ci siamo detti stamattina...
– Piano, piano, Moscardelli, quando fai cosí non riesco a seguirti. Comunque era mia nonna, al telefono.
– Non ti ho chiesto niente. Hai una nonna?
– Succede... Sai, di solito è la mamma di tua madre... o di tuo padre...
– Intendevo dire che non sapevo che avessi ancora la nonna.
– Per la verità ho solo lei. Da sempre. Vive a Miami, ma mi ha cresciuto qui in Italia quando i miei genitori sono morti. E ora che sei piú tranquilla, ti dispiace ricominciare da capo?
– Sí, be', mi dispiace... per i tuoi genitori, intendo. Comunque ero tranquilla anche prima, – e mentre gli raccontavo quello che mi sembrava di avere scoperto, tornò la madre di Rosa con il caffè. Patrick lo prese e me lo passò: – Tieni, bevi questo. So che non è come un bicchiere di vino ma ti tirerà su. Sei bianca come un morto, come direbbe il mio amico Consalvi.
– Il tuo amico Consalvi è un signore come te?
– Sí, e se consideri che è il patologo legale...
– Io non sto capendo molto di quello che succede, ma vado a prenderti qualcosa di piú forte del caffè, – disse Carla, e dopo pochi minuti tornò con una bottiglia di vino.
– Ma sono a stomaco vuoto. Non posso...
– Meglio, meglio, Chiara, – mi rispose la madre di Rosa. – Farà piú effetto.
Finii il primo bicchiere in un baleno. Sarei diventata un'alcolizzata.
– Io ci andrei piano con quella roba.

– Non ti preoccupare, se c'è una cosa che reggo è proprio il vino.
– Ho visto, ho visto ieri sera, come lo reggevi bene...
Ma che voleva? E perché era venuto? Avrebbe potuto chiamarmi. Buttai giú il secondo bicchiere.
Si sentí un rumore di chiavi nella toppa.
– Permesso! Mami, papi, ci siete? Tanti auguri!!!
– Rosa cara, siamo in soggiorno, vieni, vieni.
Appena Rosa entrò e vide il commissario, si illuminò:
– Chiara, non mi dire che è lui!
– Non lo so se sono io. Chi dovrei essere?
Rosa continuò imperterrita: – Quello con cui ti stai vedendo. La persona di cui mi hai parlato l'altro giorno.
Io non avevo la forza di intervenire e svuotai il terzo bicchiere. Rosa si sedette vicino a me e mi abbracciò: – Sono molto contenta! – sussurrò.
– No, Rosa, non hai capito niente. Questo è il commissario.
– Ah sí? Cioè, quello con cui stai uscendo è un commissario? Ma è ancora meglio!
– No. Lui è il commissario che sta seguendo le indagini di cui ti ho parlato. E non c'entra niente con...
– Moscardelli, io ti avevo quasi creduto quando mi dicevi che non avevi una vita.
– Ma no... lasciamo perdere.
Svuotai il quarto bicchiere.
– Rimane a pranzo con noi, commissario?
– Mamma, – intervenne Rosa, – io non credo che il commissario abbia tempo per...
– Grazie signora, mi fermo volentieri. Come potrei rifiutare un invito a pranzo da una donna tanto bella? – E si chinò per baciarle la mano.
Allora quando gli faceva comodo sapeva comportarsi come un gentiluomo!

Poco dopo arrivò anche Sergio e ci mettemmo a tavola.
– Signora, lei cucina divinamente! Questi ravioli sono, sono... ma li ha fatti lei?
– Certo, faccio sempre tutto io. L'ho detto tante volte a mia figlia: gli uomini vanno presi per la gola!
– Parole sante, vero, Moscardelli?
– Cosa?
– Anche tu li prendi per la gola, o no?
– No, io non so cucinare.
– Però ti piace mangiare quello che cucinano gli altri!
Poco dopo servirono l'abbacchio. La madre di Rosa stava per darmene una porzione ma venne fermata da Patrick: – No, signora, non a Chiara. Lei mangia solo carne.
– E l'abbacchio cos'è?
– Una specie di Bambi, credo.
Era la cosa piú carina che qualcuno avesse mai fatto per me.
– Piuttosto, credo che mangerebbe volentieri un altro piatto di ravioli, vero? – continuò Garano.
Scoppiai a piangere. Era troppo.
– Chiara, che succede? – mi chiese Rosa.
– Scusate tanto. Non ce la faccio a... insomma, c'è in circolazione uno stalker che mi scrive delle lettere minatorie, mi entra in casa! E ho anche un vestito bruttissimo.
– Be', sí, su questo, in effetti... – stava per dire Rosa, ma venne bloccata da Paolo.
– La porto in terrazza a prendere una boccata d'aria, – disse a un certo punto Patrick.
– No, non ne ho voglia. Voglio solo piangere!
– Macché piangere. Dài, usciamo un momento. Non stai bene.
– Sto benissimo, – e mi alzai barcollando.
Ma quanto avevo bevuto?

Respirai a pieni polmoni e per poco non caddi a terra.
– Meno male che dicevi di reggere bene il vino.
– Perché? Non è il vino...
– Lo vedo, lo vedo –. Mi portò fuori.
– Che devo fare, che devo fare? – continuavo a ripetere.
– Non lo so... a che proposito?
– Io non so cucinare.
– Non fa niente, Moscardelli, non è poi cosí importante.
– Non è vero. Carla dice che bisogna prenderli per la gola, gli uomini. Io non sono capace, – e scoppiai di nuovo in singhiozzi. – Però, però so fare altre cose, sai?
– Sei ubriaca.
– No, sul serio. Per esempio sono bravissima a letto!
– Be', è utile, di quando in quando.
– Invece non è vero... sono una frana. Forse sono anche frigida! Anzi, sicuramente lo sono... per questo ho smesso.
– Di fare che? Di drogarti? Secondo me invece ti farebbe bene.
– No. Ho smesso di andare con gli uomini! Tanto, chissà perché, quando devono innamorarsi o trascorrere una notte di passione decidono di farlo con qualcun'altra. Forse è perché non sono abbastanza attraente... e sono frigida, te l'ho già detto?
– Moscardelli, io una notte di passione con te la trascorrerei volentieri, e secondo me non sei frigida.
– Lo dici perché ti faccio pena?
– No, lo dico perché lo penso.
– Sei bravo a mentire. Ti ho visto, sai? Garano di qua, Garano di là... bariste, poliziotte, nonne. Ma quante sono? E non ti annoi?
– No, perché dovrei? E non temere, troverei il tempo anche per te, se è questo che ti preoccupa. E Carolina è solo un'amica. Sei piú tranquilla ora?

– Per niente! Perché Carolina è una donna e tu sei un uomo, quindi non potete essere amici. Me lo hai detto tu, ieri sera! Oddio, sto per svenire.
– Lo so, lo so. Se ti appoggi a me ti porto dentro.
Rientrammo in salone.
– Come sta? – chiese Rosa.
– Niente, ha solo bevuto troppo. Siediti sul divano.
– Sto bene, Rosa, non ti preoccupare. Il commissario ha detto che verrebbe a letto con me. Non ti sembra fantastico?
– Direi che è un'ottima notizia.
– Sí, bene. Io ora devo proprio andare, mi sembra che sia tutto sotto controllo, – disse Garano.
– Ma certo, comprendiamo. Lavora anche il 25 dicembre? – chiese la madre di Rosa.
– Eh, che vuole che le dica, signora, il mio è un mestiere ingrato.
– Carla, la prego, mi chiami Carla.
– Allora, Carla, devo proprio andare. Moscardelli, ce la fai a darmi questa chiavetta usb o dobbiamo replicare la scena stasera?
– È in camera da letto, sul comodino... ora mi alzo e...
– Vado io, – intervenne Rosa, che dopo neanche un minuto era già di ritorno. – È questa?
– Sí.
– Moscardelli, ti lascio in ottime mani, – disse Garano, ammiccando verso Carla e avvicinandosi alla porta.
Appena se ne fu andato, si scatenò di nuovo l'inferno.
– Che fai? Ci provi con lui? – la aggredí Rosa.
– Ma che dici...
– Guarda che ti ho vista. Non è possibile. Sei mia madre, mettitelo in testa una volta per tutte!
– Voi ragazze siete tutte matte...

– Non ti agitare che ti vengono le rughe.
– Dove?
– Per favore, basta. Ho un terribile mal di testa, c'è uno stalker lí fuori che mi sta alle costole e io ho appena scoperto di essermi innamorata e di avere già rovinato tutto!
Smisero di parlare all'istante.
– Che gli ho detto, lí fuori?
– Mica solo lí fuori. Anche qui dentro, poco fa… – sfuggí a Rosa.
– È tutta colpa mia. Ha ragione Matelda, punto a obiettivi troppo alti. Mi dovevo scegliere come modello il portiere, non Bogart…
– Chiara, ma lo sai che da quando ti conosco è la prima volta che ti sento dire che sei innamorata di una persona reale?
– Non è vero, Rosa. Allora Francesco? Lorenzo?
– Non diciamo stupidaggini. Amavi l'idea dell'amore. Il commissario è una persona reale, con cui sei costretta a relazionarti. Non ha importanza il fatto che lui ti ricambi o meno.
– Insomma…
– No. Finalmente sei tu che hai scelto, e sarai sempre tu che dovrai combattere, metterti in discussione, confrontarti con un essere pensante. Sono entusiasta. Adoro questo stalker!
Era diventata pazza.
Mi trascinai in camera e crollai come un sasso. Questo Natale me lo sarei ricordato come il Natale della narcolessia.

Capitolo 26

> Divento intelligente quando mi serve. Ma al piú degli uomini non piace.
>
> MARILYN MONROE in
> *Gli uomini preferiscono le bionde*

Mi svegliò il cellulare.
– Pronto?
– Ancora dormi, Moscardelli?
– Garano! Ehm, sí. Senti, io non so quello che ho detto o fatto ma... Insomma, che ho detto?
– Sei stata meravigliosa. Abbiamo fatto sesso sulla terrazza della tua amica e...
– Veramente?
– Moscardelli, devi proprio considerarmi un uomo da poco. Ma sul serio non ricordi nulla?
– Ricordo che eravamo in terrazza e... io devo aver detto delle cose terribili e fatto delle cose...
– Sono un signore. Farò finta di non aver sentito –. Ma io ancora rimuginavo. – Tutto bene? – chiese.
– Sto pensando, Garano!
– È questo che mi preoccupa.
Poi ebbi un'illuminazione: – No, un momento, ora ricordo! Garano, tu mi hai detto che... che... insomma...
– Mi piacevi di piú quando soffrivi di amnesia. Comunque ti ho chiamato per sapere come stavi.
– Sto bene, grazie. Per cui, ciao!
– In realtà ti cercavo anche per un'altra ragione.
– Ci sono novità?

- Ancora no.
- Garano, parla, non è da te questo atteggiamento titubante!
- Sí. Ecco, in realtà avrei bisogno di un'accompagnatrice.
- Prego?
- Hai capito bene, inutile che fai finta di no. Ogni anno il dipartimento di Criminologia dell'università mi invita a una cena di beneficenza. Io stesso ne ho fatto parte, in passato, per questo mi invitano.
- Non ci posso credere...
- A cosa? Alla cena di beneficenza?
Scoppiai a ridere.
- Suona come un invito.
- Be', non lo è.
- Benissimo. Allora puoi fare a meno di me, - e riattaccai.
Ero diventata pazza?
Pochi secondi dopo il telefono squillò di nuovo.
- Moscardelli, mi hai attaccato il telefono in faccia?
- No. Credevo che la conversazione fosse finita. Tu mi hai detto che non era un invito e quindi non vedevo la necessità di prolungare la discussione. In fondo, se...
- Va bene, va bene. Era un invito.
- Ah, ecco.
- Sei contenta?
- Mica tanto...
Sí che lo ero.
- Moscardelli, sei ancora lí?
- Sí, scusa. In realtà sono contenta, ovvio. È solo che non capisco perché hai pensato a me.
- Be', perché sei intelligente e sensibile e acuta...
Me l'ero cercata. Mai fare domande quando si conoscono già le risposte, soprattutto se ci si illude che siano differenti.

– Ho capito, ho capito... hai dimenticato di aggiungere «con una forte personalità».
– No no, non l'ho dimenticato. Me lo lasciavo per ultimo. Allora ti passo a prendere alle nove. Mi salvi la vita. Ci tengo al fatto che arrivi accompagnato, e tu sei perfetta!
– Vorrei non avere quel tipo di perfezione lí... sono anche una donna, lo sai?
– Io lo so, il problema è un altro: tu, invece, te ne sei accorta?
– Certo!
– Non ne sono tanto sicuro. Passo a prenderti alle nove.
Ci salutammo nel momento in cui entrò Rosa.
– Come ti senti?
– Meglio, grazie. Scusa, mi sono comportata come una bambina.
Rosa continuava a fissarmi in piedi sulla porta, come fosse indecisa sul da farsi. Poi mi chiese: – Tu non hai paura di invecchiare?
– No, anzi. Ma cosa c'entra questo, ora?
– Nessuno ti insegna che prima o poi tutto passa, che la bellezza sfiorisce e tu cerchi di rimanerci aggrappata perché non hai altro, e ti fa paura vedere scomparire l'unica cosa che davvero conosci.
– Ma Rosa, stai parlando come se avessi ottant'anni. Non ne hai neanche quaranta e sei ancora bellissima...
– Lo stesso vale per te. Sono cresciuta con una madre che mi ha fatto sentire costantemente inferiore. Ci ho messo tanto a capire che anche io ero bella, nonostante i miei difetti.
Ma quali difetti?
– E dopo averlo capito sai come mi sono sentita?
– No.
– Una meraviglia.

– Lo credo.
– Sto cercando di dirti che ognuno di noi è unico, nella sua diversità. Se fossimo tutti uguali, sai che noia? Mi fa rabbia vederti cosí. Ora hai l'occasione di cambiare e non devi lasciartela scappare, perché forse non tornerà una seconda volta.
– Veramente...
– Lo specchio è il tuo nemico, ma solo perché vedi riflessa l'immagine che hai deciso di vedere. Quindi, è arrivato il momento di cambiarlo.
– Che cosa?
– Lo specchio. E ora pensiamo alla cena.
– Mi dispiace Rosa, non credevo... quale cena?
– Sbaglio o quel bel commissario ti ha invitata a una cena?
– Ti sei messa a origliare alla porta?
– Chiara, non ne ho avuto bisogno. Gridavi come un'aquila. Mi pare evidente che qui c'è bisogno di me.
– In che senso?
– Nel senso che ora farò l'unica cosa che sono capace di fare: ti trasformo da brutto anatroccolo in cigno! È la tua occasione, questa. Non la sprecare, o almeno prova per una volta a essere un po' meno te stessa. Non qualcun'altra, non ti sto dicendo questo. Solo un po' meno... Chiara, ecco. Ah, fai una telefonata a tua madre, che ha chiamato una cinquantina di volte, preoccupatissima.
E scomparve dalla stanza.
Rimasi seduta sul letto a riflettere. Non avevo mai capito niente di Rosa. Avevo visto solo quello che volevo vedere. Per me essere belle era l'unico modo per vivere una vita felice. Invece non era cosí perché se anche fossi stata bella, probabilmente avrei trovato il modo di sentire la mancanza di qualcos'altro.
«Chiara, – mi aveva detto anni prima un amico di Luca,

un cultore del fisico perfetto, – tu hai un bel culo, fanne il tuo tempio!»

Ero scoppiata a ridere e la frase era stata archiviata come quella di un pazzo, fissato con la fitness. Che stupida ero stata. Eppure era cosí semplice: se hai un bel culo, valorizzalo, è il tuo punto di forza e distoglie l'attenzione degli altri, e la tua, dai difetti. Fai in modo che le persone guardino quello che tu vuoi che sia guardato. Davanti allo specchio avrei dovuto osservare il mio sedere, cioè i miei pregi, non soffermarmi sui difetti.

In quel momento Rosa rientrò nella stanza: – Abbiamo pochissimo tempo. Dài, Chiara, preparati.

– Sono pronta. Hai idea di come posso fare per mostrare il sedere?

– Eh?

Furono due ore infernali. Rosa mi fece la ceretta ovunque, anche nel naso. Mi depilò le sopracciglia.

– Ma cosí sembro Mina!

– Non diciamo sciocchezze. Mina non ce le aveva, le sopracciglia!

Mi applicò una specie di decolorante su alcune ciocche di capelli, usando la carta argentata e una maschera sul viso. Poi passò alle mani e ai piedi.

Avevo visto tanti film in cui la brutta di turno veniva shakerata per apparire di colpo bellissima davanti allo schermo. In realtà la facevano dimagrire, le toglievano il naso finto e il trucco che l'aveva imbruttita ed ecco che resuscitava, piú bella che mai. A me che cosa potevano togliere, a parte le sopracciglia? Comunque, piú di due ore dopo ero pronta, con addosso il vestito che mi avevano regalato. Mi guardai allo specchio. Oddio. Mi avevano davvero tolto delle protesi che non sapevo di avere?

– Chiara, sei stupenda.

– Non mi riconosco.
– Eppure sei tu. Io non ho fatto niente.
– Se due ore per te sono niente!
– Se ti curassi un pochino di piú, Chiara, in dieci minuti saresti pronta.
– Tanto a che serve? Poi crolla l'impalcatura e sotto ci sono sempre io.
– Sí, ma prima del crollo tu su quell'impalcatura ci avrai ballato, mia cara.
– Comunque posso anche travestirmi da Biancaneve, o da uno dei sette nani, ma qui il problema è un altro. Il problema sono io!
– Non parlare. Sembrerai piú interessante, misteriosa. Fai come me. Stai zitta.
– Ci provo, ma mica è semplice. Mi viene sempre voglia di dire la mia.
Passeggiavo avanti e indietro nel soggiorno senza trovare un attimo di pace. Ogni tanto davo una sbirciatina allo specchio per cercare di vedere il mio fondoschiena. Niente: ormai non sarebbe piú diventato un tempio, era troppo tardi. Una tendopoli, forse.
– Perché non sono una barista anoressica e tettona?
– Perché sei Chiara, e va bene cosí.
– Hai ragione. Devo bere qualcosa, però.
– Ma sei matta? Ci manca solo la fiatella da alcol o una delle tue performance da ubriaca.
– Che performance? Io reggo benissimo l'alcol. Senti, ma secondo te, questo sedere…
– Ora basta! Ti parlerò con un linguaggio che tu conosci bene. Gli uomini vanno ammaestrati.
– E cioè?
– *Una sposa per due*! Sono cresciuta con quel film!
– Mai sentito, è incredibile.

– Ora capisco tante cose. Guardalo. In quel film, Sandra Dee impara a fare la moglie con l'aiuto di un manuale per cani.
– Eh?
– Sí, cara. Gli uomini possono essere ammaestrati. Quando gli chiedi un favore difficilmente trovano il tempo di accontentarti. Ma se per esempio insieme alla richiesta aggiungi un paio di lusinghe e la promessa di una ricompensa, il gioco è fatto. Come quando dovevo montare le tende di casa, ti ricordi? Paolo aveva sempre da fare. Io allora ho iniziato a dirgli che senza di lui non ce l'avrei mai fatta (figuriamoci) e che lui sarebbe stato in grado di montarle come nessun altro. E poi, se lo avesse fatto, gli avrei organizzato una bella sorpresa.
– Tu sembri una persona normale, in realtà sei il demonio! E poi questo funziona perché sei tu, Rosa. Se iniziassi a farlo io diventerei solo un'addestratrice di bassotti... Garano non è il tipo che...
– Tutti gli uomini si fanno accalappiare... Anche Garano, ci scommetterei. Sei tu a decidere del tuo destino, e le cose puoi cambiarle, se lo vuoi.
– Me lo sto ripetendo come un mantra da giorni!
In quel momento mi squillò il cellulare.
– Oddio, è qui sotto.
– Poche storie e scendi. Aspetta, aspetta! Avevi un capello fuori posto...
– Fosse solo il capello!
– Non ti aspetto alzata.
– Cretina.
Presi l'ascensore e iniziai il mio viaggio verso l'inferno. Arrivata fuori mi guardai intorno. Niente. Ottimo, potevo tornarmene a casa. Poi, guardando meglio (Rosa mi aveva impedito di mettere gli occhiali) mi sembrò di scorgere dall'altra parte della strada la macchina di Garano. Ok,

era giunto il momento. Feci due grandi respiri e attraversai il piú disinvolta possibile, cercando di non inciampare. Aprii lo sportello, entrai e mi sedetti.
– Sono pronta. Andiamo?
– Volentieri, ma lei chi è?
Mi voltai di scatto verso il guidatore: – Oddio, mi scusi... io credevo...
– Ora la mia ragazza mi uccide. La prego, scenda subito dalla macchina, che si sta avvicinando.
In quel momento si aprí violentemente lo sportello: – Che storia è questa?
– Non lo so, questa pazza io non la conosco, giuro, si è infilata in macchina...
– Ehm, scusate se mi intrometto, ma la pazza sta con me.
Era Garano, e io avrei voluto scomparire. – Andiamo, Moscardelli, qui abbiamo fatto abbastanza danni, – disse, e mi prese per mano per trascinarmi fuori dall'auto.
– Che vergogna... non ti vedevo ed ero convinta fossi tu quello dentro la macchina.
– Io sono piú bello.
– Mi hanno tratto in inganno i capelli a cespuglio.
– Io non ho i capelli a cespuglio. Ho visto che attraversavi la strada di gran carriera e non ho fatto in tempo a fermarti.
– No, be', come di gran carriera?
– Dritta come un fuso. Sembrava ti stessero inseguendo dei dromedari imbizzarriti. Mai visti fare dei passi cosí, e con quei tacchi, poi. Forse solo in *Jurassic Park*...
Quindi non ancheggiavo, né avanzavo in modo sexy? Non ero Grace Kelly che accoglieva Cary Grant nella sua stanza, vestita di bianco e con un collier di brillanti, piú seducente che mai? «Non hai mai avuto un'offerta simile in tutta la tua vita, un'offerta cosí allettante», gli sussurrava in un orecchio distesa sul divano.

«Cosí pazzesca direi», le rispondeva. E Grace: «Ma cosa importa, se sarai soddisfatto?»
«Sapete bene che questa collana è un'imitazione».
«Ma io non lo sono».
– Cosa stai borbottando? Chi non è un'imitazione?
– Niente, niente.
Tutto quel lavoro sprecato. Lui non se n'era neanche accorto. E Garano era cosí sexy. Lo smoking gli stava alla perfezione. Sembrava Cary Grant. Per fortuna il viaggio non durò a lungo. Roma era deserta. Il ricevimento si teneva in una splendida villa sull'Appia. Scesi dalla macchina e vidi Garano bloccarsi.
– Che c'è? Che succede? Ho indossato il vestito sbagliato? Sono troppo truccata? Sono grassa? Lo sapevo, lo sapevo... torniamo indietro.
– Porca vacca, Moscardelli. Non ci avevo fatto caso prima...
– Oddio, a cosa? Che ho?
– Sei bella.
– Non mi prendere in giro, Garano, non ce la farei a sopportarlo anche stasera.
– No. Sei proprio bella.
– Non è vero.
– Sí che è vero.
– No.
– Sí.
– No!
– Va bene, no. Ti senti meglio ora?
No che non stavo meglio. Era cosí difficile accettare un complimento?
– Comunque, Mosc... dove sei finita?
Ero caduta. Il brecciolino, i tacchi e il «sei bella» di Garano mi avevano sopraffatta.

– Oddio che male! Mi sono rotta qualcosa, credo.
– Un femore?
Patrick mi guardava dall'alto della sua statura senza battere ciglio.
– Ma almeno aiutami a rialzarmi!
Riuscii a tornare in posizione eretta da sola.
Il posto era pieno di gente molto elegante e Patrick era a suo agio. Salutava tutti, fermandosi a chiacchierare di quando in quando con qualcuno dei presenti. Io non mi facevo scappare neanche una flûte di prosecco.
– Ti porto qualcosa da bere? – mi chiese a un certo punto Patrick. Poi, accorgendosi dei due bicchieri che avevo in mano, aggiunse: – Vedo che non ne hai bisogno, però. Almeno finiscine uno prima di prendere l'altro. Comunque non mi dispiaci da ubriaca. Porca vacca, Moscardelli, ti ho già detto che sei bella?
– Sí, è per questo che bevo...
– E dove la nascondevi tutta quella mercanzia?
– Sei sempre un gentiluomo. Le conquisti cosí, le tue donne?
– Sí, perché? Ora basta parlare. Balliamo.
– Cosa? Ma sei matto? Io non credo proprio... non sono capace.
– Tu parli troppo, – e mi cinse la vita.
Io smisi di respirare.
– Hai un buon profumo.
– Garano, la smetti di fare cosí?
– Cosí come? Che faccio?
– Mi stai prendendo in giro, e comunque non sono il tuo tipo, ricordi? Trovo anche abbastanza fastidioso il fatto che debba essere sempre io a rammentartelo.
– Tu prova a non ricordarmelo, la prossima volta, e vediamo che succede.

– Perché? Che cosa dovrebbe succedere?
– Niente, niente. Smetti di agitarti e balla.
Quel contatto mi faceva stare male ed ero rigida come una scopa. Mi girava anche la testa, ma forse era colpa del prosecco.
Finalmente la musica cessò e io potei liberarmi dalla sua stretta e riempirmi di nuovo i polmoni. Patrick fu fermato da una signora che lo trascinò via. Bene. Dovevo cercare il buffet. Quando lo trovai ci rimasi incollata. Ogni tanto qualcuno si avvicinava e riuscivo a scambiare quattro chiacchiere. Trascorsa un'ora cercai Patrick con gli occhi. Lo vidi seduto a un tavolo, impegnato in una fitta conversazione con la bionda dalle gambe piú lunghe che avessi mai visto. Lui si accorse di essere stato notato ma sembrò non badarci. Anzi, si avvicinò ancora di piú al viso della ragazza. Odioso. Odioso e donnaiolo. Altro che ammaestratrice di uomini, qui ci voleva ben altro. Mi bloccai di colpo. Oddio, Lorenzo? Mi guardai intorno. No, non poteva essere. Dovevo scappare. Lui si stava avvicinando, sbracciandosi sempre di piú, finché non me lo ritrovai di fronte.
– Chiara, sei veramente tu?
– Oh guarda, non ti avevo visto, che ci fai qui?
– Ho studiato criminologia, non ricordi?
– No, non me lo ricordavo proprio.
Ma non lavorava al bancoposta?
– Ti trovo, ti trovo...
– Ingrassata?
– No.
– Dimagrita?
– No, cioè sí, ma non è quello...
– Allora mi arrendo.
– Bella!

– Stasera ti devi mettere in coda.
Ma ero stata io a dire una cosa del genere?
– Lo immagino... sono senza parole.
Meno male, pensai.
– Sei da sola?
– Certo che no. Sono con qualcuno...
Che mi stava succedendo? Doveva essere colpa del vestito.
– Ovvio, che stupido. Senti, ho ancora il tuo numero da qualche parte. Magari ti chiamo e facciamo una rimpatriata, che ne dici?
Una rimpatriata?
Improvvisamente mi sentivo lontana anni luce da quell'uomo e da tutto ciò che aveva rappresentato.
– Allora? Che ne dici, ci stai?
– Sí, scusa. Sono in un periodo un po' complicato. Tu chiamami, e se posso, volentieri. Devo andare.
– Quindi è andata?
– Ma cosa?
– La rimpatriata...
– Dobbiamo deciderlo proprio in questo momento?
– No, certo, era cosí, tanto per dire.
– Bene. Meno male. Ora vado, che mi staranno cercando.
Figuriamoci. Garano non doveva essersi neanche accorto che mi ero allontanata.
– Che fai, Moscardelli, non mi presenti il tuo amico?
Ma da dove era spuntato?
– Sí, certo, anche se non è proprio un amico.
– Piacere, Lorenzo. Sono il suo ex fidanzato.
Fidanzato? Ma era diventato matto?
– Eccone un altro! – esclamò Patrick, guardandomi di sottecchi.
– In che senso? – chiese Lorenzo.
– Sí, infatti, in che senso? – aggiunsi io.

– Di fidanzato. Ultimamente spuntano in giro come funghi.
Tutto ciò era paradossale.
– Ah sí? Non immaginavo... Cioè, quando stavamo insieme...
Non ci potevo credere. Riuscivo a intravedere le rotelle arrugginite di Lorenzo che stavano elaborando l'informazione.
– Be', direi che possiamo andare, Garano, che dici?
– No, no, io mi sto divertendo tantissimo.
Presi Garano per un braccio e lo trascinai via.
Patrick ancora rideva quando la gru bionda che poco prima avevo visto in sua compagnia si materializzò alle nostre spalle. Era di una bellezza mozzafiato.
– Stai già andando via? – gli disse.
Aveva messo il broncio?
– Devo proprio scappare. Posso presentarti una mia amica?
Amica? Perché non morire in quell'istante?
– Chiara, questa è Camilla Dorn, una bravissima criminologa.
– Che tu sfrutti a tuo piacimento, Patrick.
– Hai ragione, ma lo sai che mi piace *sfruttarti*.
– E tu sai che non riesco a negarti nulla.
Avevo come la sensazione di essere trasparente, e che lí si stesse parlando di sesso, piú che di lavoro, anche se non ne ero tanto sicura. Poi la stangona prese Garano sotto braccio e lo portò via.
Ero decisamente trasparente.
Ottimo, e adesso?
Mi facevano anche male i piedi. Non sarei riuscita a camminare mai piú.
Mi diressi zoppicando verso il divano che avevo adocchiato dall'inizio, pronta a fare da tappezzeria come ai

vecchi tempi, e quando lo raggiunsi, mi ci tuffai. Garano era scomparso, risucchiato dalle gambe della vichinga. Provai a muovere i piedi. Niente. Non circolava proprio il sangue, da quelle parti. Mentre ero intenta a far roteare le caviglie, mi ritrovai di nuovo Lorenzo di fronte.
– Ti hanno lasciata sola soletta?
– No, macché! Mi staranno cercando.
Figuriamoci.
– Moscardelli, – ci interruppe Garano, materializzandosi dal nulla, – ti ho preso il cappotto. Scusate, ho interrotto forse qualcosa?
– G... grazie... no, che interrotto.
– Allora andiamo, che è tardi. È stato un piacere... ehm... Lorenzo?
– Sí, anche per me. Allora a presto, Chiara.
– Aspetto una tua chiamata! – gli dissi, sventolando la mano. – Ciao!
– Certo, contaci! Ciao!
– Ciao!
– Quando avete finito di salutarvi possiamo andare? – intervenne Garano, spingendomi verso l'uscita.
Era di umore nero. Avevo fatto qualcosa che l'aveva contrariato?
– Cos'hai? – gli chiesi appena fummo in macchina.
– Niente, perché? Ti sembra che io abbia qualcosa?
– Sí.
– Ti sbagli.
– Va bene. Allora non hai niente.
– Appunto. Niente. Simpatico quel Lorenzo.
– Simpatico non direi. Mi è preso un colpo quando l'ho visto. Non mi aspettavo proprio di trovarlo lí, saranno due anni che...
– Non mi pare di averti chiesto qualcosa in merito.

– Ok, scusa.
Mamma mia, che gli era successo?
– Quando non parli pensi, e questo mi preoccupa sempre, – mi disse a un certo punto rompendo il silenzio. Io avevo il mio solito groppo in gola.
– È piú grave di quello che credevo, – insisté.
– No. Ti prego, ferma questa macchina e fammi scendere.
– Devi vomitare? Hai bevuto di nascosto? Chiara, sei per caso un'alcolizzata?
– Non ho bevuto di nascosto. Ferma solo questa dannata macchina.
– Devi fare pipí? La potevi fare al ricevimento, scusa.
– No. Non devo vomitare, né devo fare pipí. Voglio solo prendere una boccata d'aria.
– È per colpa di quel Lorenzo?
– Vorrei solo scendere dalla macchina. Ti prego.
– Ma che hai?
Patrick accostò vicino al marciapiede, ma prima che potessi scendere chiuse gli sportelli automatici.
– Be'? Che fai? – gli chiesi, voltandomi verso di lui.
– La sai una cosa?
– Cosa? Guarda, non c'è bisogno che tu mi dica che la serata è stata disastrosa, lo so da me.
– Se stai zitta un attimo...
– Ok. No, anzi, non lo voglio sapere.
– È da quando ti ho vista che vorrei fare una cosa.
– Ti ho detto che non lo voglio sapere. Prima mi sono infilata nella macchina sbagliata, poi sono caduta... perché mi guardi cosí?
– Cosí come?
– In quel modo lí, cioè, nel modo in cui mi stai guardando.
– Non lo so. Come ti sto guardando?

– Oh, insomma. Facciamola finita. Dài, ti ascolto. Cos'è che ti preme tanto dirmi?

– Ho voglia di baciarti. In realtà ne ho voglia da quando hai dormito a casa mia. E se non fossi crollata a terra in quel modo...

Scoppiai a ridere: – Sí, certo. Come no. Non sei divertente, sai? È uno scherzo di pessimo gusto. Tu... non penserai che io ci creda? Ci devo credere? Insomma, mi dispiace per Rosa che ce l'ha messa tutta, io anche, in verità, ma non posso diventare diversa in una serata, insomma, mi ci vuole del tempo... un paio di anni almeno, capisci? Tu ce l'hai tutto questo tempo?

Silenzio.

– Sí, be', forse non era un discorso chiaro, in effetti.

– Moscardelli, riesci a stare zitta per un momento?

– No, perché dovrei? E smettila di guardarmi in quel modo, mi metti a disagio, io...

Mi ritrovai di colpo il viso tra le sue mani e le sue labbra che mi mangiavano. Sí, credo sia corretto affermare che mi stessero divorando. Non ero mai stata baciata in quel modo. Mi lasciai andare, crollai. Sentivo sgretolarsi il muro di mattoni e non riuscivo a fare niente per fermarlo. Non ero abituata al desiderio di un altro. Patrick era sempre piú avido e mi baciava sugli occhi, sulle guance, sul collo e infine sulle labbra, poi ricominciava.

– Sei bellissima, – mi diceva.

Io bellissima? Dio, quanto avevo sognato quel momento. Ma viverlo era decisamente meglio.

Sentivo le sue mani che mi toccavano e io desideravo che lo facessero.

– Moscardelli, tu sei frigida quanto un fuoco in un camino.

Lo abbracciai ancora piú forte. Ormai non mi ricordavo piú neanche come mi chiamavo.

Peccato che in quel momento squillò un cellulare.
– Porca vacca! È il mio... devo rispondere.
– Cosa? Sí... certo, ovvio.
– Moscardelli, non fare cosí.
– Cosí come?
– Ne parliamo dopo. Garano! – Non aggiunse altro. Lo vedevo annuire mentre con la mano continuava ad accarezzarmi i capelli. Poi si irrigidí: – Quando è successo? Sto arrivando.
Senza dire una parola accese il motore della macchina e ripartí.
– Ora devo veramente fare pipí.
Patrick scoppiò a ridere: – Se vuoi mi fermo.
– No, no, resisto.
Allungò il braccio e mi tirò a sé: – Che c'è?
– Niente, niente.
– Non è vero. Quando ti vengono le rughe sulla fronte vuol dire che stai pensando. Ma che hai?
Mi conosceva già cosí bene?
– È che non sono brava in queste cose...
– Quali cose?
– Queste!
– Ah, queste! Fino a cinque minuti fa non mi sembravi una novellina.
– Dici davvero? Ah, ma non è questo.
– Questo, quello... Moscardelli, tu hai un problema.
– Sí, lo so. Me lo hai già detto.
– Allora ne hai due. Il fatto è che sei faticosa, sei faticosa da morire.
– Ecco, appunto. Quindi chiudiamola qui.
Be', forse avevo esagerato un po'.
– Porca vacca, che ho fatto di male? Io stavo benissimo prima di conoscerti. E non ho alcuna intenzione di fare le corse per starti dietro.
– E chi ti ha detto di farle?

– Sei chiusa nel tuo mondo e non ascolti mai quello che uno ti dice. Capisci solo quello che ti fa comodo capire e ti aspetti che la vita sia un film o, peggio, una favola. Ma mi ci vedi come principe su un cavallo bianco?
– No, – mentii. Ce lo vedevo benissimo, invece.
– Io sono un solitario. Non voglio il tuo spazzolino da denti in bagno e gli assorbenti nell'armadietto. Non sono fatto per la vita di coppia.
– Ma cosa ti fa credere che io...
– E sei piena di paure.
– Non è vero!
– Sí che è vero.
– Fammi un esempio.
– Ce l'hai davanti. Tu mi desideri ma hai paura. Tu, Chiara, hai paura di quello che vuoi.
– Ma guarda che mi tocca sentire. Il fatto che tutte le donne vogliano infilarsi a casa tua, o nel tuo letto, non vuol dire che lo voglia fare anche io!

L'avevo sparata grossa.

– Ah no, eh? Prima però non mi sembravi dello stesso parere.
– Sei un cafone a sottolinearlo.
– Tu hai paura di quello che viene dopo.
– Eh?
– Non vuoi correre rischi perché sai che si può stare davvero molto male. Ed è la paura di stare male che ti trattiene, e dalla quale devi liberarti. Ti svelerò un segreto. Può essere anche molto bello.

Che mi tocca sentire. E se non volessi rischiare? Anzi, se non mi interessasse rischiare con te?

Ma figuriamoci.
– Figuriamoci!
Appunto.

– Vuoi trascorrere il resto della vita intrappolata nelle tue paure, o lanciarti e vedere che succede?
– E mi dovrei lanciare con te?
– L'idea era quella, in effetti.
– A me sembra, piuttosto, che quello con le paure sia proprio tu. Sei tu che hai paura di legarti a qualcuno: per questo ti circondi di tante donne che non ti creino problemi, e quando deciderai di sistemarti, non so, verso i sessant'anni, lo farai con una ragazzina che non potrà metterti in discussione e che magari non avrà ancora le mestruazioni, cosí il pericolo assorbenti lo avrai scampato.
– Hai finito?
– Sí... no... sí, ho finito!
– Bene.
– Invece no. Aggiungo anche, se me lo permetti, che quello che fa paura a te, fa paura anche a me. Saprò di essere davvero innamorata quando conoscerò tutto di una persona, come si farà la riga ai capelli, quale camicia metterà quel giorno, esattamente quale storia racconterà in una determinata situazione. Ed è qualcosa che non ho mai provato e mi terrorizza come terrorizza te, Garano. Perché ho paura che poi quella persona si stanchi di me e possa lasciarmi e io non lo sopporterei.
– Questo vuol dire, Moscardelli, che se ti piacessi, ma da quello che mi hai detto non è cosí, se ti piacessi saremmo una coppia perfetta, non credi? Una coppia di fifoni, – e scoppiò a ridere. – Ti riporto dove ti ho trovata?
– Sí.
Non ci scambiammo piú neanche una parola lungo tutto il tragitto.
Certo, io avrei potuto allungare un braccio, avvicinarlo a me e baciarlo di nuovo. Potevo farcela e l'avrei fatto se Garano non avesse inchiodato all'improvviso.

– Siamo arrivati. Allora, facciamo conto che non sia successo niente. Non è questo che vuoi, Chiara?
– Sí, infatti. Non dovevamo baciarci.
– No, hai ragione.
– Ah no? E perché? Cioè, voglio dire... hai ragione a darmi ragione, ma vorrei sapere solo perché tu pensi che non dovevamo baciarci, ecco.
– Io non riesco piú a seguirti. E devo andare. C'è in giro un serial killer che sequestra e uccide delle ragazze, ora pare ne abbia presa un'altra, e io sono qui a perdere tempo con te. Non me lo posso piú permettere, Moscardelli. Non so neanche perché l'ho fatto fino ad ora, non sei il mio tipo, e se anche lo fossi scapperesti prima ancora che potessi sfiorarti.
– Certo, certo, allora vado. Serial killer, hai detto? I giornali non ne hanno parlato e...
– Sei incredibile. Io ti sto dicendo delle cose che riguardano te e tu invece ti soffermi sul seriale.
– Ci sarà una ragione per cui lo faccio, o no? Magari non ho voglia di ascoltare quello che hai da dirmi! Magari sono cose che mi feriscono e che... ah, ma lasciamo perdere.
Aprii lo sportello della macchina. Patrick mi bloccò, e sperai fosse perché voleva ancora baciarmi.
– Moscardelli, cosa devo fare con te?
– Niente. Hai ragione tu. Con me non c'è niente da fare... Stai attento.
Scesi dall'auto con la sensazione che qualcosa mi stesse sfuggendo, ma non sapevo bene cosa.

Capitolo 27

> Il poeta latino Fedro ha scritto: Non sempre le cose sono quello che sembrano. La prima impressione inganna molti. L'intelligenza di pochi percepisce quello che è stato accuratamente nascosto.
>
> HOTCH in *Criminal Minds*

26 dicembre, mercoledí.

Garano arrivò a casa che erano ormai le tre del mattino. Era distrutto. Si buttò sotto la doccia e ripensò alla serata. Se non fosse stato interrotto da Campanile che gli comunicava una seconda denuncia di scomparsa, dove sarebbe arrivato? Era corso al distretto e aveva ascoltato la deposizione di due genitori distrutti. Non aveva avuto il coraggio di dire loro la verità sul pericolo che probabilmente correva la figlia. Non prima di avere chiara in testa la linea da seguire. Doveva far trapelare la notizia sui giornali e aggirare il procuratore. Due vittime e un secondo rapimento erano piú che sufficienti, per lui. E la ragazza in questione, neanche a farlo apposta, era giovane, ventitre anni, e divideva un appartamento con delle amiche, nei pressi dell'università. Silvia Giansante. Di nuovo quegli occhi, di un blu strano, particolare. Gli stessi occhi delle altre due vittime. Doveva prendere in mano la situazione e lasciare perdere le complicazioni. Cosa gli era saltato in testa? Baciarla, e in quel modo per giunta. Eppure, se non avesse squillato il cellulare, chissà dove sarebbero arrivati. Non sopportava l'idea di avere perso il controllo, non era mai successo. Andò a letto e si addormentò come un sasso.

La sveglia suonò presto e alle otto era già in centrale. Chiamò in stanza Salieri e Campanile, e nell'attesa iniziò ad aggiornare il tabellone. Le vittime erano salite a tre. Anche se l'ultima ragazza ancora non lo era diventata a tutti gli effetti, quanto tempo avevano per ritrovarla? Scrisse: «Linea temporale: dal sequestro al ritrovamento trascorre circa un mese». Ma dal ritrovamento al nuovo sequestro? Quanto tempo riusciva a resistere il seriale senza commettere un nuovo omicidio? Pochissimo. Come le sceglieva? Era giunto il momento di tornare alla discarica e al parcheggio. Doveva esserci un motivo per cui entrambi i corpi erano stati ritrovati in quella zona.

Non appena entrati, i suoi colleghi rimasero di stucco.

– Garano, pensi veramente...?

– Sí. Ci troviamo di fronte a un seriale. Per il momento voglio che la cosa non esca da questa stanza. Devo pensare a come risolvere il problema con il procuratore. Per ora dobbiamo arrangiarci con quello che abbiamo, e cioè noi tre. La Minetti è stata trascinata alla discarica da morta. La Castaldo, invece, nel parcheggio poco distante. Prima che tocchi pure alla Giansante, io e te, Salieri, andiamo a fare un giro nei dintorni. Frughiamo nei capannoni, cerchiamo testimoni, contadini... qualcuno deve avere visto qualcosa. Nessuno di noi può permettersi di trovare un terzo cadavere. Lei, Campanile, si occupi di François Benvenuti. Prenda questa chiavetta usb e cerchi di capire di cosa si tratta, ma non ci perda troppo tempo. Io non posso piú occuparmi di questa faccenda. Se non riesce a visionarla personalmente, incarichi qualcun altro. Purché comunque qualcuno se ne occupi. Tutto chiaro?

– Commissario, ci servono altre persone...
– Lo so, ci ho già pensato. Ma siamo a Natale, Campanile. Dubito che prima di gennaio ci diano altri uomini. E a gennaio questo caso lo voglio chiuso. Salieri, andiamo, che la giornata è lunga.
Impiegarono ore a setacciare la zona e alla fine tornarono a interrogare il custode.
– Io sto qui la notte. Me so' sistemato. Dormo nella roulotte e quarche vorta me porto 'na distrazione...
– In che senso?
– Ha capito, commissa'. 'Na signorina...
– Una puttana?
– Porti rispetto, commissa'. È 'na brava donna. C'ha du fiji che la fanno impazzi', e una che deve fa' pe' campa'?
– Va bene, va bene. E cosa ha visto mentre era con questa signora dell'alta società?
– Gnente, je l'ho già detto. Poi, commissa', stavamo tutti affaccendati...
– Già, già, lo immagino. Senta, qui intorno ci sono capanni, costruzioni abbandonate? Perché noi non abbiamo trovato nulla nel raggio di chilometri.
– Gnente de gnente. So' sicuro. Anche Cinzia...
– Chi è Cinzia?
– La signorina di cui je parlavo...
– Ah sí, mi scusi.
– Insomma, anche Cinzia quanno piove, poraccia, vie' da me. Nun c'è gnente qui per riparasse.
– Capisco. Senta, la ringrazio molto.
– Prego, s'immaggini, commissa'.
Risalirono in macchina.
Il viaggio di ritorno fu silenzioso. Patrick non sapeva cosa fare con Chiara. Chiamarla, non chiamarla? Non voleva darle l'impressione che ci potesse essere un seguito

tra loro, ma aveva anche voglia di sentirla. In che razza di situazione si era andato a cacciare?

– A cosa stai pensando, Garano?
– All'indagine, a che altro?
– Patrick, stai ridendo!
– Tu sei pazza. Qui c'è poco da ridere. Voi donne mi farete diventare matto.
– Direi che è piú vero il contrario. Hai impegni per la serata?
– Salieri, meglio lasciare le cose come stanno, non ti pare?
– Ti ho chiesto solo una cena, Garano, non di portarmi all'altare!
– L'ultima volta mi pare che invece si stesse parlando proprio di un altare.
– Sei uno stronzo!

Arrivato in ufficio, si chiuse dentro. Non aveva voglia di vedere nessuno.

Capitolo 28

> Colpi di cannone! O è il mio cuore che batte?
>
> ILSA a RICK in *Casablanca*

Dovevo decidere cosa fare. Non avevo chiuso occhio e per tutta la giornata mi ero trascinata come uno zombie per casa. Rosa aveva provato a parlarmi ma ero intrattabile. Mi stava succedendo qualcosa. Uno sconvolgimento emotivo che doveva condurre da qualche parte. Sentivo ancora sulla pelle l'odore di Garano, e per non mandarlo via non mi ero lavata.

Diventare adulte significava anche prendere coscienza di chi si è, e avere il coraggio di essere quella persona, con i difetti e tutto il resto. Eppure io, stesa in pigiama sul divano, non riuscivo a decidermi. Era proprio necessario crescere?

– Chiara, che dobbiamo fare con te?

– Niente. Lasciatemi morire d'inedia.

– Almeno lavati, mica vorrai andare al Creatore in questo stato! Bisogna sempre essere pronte e perfette, non si sa mai chi trovi.

– Rosa, chi vuoi che ci sia all'inferno?

– I dannati!

Nel tardo pomeriggio passarono Elisa e Matelda.

– Mosca, usciamo a prenderci una cosa da bere?

– Non ci penso proprio. Il telefonino dov'è? Dove ho messo il telefonino??? – E mi alzai dal divano gridando.

– Ce l'hai sotto il sedere.

– Ah.

– Cinema?
– Sei pazza? Lí devo spegnere il cellulare!
– Non la posso vedere cosí, – intervenne Matelda. – Io chiamo Luca!
La vidi che conversava al telefono animatamente per poi avvicinarsi. – Parlaci tu, perché noi non sappiamo piú che fare! Tieni, è Luca.
– Chiara, ma insomma, che mi combini?
– Non ce la faccio, non posso. Voglio tornare alla vita che facevo prima, sto troppo male.
– Non diciamo stupidaggini. Meglio morire in sidecar a ottant'anni su un'autostrada cilena che in clinica con una flebo al braccio!
– E questo che c'entra?
– Nonna Ernestine, che tu hai conosciuto, diceva sempre: «La mia morte ideale? Essere vittima di un delitto passionale per mano del mio amante, trentenne, bello e ricco. Morire per gelosia, ne sarei onorata!» Ora ti è piú chiaro?
– No.
– Sto cercando di dirti che la vita va vissuta rischiando il tutto per tutto, perché poi, una volta che è finita, è finita. Io alla flebo preferisco lo schianto sul sidecar e tu dovresti fare lo stesso! Un bel delitto passionale piuttosto che un suicidio davanti ai tuoi dvd.
– Tu hai ragione, ed è quello che mi ripeto da giorni. Sento di essere arrivata a una svolta importante, ma sono cosí spaventata… e se lui non mi chiamasse? E se decidesse di non volermi piú rivedere? E se…
– E se ne incontrassi uno migliore? E se alla fine fossi tu a decidere che lui non fa per te, e te ne trovassi un altro?
– Ma quando mai… Comunque tua nonna è una forza e la morte sull'autostrada cilena è strepitosa.
– Lo so, però tu lavati!

Quando riattaccai mi sentivo meglio. Parlammo della partenza e dell'organizzazione della vacanza. Ci saremmo divertite e magari avrei avuto il mio delitto passionale con il maestro di sci. Peccato che io non sapessi sciare. Alla fine mi convinsi anche ad andare al cinema, lasciando acceso il cellulare.

Solo, rifiutai di lavarmi. Volevo sentire ancora Garano sulla pelle.

Capitolo 29

> Perché devi rompere con lei? Sii uomo. Smetti semplicemente di chiamarla.
>
> JOEY in *Friends*

27 dicembre, giovedí.

La nottata gli aveva fatto bene. Aveva preso la sua decisione: niente piú Chiara Moscardelli. Gli dispiaceva, perché era una delle poche donne divertenti che avesse conosciuto, ma proprio per questo non si meritava il trattamento alla Garano.

Trascorse tutta la mattina a leggere incartamenti e a guardare le maledette foto della prima scena del delitto. Sobbalzò sulla sedia. Cosa erano quelli? Prese la lente di ingrandimento nel cassetto della scrivania. Segni di trascinamento? No, si trattava di strisciate sottili e profonde, con una terza piú piccola al centro. Cosa voleva dire? Chiamò la Scientifica e chiese di riesaminare le due scene del crimine. Voleva visionare tutte le foto, e se le fece mandare. – Controllate l'intero perimetro. Cosa diavolo sono quei segni? Come è possibile che vi siano sfuggiti?

– Commissario, stiamo parlando di un'area vastissima, e per giunta è una discarica. Lí passano in continuazione macchine di ogni tipo, è impossibile…

– Non sono ruote! Sembrano solchi piú sottili e piú profondi. Controllate che non ci siano impronte simili anche nel parcheggio. Voglio una risposta entro domani.

Finalmente aveva qualcosa a cui attaccarsi. Il primo

indizio da quando erano cominciati gli omicidi. Il seriale adocchiava la sua vittima, la sequestrava e la teneva imprigionata per circa un mese. Poi ricominciava. Si avvicinò al tabellone e cercò di mettere ordine. Punto primo: come e dove le individuava? In palestra, all'università, al cinema, in discoteca? Qui mise un bel punto interrogativo. Secondo: cosa faceva scattare la sua furia omicida? Un dettaglio, una caratteristica particolare, il colore dei capelli, degli occhi, lo smalto? Scrisse: occhi. Punto terzo: la violenza si scatenava dopo il rapimento, quindi come diavolo le avvicinava senza spaventarle? Come le convinceva a farsi seguire? Quarto: vittime ritrovate con addosso abiti da bambina. Anche qui un bel punto interrogativo. Quinto: segni sui polsi e sulle caviglie: perché le legava? Non avrebbero potuto fuggire con gli arti spezzati. Punto sesto: nella gola di entrambe era stata ritrovata della gommapiuma. Gommapiuma?

Afferrò il telefono.

– Consalvi, la gommapiuma a che cosa serve, secondo lei?

– Garano, sono in ferie!

– Sono felice per lei. Quindi?

– A riempire dei cuscini, a fare delle imbottiture, che ne so? Anche le bambole di mia figlia sono fatte di gommapiuma!

Patrick scattò in piedi: – Perché ha pensato alle bambole?

– Perché gliene ho regalata una per Natale.

– Consalvi, lei è un genio!

– Lieto che se ne sia accorto. Io lo so dalla nascita.

– Le vittime erano vestite come delle bambole, non come bambine!

– Sí, ha un senso, in effetti. Ora ci possiamo salutare?

In quel momento entrò Campanile.

– Commissario, posso? Ho fatto come mi aveva detto lei, ma i primi dieci minuti di quel video sono inutili e dura tantissimo, per cui ho lasciato il compito al nuovo arrivato, se non le dispiace.
– Ha fatto bene. Ma cosa si vede?
– Innanzitutto è molto rovinato, credo sia vecchio. Sembra il compleanno di un bambino che per qualche ragione è confinato nella sua stanza, forse malato. Poi entra la mamma con la torta e le candeline. Va avanti cosí per dieci minuti.
– Va bene, va bene. Crede che in quel video ci sia qualcosa che possa spingere qualcuno a delle minacce?
– Assolutamente no.
– Lo immaginavo. Grazie, Campanile. Ora, se non le dispiace…
– La lascio.
Garano si precipitò verso il tabellone e aggiunse al punto quattro: vittime vestite come bambole e soffocate con la gommapiuma. Perché?
Doveva esserci una spiegazione. Si sedette al suo posto e iniziò a tirare le freccette. Non si rese conto del tempo che passava e i suoi pensieri furono interrotti dallo squillo del telefono.
– Eccomi, Consalvi, sono tutto suo. Che succede?
– Per carità, conservi il suo fascino virile per chi ha la forza di apprezzarlo. Dopo che ci siamo sentiti ho chiamato il ragazzo del laboratorio che sta completando l'autopsia, e c'è una novità. In gola il mio assistente ha trovato un capello… che non era della vittima.
– Consalvi, ma questa è una notizia!
– Non si ecciti subito. Non c'è dna.
– Come?
– È sintetico.
– E come se lo spiega?

– Non ne ho idea. L'ho mandato alla Scientifica. Le saprò dire, ma volevo avvisarla subito.
– Consalvi, si rende conto che mi ha appena fatto una gentilezza!?
– Non ci si abitui. La saluto.
Era arrivato il momento di usare la stampa. E la stampa, si sa, era sempre a caccia di notizie come quella. Avrebbe detto al procuratore che c'era stata una soffiata, che qualcuno aveva parlato. In fondo lui non poteva mica controllare i media! Avrebbe chiamato la Conforti. Gran bella nottata di sesso, e ottima giornalista.

Capitolo 30

> Qualche anno fa, mia madre incontrò un uomo e lui la convinse a costruire questo motel. Lei non viveva che per quell'uomo e... quando lui morí, fu un colpo troppo forte... anche... anche per il modo in cui morí.
>
> NORMAN BATES in *Psyco*

28 dicembre, venerdí.

– Sei ancora a casa? – mi apostrofò Matelda al telefono.
– Hai ragione, è che non mi sento bene per niente.
– Che ti senti? È successo qualcosa, ieri?
– No, anzi. Sono stata tutto il giorno qui a fare la valigia, e Paolo è stato gentilissimo, mi ha accompagnata a casa a prendere la roba, ma stamattina mi sono svegliata con la nausea.
– Che avrai? Hai chiamato il gastroenterologo?
– Casomai l'ortopedico, mi sembrava il piú competente. Sarà questa rettocolite...
– Allora cerca di sbrigarti, altrimenti rischiamo di arrivare a mezzanotte e le strade ghiacciano!

Avevamo aspettato tanto quel giorno. Negli ultimi anni, per una ragione o per l'altra, non eravamo mai riuscite a partire e avevamo trascorso dei capodanni orribili.

Mi ero anche iscritta al corso base di sci.

«Saranno tutti minorenni», mi aveva detto Elisa.

«Meglio, – aveva risposto Rosa, – sono i migliori».

«No, io intendevo bambini delle medie».

«Ah, con loro potrebbe essere un problema, in effetti».

Di Patrick nessuna notizia, almeno non diretta. Era uscito un articolo che parlava di lui. Il commissario che dava la caccia a un serial killer. Andrea, invece, continuava a scrivermi domandandomi perché non gli rispondessi, e se avesse fatto qualcosa che mi aveva offeso. Si sarebbe stancato presto. Per il resto, sembrava quasi che la mia vita avesse ripreso un corso normale e in certi momenti pensavo di essermi sognata tutto. Il tempo lentamente avrebbe guarito le ferite, come sempre. Stavolta però ero intenzionata a non dimenticarmi di quel bacio perché, se non altro, volevo ricordarmi cosa cercare. Ero cambiata e speravo fosse un bene.

In viaggio con noi sarebbero venute anche Michela ed Elisa. Una decisione dell'ultimo minuto. Anche loro volevano prendere lezioni di sci, era un'epidemia.

Mentre infilavo le ultime cose in valigia, mi colse un attacco di mal di pancia lancinante. Ecco spiegata la ragione del mio ritardo.

Arrivai sotto casa di Matelda alle dieci del mattino, ben oltre quanto previsto dalla tabella di marcia.

– Novità? – chiese Matelda, alla guida.

– Nessuna, Mati. Anche lo stalker si è stancato di me.

– E meno male! Mica peraltro, non vorrei che alla fine morissi prima tu.

– Ma no, Mati, non succederà mai.

– Con te non si può essere certe di niente... Già vedo i titoli sui giornali: donna di mezza età fissata con le commedie americane uccisa per sbaglio.

– Grazie per la definizione di donna di mezza età.

– Mosca, non sei proprio di primo pelo.

– Oddio, non riesco neanche a rispondervi. Sto male. Mati, ferma la macchina, ferma la macchina!

– Mica posso inchiodare cosí, in autostrada...

– Sbrigati, o ti vomito nella borsetta!

Matelda sterzò, lasciando la scia dei copertoni sull'asfalto e inchiodando sul ciglio della strada.
– Mati, guidi come Stevie Wonder! – gridò Michela.
Riuscii a scendere appena in tempo. Dopo cinque ore eravamo appena a Firenze.
– Non si può andare avanti cosí, – diceva Michela.
– Mosca, perché non vomiti fuori dal finestrino?
– Che schifo, e le macchine dietro?
– Problemi loro.
– Scusate. Sto malissimo. Fermati, fermati!
– Ancora? Ma non hai piú niente nello stomaco, o sí? Che ti sei mangiata ieri, un bue?
– Mi hanno avvelenata!
– Certo, come no!
– Tipo Ingrid Bergman in *Notorious*. Ecco la piazzola!
– Non se ne può piú!
Alle quattro del pomeriggio non eravamo ancora arrivate a Bologna. L'autostrada era coperta di neve e la visibilità era pessima.
– Splendido. Proprio quello che non dovevamo fare: arrivare a Cortina di notte, con le strade ghiacciate.
– Ma chi ci arriva a Cortina, ragazze? Io muoio prima.
– Ci dobbiamo fermare da qualche parte, – disse Michela, – ma dove? Qui non c'è niente. Siamo sull'Appennino.
Dopo qualche chilometro Elisa avvistò l'insegna di un motel.
– Rallenta, che ho visto qualcosa.
– Piú piano di cosí c'è solo la retromarcia.
Uscimmo dall'autostrada per seguire le indicazioni di un motel. La strada però era in salita e in mezzo alla boscaglia.
– Non vedo niente, – imprecava Matelda.

– Perché non c'è niente da vedere, – rispondeva Michela, – siamo nel nulla.
– Oddio, oddio, quanto sto male.
Continuammo a salire per un po', finché non scorgemmo un edificio illuminato.
– Madonna santa, quant'è brutto! – esclamò Michela.
– Sembra il motel di Norman Bates. Speriamo non ci sia la doccia con la tendina bianca e un uomo alla reception che si mette la parrucca facendo finta di essere sua madre.
– Quello se lo becca tutto la Mosca, cosí domani noi ci facciamo il viaggio senza ulteriori interruzioni. Tanto ha già dimestichezza con gli stalker, – concluse Elisa.
– Scendo io e vado a chiedere se c'è una camera, – disse Michela aprendo lo sportello.
– Ma figurati se non c'è. Hai visto in che razza di posto siamo? Chi vuoi che ci sia? Parcheggiamo e andiamo tutte insieme.
Matelda prese la mia valigia ed entrammo.
Alla reception c'era la madre di Norman.
– Buonasera, – gridò Elisa. – Avete una stanza? O anche due, se non ce ne sono da quattro.
Michela le diede una gomitata indicando il muro dietro il bancone. Tutte le chiavi delle stanze erano attaccate.
– Ah.
– Che ti avevo detto? – bisbigliò Matelda. – Siamo solo noi, qui dentro.
La signora finse palesemente di guardare il registro per controllare la disponibilità, poi alzò gli occhi e disse: – La 402 è libera.
La 402? E le altre 401 secondo lei erano piene?
– Va bene, grazie.
Ci infilammo in ascensore e raggiungemmo il quarto piano. I corridoi erano bui e silenziosi.

Trovata la camera, ci buttammo sui letti.
– Che posto squallido, e ora che facciamo? Quella sta male, ma noi? Mica possiamo andare a dormire alle sei! – disse Elisa. – Scendiamo e chiediamo se c'è il ristorante? Io a questo punto mi farei un bel grappino.
– E mi lasciate qui da sola?
– Prenditi l'aspirina e mettiti a dormire. Poi, meglio starti alla larga, chissà che hai.
– Si chiama influenza, Mati.
– Bah, non ne abbiamo la certezza.
Quando uscirono andai in bagno, provai a lavarmi e mi ficcai sotto le coperte. Dormivo profondamente quando le chiavi che aprivano la porta mi svegliarono.
– Una tristezza, il ristorante, – disse Michela appena entrata, – c'eravamo solo noi... Però abbiamo mangiato dei tortellini buonissimi. Tu? Come ti senti?
– Un po' meglio. Mi sono addormentata e forse ho sfebbrato.
– Matelda non riesce a muoversi per il mal di schiena.
– Ma come è possibile?
– Non lo so, avrò fatto un movimento sbagliato. Ora mi prendo un Aulin e mi metto a letto. Elisa si è ubriacata con la grappa.
– Ma no, ho preso solo tre bicchierini...
– Sí, tre bicchieri da vino, però.
Io crollai di nuovo, ma durante la notte mi svegliavo e mi riaddormentavo in continuazione. Verso le due del mattino mi feci forza e decisi di andare in bagno.
– Oddio, Michela, mi hai spaventata! Che fai seduta sulla tazza al buio?
– Chiara, sono posseduta dall'esorcista. Sto malissimo...
– Saranno stati i tortellini.
– Macché tortellini, sei stata tu. Mi hai attaccato il virus.

In quel momento entrò Matelda, zoppicando e tenendosi la schiena con una mano.
- C'è una festa qui dentro?
- Ma come cammini?
- Non sapete che male. Non riuscirò mai piú a mettermi in posizione verticale.

Elisa era l'unica a dormire il sonno dei giusti. Aiutata dalla grappa, s'intende.

La nottata fu infernale e la mattina dopo a fare colazione c'erano quattro zombie.
- E ora? Che si fa? - chiese Matelda. - Io non posso certo guidare. Ho la schiena bloccata. Per non parlare di Chiara e Michela...
- Be', ma mica possiamo passare un'altra nottata qui dentro! Ragazze, guido io.
- Vai piano però, Elisa, che tu pensi sempre di essere sull'autostrada cilena di Luca.
- Ma no, vedrete che arriveremo in un baleno.
- Appunto.

L'altra metà del viaggio si svolse come la precedente, solo che questa volta a chiedere di fermare la macchina ogni mezz'ora era Michela. Arrivammo nel paesino vicino Cortina alle otto di sera. L'albergo era delizioso ma noi ci fiondammo in camera senza cenare. Eravamo distrutte.

Anche Elisa aveva iniziato a vomitare.

Capitolo 31

> – Tutti gli psicopatici tengono dei trofei delle loro vittime.
> – Io no!
> – Lei se le mangiava, dottore!
>
> CLARICE STARLING e HANNIBAL LECTER in
> *Il silenzio degli innocenti*

28 dicembre, venerdí.

Garano arrivò in ufficio tardi. Carolina lo aveva strapazzato parecchio.

Come mise piede in centrale, ricevette una telefonata della Scientifica che cambiò ulteriormente il corso dell'indagine.

– Commissario, abbiamo analizzato le strisciate e non sono quelle di una ruota.

– Questo lo avevo visto da me.

– Sono quelle di una sedia a rotelle, però.

– Come?

– Ha capito bene. Abbiamo fatto le analisi due volte. Quel tipo di impronta appartiene alle ruote di una sedia a rotelle. La strisciata centrale, la terza, quella che ha attirato la sua attenzione, viene lasciata dalla ribaltina, che è una terza ruota posizionata dietro lo schienale. Non ci sono dubbi.

– Una sedia a rotelle...

– Esattamente. Ah, c'è un'altra cosa. Consalvi mi aveva chiesto di analizzare un capello sintetico trovato su una delle vittime.

– Sí, di cosa si tratta?
– Di una parrucca.
– Grazie, mi ha cambiato la giornata!

Una sedia a rotelle e una parrucca. Due informazioni in piú. Questo cambiava tutto, anche se non risolveva niente. Le vittime erano state portate nel luogo del ritrovamento con una sedia a rotelle. Ma perché? Forse perché erano già morte ed era piú facile trasportarle. Era un mezzo alquanto insolito. Non aveva molto senso.

Chiamò Salieri e le chiese di raggiungerlo nella sua stanza.

– Ci sono delle novità.
– Perché sei arrivato cosí tardi?
– Non ero nelle vicinanze.
– Già, certo.
– Salieri, qual è il problema?
– Nessun problema.
– Ottimo. Allora mettiamoci al lavoro, che prevedo una lunga giornata.
– Dimmi delle novità.

Garano la aggiornò.

– Dobbiamo scoprire se le vittime avevano un disabile in famiglia, o se facevano volontariato. Voglio sapere tutto, Salieri. Sento che siamo a un buon punto, questa volta. Abbiamo due vittime massacrate e imbottite di gommapiuma. Poi rivestite come bambole e con gli occhi, dello stesso colore, strappati. Deve essere una specie di rituale. Forse la parrucca fa parte della trasformazione. Anche se nessuna delle ragazze ne indossava una, il seriale potrebbe avere cambiato idea all'ultimo minuto.

– Che mi dici dei giornali? Il procuratore ti avrà massacrato.

– Non ti preoccupare, ho tutto sotto controllo. Ho pilo-

tato io le informazioni. Almeno ora l'assassino sa che noi sappiamo. Si sentirà braccato e farà un passo falso.
– Tu sei certo che si tratti di un serial killer?
– Tu no?
– Io mi fido di te.
– Fai bene.
– Garano, io ti ho osservato in questi giorni, e sei diverso.
– Diverso da chi?
– Secondo te?
– Che ne so? Prima assomigliavo a qualcuno?
– Sei insopportabile.
– Ah, che novità!
– Ti lascio lavorare. Io continuo a ricostruire gli ultimi spostamenti delle tre vittime.
– Due, Salieri. Sono ancora due. Ma hai ragione. Se non troviamo qualcosa saliranno presto a tre.

Quando Salieri se ne fu andata, Garano iniziò a tirare le freccette e a pensare. La sua vita, le donne, gli omicidi. Da un mese non aveva piú pace. Ci mancava solo Nicoletta Salieri. Era ostinata… e cosí bella, dannatamente bella. Ma se ci fosse ricascato, stavolta non avrebbe potuto tirarsi indietro. Si sarebbe impelagato in una relazione seria. Solo il pensiero lo fece rabbrividire, o era il freddo? Il suo obiettivo principale era risolvere quel maledetto caso. Poi, magari, avrebbe messo un po' di ordine nella sua vita.

Capitolo 32

> – Conosci qualcuno piú felice di me?
> – Lo conoscevo. Ma si è buttato da un ponte.
>
> ALLY e ELAINE in *Ally McBeal*

30 dicembre, domenica.

Ci svegliammo ancora piú stanche di quando eravamo andate a dormire. Michela aveva la febbre alta, Matelda non riusciva ad alzarsi dal letto per il mal di schiena anche se, come al solito, non aveva una linea di febbre, Elisa aveva vomitato tutta la notte mentre io, stranamente, ero quella che stava meglio. Non eravamo riuscite neanche a chiamare la mia amica, che aspettava il nostro arrivo già dal giorno prima. Forse, se fossimo rimaste tutto il giorno in stanza, ci saremmo riprese per il Capodanno.

Fuori, intanto, il sole illuminava il piccolo paesino di montagna vicino a Cortina, completamente ricoperto di neve.

Nel pomeriggio, decisi di rischiare la sorte e uscire. Volevo provare a fare una piccola passeggiata e magari comprare il cerotto di Voltaren per Matelda.

– Ma dove vai conciata in quel modo, Mosca?
– Perché? Che ho?
– Hai due calzini, due giubbotti, due cappelli...
– Fa freddo e io ho ancora la febbre.

Uscii, coraggiosa ed elegantissima. Chiesi informazioni sulla farmacia aperta e mi diressi verso il centro del paese. L'albergo non era in città, ma a un paio di chilometri

di distanza. Una passeggiata non mi avrebbe fatto male, anzi. Mentre camminavo, pensai a Garano. Il fatto in sé non aveva nulla di speciale, dal momento che era diventato il mio chiodo fisso. La cosa strana era che per la prima volta da quando era cominciata quella storia, volevo sentirlo e volevo prendere io l'iniziativa, senza aspettare che fosse lui a farlo. Ero sempre stata convinta di una cosa: tutti i giorni siamo portati a compiere delle scelte. E ogni scelta, giusta o sbagliata, cambia il corso delle nostre vite, definendoci come persone. Era giunto il momento di compiere la mia scelta. Presi il cellulare e composi il numero.
– Moscardelli, è successo qualcosa? Hai ucciso un gatto?
– No... sono in montagna.
– Hai provocato una slavina?
– No.
– Allora non mi rimane che l'ultima ipotesi, e cioè che avevi voglia di sentirmi.
– Sí, insomma, stavo sciando.
– Sciando?
– E a un certo punto mi sono chiesta che fine avessi fatto e quindi ti ho chiamato.
– Ma tu mica scii!
– E che ne sai? Roba da matti.
– Va bene, allora, campionessa, ti stai divertendo?
– Moltissimo! – Ma figuriamoci. – Tu? Cioè, ho visto i giornali, parlavano di te e delle tue indagini.
– Moscardelli, non girarci intorno, che vuoi sapere? Se ho pensato a quello che è successo? Se ho pensato a te?
– Non capisco perché mi sia venuto in mente di chiamarti. Guarda, me ne torno sulle piste e... – gli avrei voluto dire tante altre cose, fargli capire che non ero stata a piangere aspettando una sua chiamata, ma la strada era una lastra di ghiaccio e mentre camminavo cercando di

darmi un tono, i miei piedi presero a vivere di vita propria. Slittavano sul ghiaccio a una velocità incontrollabile e per quanto mi sforzassi di mantenere l'equilibrio, in una manciata di secondi mi ritrovai per terra. Il cellulare volò rompendosi in mille pezzi, sbattei la testa e finii distesa a pancia all'aria sul ghiaccio. Prima di uscire avevo indossato cosí tanti strati che ora mi impedivano ogni movimento. Contemplavo il cielo che in quel momento stava diventando rosa per il tramonto. Pensai alle Dolomiti: mi avevano sempre detto che quelle montagne cambiavano colore a seconda del sole. Era vero. Da quella posizione potevo vederle bene.
– Signorina, si è fatta male?
– No, no, sto benissimo, – risposi, mentre cercavo di alzarmi rotolando su me stessa.
– Aspetti che la aiuto, – disse il signore.
– Grazie. È che sono piena di maglioni e…
– Lo vedo… deve stare attenta. C'è molto ghiaccio e si scivola facilmente.
Un cane mi stava leccando la faccia con estrema cura.
– Stai buono, Jerry.
– Non si preoccupi, io adoro i cani.
– Ecco, si appoggi a me… cosí…
Finalmente riuscii a rialzarmi: – Cercavo una farmacia.
– Sí, guardi, è poco piú avanti. Ma è sicura di stare bene?
– Benissimo, grazie. Sono ferita solo nell'onore.
Il signore scoppiò a ridere. Io mi congedai, raccolsi ciò che rimaneva del cellulare e claudicante continuai la mia passeggiata. Trovai la farmacia, comprai il Voltaren e mi diressi di nuovo verso l'albergo. Forse mi stava tornando la febbre, perché non mi sentivo affatto bene. Quando entrai in stanza, trovai le ragazze che mangiavano pastina in brodo davanti alla televisione.

– Ho chiamato Garano.
– Brava, Mosca! E che ti ha detto? Com'è andata?
– Non lo saprò mai... Sono caduta sul ghiaccio e si è rotto il cellulare. Comunque, la telefonata stava prendendo una piega orribile. Lui è stato orribile, tanto per cambiare.
– Non fa niente. Sei stata coraggiosa. Se Garano è un maleducato, non è colpa tua. La cosa importante è come ti sei sentita tu. Come ti sei sentita?
– Bene, proprio bene. Lo volevo fare e l'ho fatto. Ora dovrò comprarmi un altro cellulare, però.
– Ma no, dài qua che te lo sistemo io. Oppure chiamiamo Susanna e recuperiamo il numero di telefono del commissario. Cosí puoi richiamarlo. Tanto per chiarire la tua posizione.
– Quale posizione?
– Ah, questo non lo so. Certo, se ci fossi almeno andata a letto...
– Impossibile.
– Perché? Mi sembrava che ci fosse un buon feeling.
– Perché sono innamorata di lui.
– Mosca, non credo di avere capito bene. Non ci sei andata a letto perché sei innamorata? Odio sottolineare l'ovvio, ma non funziona cosí.
– Ah, no?
– No. Ecco, ora infilo la batteria ed è fatta.
Ma quando Elisa provò ad accenderlo, il cellulare non diede segni di vita.
– Lasciala stare, – intervenne Matelda, – questa discussione non porta da nessuna parte, e neanche il montaggio del cellulare. Chiama Susanna. Lei saprà cosa fare.
E cosí feci: – Grazie, Susy. Meno male che te lo eri scritto sull'agenda. Com'è la Patagonia?

- Sono in Perú. Ma riparto domani per il Venezuela. Salutami le altre!

Ora che avevo recuperato il numero, che dovevo farci?

- Puoi chiamare dal mio. Vedo che ti stai arrovellando, - mi disse Matelda.
- Sí, grazie. Ma per dirgli cosa?
- E che ne so? Io ti do il telefono, al resto devi pensarci tu.
- Non lo so, - intervenne Michela, - forse ora dovrebbe richiamare lui. Chiara deve farsi desiderare!
- Ma figuriamoci. E poi, anche se provasse a telefonare, troverebbe il cellulare spento.
- In effetti, questo cambia tutto, - concluse Michela, rabbuiandosi.
- Sentite, - intervenni decisa, - io vado a farmi un bagno. Sto malissimo, ho i brividi e credo mi stia tornando la febbre.
- E questo che c'entra?
- Niente, ma almeno prendo tempo.

Continuammo a discutere mentre l'acqua scorreva. La conversazione si faceva sempre piú animata, tanto che quando mi infilai in vasca entrarono in fila indiana Matelda, gobba e con una mano sulla schiena, Michela ed Elisa, avvolte nella coperta di lana.

- Chiara, sta iniziando il tuo film preferito! - disse Matelda. - *Il mio grosso grasso matrimonio greco*. Garano può aspettare.
- Splendido, - dissi io, con gli occhi chiusi.
- Sí, se per splendido intendi un film con una storia improbabile, - Matelda era stata lapidaria.
- Perché?
- La riassumo, per chi non lo avesse visto - continuò. - Una cicciona greca, anche abbastanza bruttina, incontra un figo spaziale che la trova bellissima.

– Originale, Mosca, – intervenne Elisa.
– È che mi piace pensare che sia possibile, almeno nei film. Per esempio, se avessi una nonna nell'Idaho...
– E che cosa c'entra?
– Be', ora che sto attraversando un momento difficile potrei andare lí. Come in quei film in cui la figlia sedicenne, ribelle e incompresa, viene spedita dalla madre a passare le vacanze estive con la nonna, che vive in un paesino sperduto del Wyoming, o del Maine...
– Non era dell'Idaho?
– È uguale.
– Non vorrei sottolineare l'ovvio, – mi interruppe Matelda – ma tu non sei una ribelle, non hai piú sedici anni, non vivi a New York e tua nonna è morta!
– Poi dov'è l'Idaho? – chiese Michela.
– E che ne so? – risposi. – Se lo sapessi, pensate che sarei qui con voi? Correrei lí, da mia nonna.
– Nell'Idaho non ci sono i mormoni? – intervenne Elisa perplessa.
– Che orrore! Non sono quelli che vanno in giro con i basettoni a treccina? – esclamò Michela.
Rimasi ancora un poco nell'acqua a pensare ai mormoni, poi mi decisi a uscire.
Avevo di nuovo la febbre. Mi ficcai sotto le coperte con il mio brodino e iniziai a guardare il film.
Decisamente meglio della vita reale.

Capitolo 33

– Nessun uomo può essere amico di una donna che trova attraente. Vuole sempre portarsela a letto.
– Allora stai dicendo che un uomo riesce ad essere amico solo di una donna che non trova attraente?
– No. Di norma vuole farsi anche quella.

BILLY CRYSTAL e MEG RYAN in *Harry ti presento Sally*

30 dicembre, domenica.

Garano era distrutto.
Erano giorni che non dormiva, c'era un serial killer in circolazione, non aveva uno straccio di indizio e che cosa faceva? Perdeva minuti preziosi dietro a una ragazza emotivamente squilibrata. Dopo la sua telefonata, che l'aveva sorpreso, piacevolmente sorpreso, ma che si era interrotta quasi subito, aveva provato a richiamarla già due volte, ma il cellulare era sempre staccato. Che diavolo aveva combinato? Era finita in un burrone? Provò a ricomporre il suo numero. Niente. Dannazione, non riusciva a concentrarsi. Cosa gli stava succedendo?
Doveva lasciarla cuocere nel suo brodo, lei e le sue sciate. Ma figuriamoci. E a proposito, con chi era andata in montagna? Comunque, non erano fatti suoi.
Guardò il tabellone. Ora aveva altro a cui pensare. La parete del suo ufficio non aveva piú uno spazio vuoto e non passava ora senza che venisse riempita con nuovi elementi.
Due ragazze uccise nello stesso modo e tenute prigioniere per settimane. Una terza scomparsa. Scrisse: dove?

Nessun capannone nelle vicinanze. Altri luoghi chiusi? Trasporto: sedia a rotelle? Il particolare degli arti spezzati era la cosa che piú lo faceva riflettere. Passava con lo sguardo sulle foto segnaletiche dell'una e dell'altra vittima. Erano sicuramente molto simili tra loro, soprattutto per il colore degli occhi, ma questo non portava da nessuna parte.

Aveva bisogno di aiuto e sapeva a chi chiederlo.
Prese il cellulare e scorse la rubrica.
– Patrick! Che sorpresa!
– Camilla, ho bisogno di te piú che mai.
– Garano, sono in vacanza!
– Bello, e dove?
– A Sharm, vuoi raggiungermi?
– Magari, magari. Un'altra volta.
– Dici sempre cosí.
– Devi aiutarmi.
– Assolutamente no.
– È un'emergenza.
– Stai scherzando, vero? Sono nel pieno di un bagno di sole...
– Mhm, vorrei essere lí con te e spalmarti la crema protettiva.
– Parole, parole, parole...
– E se ti promettessi un invito a cena, una di queste sere?
– Me ne devi già tre.
– Allora è andata. Hai presente gli omicidi di quelle due ragazze?
– Certo, ho letto sui giornali che sei tu a seguire le indagini.
– Esatto. E ti chiamo proprio per questo.
– Dimmi.
– Ho bisogno che tu mi stenda un profilo.

– Quando?
– Ti richiamo tra un'ora. Ti mando via mail tutto quello che ho: foto delle vittime, appunti, idee, luogo del ritrovamento.
– Solo perché sei tu.
– Ah, Camilla... grazie, saprò ricompensarti delle fatiche.
– Lo so. Per questo lo faccio. Richiamami.
In quel momento si affacciò l'ispettore Salieri.
– Garano, non vai a casa? Sei in ufficio da piú di ventiquattr'ore. Dài, che ti offro un caffè al bar.
Questa volta non riuscí a dire di no. E poi Nicoletta era particolarmente bella, quel giorno. Anzi, bellissima. E negli ultimi tempi gli era stata appiccicata. Non che la cosa gli desse fastidio, tutt'altro. Ma erano a un bivio e non sapeva quale direzione prendere. Decise che la cosa migliore, per il momento, era cercare di mantenere le distanze.
– Ecco, vedi, Garano? Basta poco per essere felici insieme.
– Io sono felice anche da solo.
– Dico semplicemente che quando siamo insieme formiamo un'ottima squadra. E anche a letto... non eravamo male, – allungò un piede per toccare le gambe di Patrick, il quale si irrigidí.
– Sí, però, Nicoletta, forse dovremmo concentrarci sul caso. Che vuol dire questo atteggiamento? Che vogliamo fare? Una minestra riscaldata? – Nemmeno finí la frase che gli arrivò uno schiaffo sulla guancia. Nicoletta si alzò lasciandolo solo al tavolo. Meglio, pensò Patrick. Il suo istinto lo aveva salvato, per il momento. Ma voleva veramente essere salvato? In fondo aveva ragione Nicoletta. Se proprio doveva avere una storia, lei era la ragazza ideale.
Sapeva che quel caffè non avrebbe portato a nulla di buono.

Rientrò in ufficio cercando di non farsi notare. Se voleva risolvere quel caso, doveva assolutamente andare a casa e prendersi un pomeriggio di riposo. Si sarebbe portato un po' di lavoro dietro. Mentre prendeva gli incartamenti, squillò il cellulare.

– Garano, non chiami neanche quando ti servo.

– Scusa, Camilla, ho il cervello che non si ferma un attimo.

– Comunque, abbiamo a che fare con un serial killer niente male.

– Dimmi cosa ne pensi.

– Non è giovane. Uomo, sui cinquant'anni. Credo che in apparenza conduca una vita normale. Anzi, potrei quasi giurare che al lavoro è stimato e apprezzato e che non abbia perso neanche un punto sulla patente. Le vittime devono fidarsi di lui perché lo seguono volontariamente. Le violenze sono tutte successive ai rapimenti. È un uomo come tanti. La rabbia repressa viene fuori in momenti in cui si trova da solo, quindi è in grado di controllarsi quando è in compagnia. Ha subito degli abusi da ragazzo. Il fatto che se la prenda con ragazze giovani fa pensare che anche la madre fosse giovane. Magari con le stesse caratteristiche? Abusava di lui?

– Quali caratteristiche? Eccetto il modo in cui vengono uccise, cos'hanno in comune, queste ragazze?

– Ah, sei tu il commissario, Garano. Frequentano la stessa palestra? La stessa scuola? Si dividevano lo stesso fidanzato?

– No, ho già controllato.

– E gli occhi?

– Già. Tutte e tre hanno lo stesso colore di occhi, ma non mi sembra un elemento sufficiente per...

– Patrick, però gli occhi significano qualcosa, per lui. Li strappa. Questo dimostra odio, rabbia verso una persona che forse li aveva uguali e che per lui era importante. E poi

c'è il modo in cui le espone dopo morte. Come hai scritto giustamente tu, il fatto che le vesta per farle sembrare bambole ha un significato. Gli arti spezzati e la gommapiuma potrebbero essere ricondotti a questo.
– Già, ma non è molto.
– È comunque qualcosa... C'è altro che io possa fare per te?
– Molte cose, Camilla, molte cose. Ma ora devo andare, scusa.
Afferrò la borsa e attraversò il corridoio con passo piumato.
– Garano!
Forse non troppo piumato.
– Salieri!
– Che fai? Vai via di nascosto?
– Ma no, che ti viene in mente.
– Scusa... intendo per prima... è che...
– Lasciamo perdere. Siamo stanchi e abbiamo lavorato come matti, negli ultimi giorni. Anzi, guarda, io sto andando a riposarmi un po'. Forse dovresti fare lo stesso.
Arrivato a casa trovò la posta che Serafina gli aveva come sempre appoggiato all'ingresso. Un pacco attirò la sua attenzione. Lo aprí incuriosito. Era la sua maglietta, quella che aveva prestato a Chiara quando aveva passato la notte da lui. C'era anche un biglietto:

> Garano. Grazie. Come promesso te la restituisco pulita e stirata. Volevo anche mettere un pacco di assorbenti, ma alla fine mi sono detta che mi sarebbe tornato piú utile lo spazzolino. È rosa, mi sembrava il colore piú appropriato per marcare il territorio. Grazie ancora di tutto.
>
> Chiara

Patrick scoppiò a ridere e piazzò lo spazzolino accanto al suo. Quella donna lo faceva diventare matto. Si infilò la tuta, le scarpe da ginnastica e uscí. La nebbia non si era ancora diradata. In campagna, d'inverno, l'umidità era molto forte e spesso si creava una nebbiolina che neanche le prime luci dell'alba riuscivano a dissipare. Verso sera era ancora piú fitta. Inspirò a pieni polmoni e pensò a Chiara. Dov'era in quel momento? Con chi era andata in montagna? Il solo pensiero che potesse essere lí con qualcuno gli dava fastidio. Che fosse andata in vacanza con quel Lorenzo? Non erano fatti suoi. Non capiva neanche perché ci avesse pensato. Stava per infilarsi sotto la doccia quando suonarono alla porta.

– Garano, apri. Sono Nicoletta!
– Ispettore... novità?
– Veramente no... Avevi lasciato questi appunti in ufficio e credevo ti servissero.

Dio, quanto era bella! Che profumo si era messa?

– Grazie... ma non c'era bisogno di precipitarsi fino a qui. Vuoi qualcosa da bere?
– Volentieri. Aspetto che ti vesti, magari, – gli disse guardandolo intensamente.
– Sono andato a correre. Serviti pure mentre vado a cambiarmi. Mangiamo qualcosa insieme?
– Ma Garano! Sono le cinque e mezza del pomeriggio!
– È presto?

Si misero in cucina. Il tempo trascorse piacevolmente, troppo piacevolmente, e forse la seconda bottiglia di vino diede il suo contributo, fatto sta che i loro corpi si trovarono molto vicini.

– Non ce la faccio a resisterti, ispettore...
– Allora cosa aspetti, commissario?

Una frazione di secondo. Una frazione di secondo bastò per farli trovare una nelle braccia dell'altro. Fecero l'amore due volte. Senza ombra di dubbio, Nicoletta era la donna piú bella con cui fosse stato. Tra loro c'era una grande intesa che in quegli anni aveva cercato di ignorare per non avere problemi. Ora, di certo, i problemi sarebbero arrivati a pioggia! Forse fu la stanchezza di quei giorni, o forse fu il vino, ma entrambi si addormentarono.

Garano si svegliò di soprassalto dopo neanche un'ora. Aveva sognato o era successo davvero? Guardò l'orologio: erano le nove di sera. Cercò di riflettere e mettere a fuoco la situazione. Di sicuro aveva bevuto troppo. Sentí dei mugolii. Si voltò di scatto e la vide: – Porca vacca!

Perché? Perché si era impelagato di nuovo in quella storia? E ora che poteva fare? Scese dal letto e si infilò sotto la doccia. Non sentí il suo cellulare che squillava, né tantomeno Nicoletta che rispondeva. Era troppo impegnato a pensare.

Capitolo 34

> È piú facile imparare la meccanica che la psicologia maschile: una moto puoi sempre arrivare a conoscerla a fondo, un uomo mai, mai e poi mai!
>
> CARMEN MAURA in
> *Donne sull'orlo di una crisi di nervi*

30 dicembre, domenica.

Il film era finito e non erano neanche le nove di sera. Che altro avremmo potuto fare rinchiuse in quell'albergo?
– Ragazze, qui ci moriamo.
– Matelda, tu stai benissimo, hai solo mal di schiena, siamo noi che abbiamo un piede nella fossa.
– Per distrarci un po', potresti chiamare Garano.
– Volete divertirvi alle mie spalle?
– Sí, – risposero all'unisono, allungandomi il cellulare di Matelda.
Iniziai a guardarlo. In effetti, forse, aveva provato a richiamarmi.
Feci un grosso sospiro e composi il numero.
– Pronto? – Era una voce di donna.
– Cercavo Patrick, cioè, il commissario Garano, ma forse...
– Sono l'ispettore Salieri. Patrick è sotto la doccia. Posso esserle di aiuto io?
– Sí, no, ecco, io sono Chiara Moscardelli, la ragazza...
– So chi è lei. È urgente?

– No. Richiamo io. Grazie –. E riattaccai senza neanche ascoltare la risposta.
– Allora? – mi chiese Matelda.
– Lasciamo perdere. Non mi ha risposto lui, ma l'ispettore, quella carina di cui vi ho parlato.
– Embè?
– Embè... ci ha tenuto a sottolineare che lui era sotto la doccia!
– Azz, – intervenne Michela.
– Che stronzo! – disse Elisa.
– Che uomo! – concluse Matelda. – Però l'hai presa bene.
– Sí, solo perché ho visto che sta per iniziare *Stregata dalla luna*, guardate là, – e indicai il televisore.
– Ah, questo piace molto anche a me, Mosca!
Sotto le coperte, mentre guardavamo il film, non riuscivo a smettere di pensare.
– Forse sto entrando in menopausa, – dissi a un certo punto.
– Macché! – rispose Matelda. – Hai ancora almeno... almeno... un paio di anni!
– Ah, ok. In due anni possono succedere un sacco di cose.
Tra il primo e il secondo tempo andai in bagno.
– Chiara, corri! C'è il commissario in televisione!
– Oddio, proprio adesso!
– Sta parlando di un serial killer.
Mi precipitai in stanza inciampando nei pantaloni del pigiama. Feci in tempo a vedere le immagini delle due vittime del presunto seriale.
– Ti sei persa l'intervista, Mosca. Che hai?
Io ero rimasta atterrita davanti allo schermo.
– Poverette, – diceva Michela, – e quanto erano belle.
– E che occhi! – esclamò Elisa. – Anche se al momen-

to mi preoccuperei di piú per la Moscardelli. Non vedete che è paralizzata da qualche secondo?
– Brava Elisa. Gli occhi!
– Almeno parla.
– Gli occhi, gli occhi!!!
– Hai ragione, sei in menopausa, – borbottò Matelda.
– Io quegli occhi li ho già visti! Forse… forse allo speed date? Elisa, ti ricordi?
– No, io ero tra i giovani.
– Ah, già.
– E quindi?
– Non lo so, ero convinta, ma ora che ci penso forse mi sto confondendo. Dite che dovrei avvertire Garano? Insomma, si tratta di omicidio!
– Ma quali occhi? – insistette Elisa.
– Strani, di un blu particolare…
– Scuro? – chiese Michela.
– Chiaro? – intervenne Elisa.
– Lavanda?
– No, Mati, che lavanda… – Non lo so, il punto è questo: di qualsiasi tonalità fosse quel blu, era identica a quella delle vittime!
– Forse pervinca, – azzardò Michela, – o carta da zucchero. Vanno un sacco di moda, quest'anno.
Io ormai ero in piedi sul letto.
– Che energie, Mosca!
– È lo sprazzo vitale prima della morte, – disse Matelda. – È cosa nota, si sa.
Accidenti, non mi ricordavo proprio dove avessi visto quegli occhi. Per quanto mi sforzassi…
In quel momento squillò il cellulare di Matelda, che rispose senza pensarci. Percepii un leggero imbarazzo nella sua voce e poi, dopo un sí titubante, mi passò il telefo-

no: – È per te! – E coprendo con la mano la cornetta mi sussurrò, scandendo: – È il c-o-m-m-i-s-s-a-r-i-o.

Presi il cellulare, guardai le mie amiche che mi incitavano con gesti inconsulti e smorfie e risposi con la voce piú calma che riuscii a tirare fuori.

Purtroppo non mi riuscí molto bene perché venne fuori un rantolo: – Pronto?

– Mosca, questo sí che si chiama essere seducenti, – mi bisbigliò Elisa.

– Ehm, scusa, ho un po' di mal di gola. Sai, qui a Cortina c'è molta neve e fa freddo e forse oggi sulle piste ho esagerato.

– Sulle piste? Ma la senti? Se neanche siamo uscite dall'albergo, – borbottava Matelda.

– Lasciala stare, poverina. Se quello va a fare sesso in giro per Roma perché lei non può stare sulle piste?

Mi alzai e mi nascosi in bagno, sbattendomi la porta alle spalle: – Scusa, è che ci sono delle persone che dormono con me e...

– Dormono? Ma sono le dieci! E in quanti siete, Moscardelli? Non è che fai le orge?

– Sí, be', te l'ho detto, ci siamo scalmanate... macché orge, Garano!

– Comunque non sono fatti miei. Si può sapere che fine hai fatto? Capisco che ti stia divertendo con uno dei tuoi *tanti* uomini, ma non c'era bisogno di staccare il telefono.

Ecco. Quello sarebbe stato il momento giusto per cominciare a mentire.

– Sí, infatti. Ho seguito il tuo consiglio e sto facendo a rotazione.

– Ma per rotazione intendevo dire uno alla volta, non tutti insieme!

– Ho avuto un buon maestro.
– Sí, be', perché? Che cosa ho fatto? Ero sotto la doccia. Tu non te la fai mai la doccia? L'ispettore era passato per darmi alcune informazioni che... ma perché mi sto giustificando con te?
– Infatti non lo so, non ti ho chiesto mica di farlo.
Dio, stavo andando alla grande! Non ci potevo credere.
– Senti, Moscardelli. Abbiamo un problema.
– Io non ho alcun problema.
– Allora mettiamola cosí: ce l'ho io. Sono stato sempre in ufficio, questa settimana, per cercare di risolvere un caso molto difficile. Non ci riuscivo, e vuoi sapere perché? Perché non facevo altro che pensare a te!
– Veramente?
Ecco, ora andavo un po' meno alla grande.
– Stavo scherzando. Però suonava bene. Volevo solo sincerarmi che non fossi finita in un burrone o non ti stessi disperando dopo avere sentito la voce di Nicoletta.
– Come puoi constatare sono tranquillissima e molto impegnata nella mia rotazione. Ma prima di salutarti volevo dirti che forse mi è venuta in mente una cosa che potrebbe esserti utile nelle indagini sul serial killer. Stavo guardando *Stregata dalla luna*, sai quel film in cui c'è Cher che deve sposarsi ma si innamora del fratello del suo futuro marito, che poi è un Nicolas Cage giovanissimo...
– Moscardelli! Arriviamo al punto.
– Ah già, hai ragione. Insomma, quando è finito il primo tempo, hanno passato l'edizione del telegiornale. C'eri tu che parlavi di questo serial killer...
– Sono venuto bene, vero?
– Non ti ho visto.
– Peccato.

– Comunque, non è questo il punto. Se per una volta riesci a darmi retta...
– Io ti ascolto fin troppo, Moscardelli, sei tu che non lo fai.
– Hai visto gli occhi? Gli occhi, Garano! Hanno un colore particolare che mi ha dato una strana sensazione. Poi ho capito perché...
– Perché?
– Non lo so.
– Quindi, cos'è che hai capito?
– Ora cerco di spiegartelo. Appena ho visto quelle immagini, le ho subito collegate allo speed date, forse a qualcuno che ho incrociato lí, poi però ho cambiato idea. Cioè, quegli occhi io li ho visti, solo che non mi ricordo dove, ecco.
– Non mi affaticherei troppo il cervello, se fossi in te. Hai già il tuo persecutore personale, non vorrei ti facessi carico anche di questo. E smettila di guardare *Criminal Minds*!
– Me lo dicono tutti.
– Ci sarà una ragione. Senti, Moscardelli, quando torni? Preferirei averti a portata di mano.
– Per fare cosa?
– Potrei risponderti in mille modi.
– Me ne basterebbe uno.
E chi ero? Greta Garbo? Brava, brava!
– Ma nessuno di questi ti renderebbe felice.
Non era cosí che avrebbe dovuto rispondere.
– Allora ci siamo detti tutto, credo. Ti saluto –. E riattaccai.
Ben gli stava.
Pochi secondi dopo il cellulare squillò di nuovo.
– È la seconda volta che mi attacchi il telefono in faccia.
– Sarà caduta la linea.

– Ho capito. Hai vinto.
– Bene! Ma cosa ho vinto?
– Voglio rivederti.
– Ma figuriamoci.
– Lo giuro sulla testa dei miei genitori, Moscardelli, ho voglia di rivederti.
– Veramente? Non mi stai prendendo in giro? Un momento, un momento!!! I tuoi genitori sono morti!
– E che significa? Stai sempre a sottilizzare...
– Sei insopportabile... e me lo dici dopo essere stato con... con...
– Sei gelosa, Moscardelli? Se è solo per la notte di sesso, possiamo organizzarci.
– Come no? Devo solo prendere il numeretto.
– No, per te farei un'eccezione. Niente numeretto.
– Ami il rischio, quindi. In ogni caso, cosa ti fa pensare che io abbia tutta questa voglia di passare una notte di sesso con te?
– Certo che ce l'hai.
– No che non ce l'ho.
– Sí che ce l'hai.
– E va bene, forse un pochino...
– Visto che avevo ragione?
– Sei un arrogante e...
– Basta, basta, ho capito. Non so neanche perché mi sia venuto in mente di dirti quello che ti ho detto. Tu e le tue teorie sui seriali. Io ti avevo cercata per... per... ah, non so neanche perché ti avevo cercata, in effetti. Quando dovresti tornare dalla montagna?
– Il tre.
– Ecco, fai una bella cosa. Rimani lí per un'altra settimana. No, anzi, rimani lí per sempre!
E riattaccò.

– Sono proprio una stupida, – dissi, rientrando in stanza.
– Ora non esageriamo, Mosca. A volte non ragioni bene ma...
– Però gli ho tenuto testa, eh? Be', mi sarò inceppata qua e là, ma tutto sommato sono andata alla grande. Comunque è ufficiale: sono innamorata di un uomo che non mi ama.
– Un evento straordinario, in effetti.
– No, Mati, qui l'evento straordinario c'è! Lui vuole portarmi a letto! Ed è la prima volta che succede una cosa del genere. Patrick mi desidera ed è una sensazione bellissima!
– Però tu non ci vai, perché lo ami. Mosca, qui c'è un problema.
– Me lo ha detto anche Garano.
– Sta iniziando a diventarmi simpatico.
– Il fatto è che ho sempre voluto che accadesse, ma ero sicura che non sarebbe mai successo. Insomma, non vi è mai capitato di desiderare cosí tanto qualcosa da avere paura che si realizzasse?
– Sí, tutti abbiamo le nostre paure, ma tu, Mosca, le hai fatte diventare uno scudo protettivo. Vai a letto con questo Garano e poi raccontaci i dettagli piú scabrosi. Ora sta' zitta, che inizia il secondo tempo.
Io non mi davo pace. Pensavo alternativamente a Garano e alle ragazze uccise, che poi era sempre come pensare a Garano. Non sapevo se essere eccitata per quello che avevo appena realizzato o se concentrarmi per cercare di capire dove avessi visto quegli occhi. Perché io li avevo visti, che Garano ci credesse o meno.

Capitolo 35

> Io disseziono ogni piccola cosa e a volte mi espongo troppo, ma almeno ho dei sentimenti! Tu credi di essere forte perché le donne per te sono intercambiabili; tu sicuramente non soffrirai, non ti renderai ridicolo, ma cosí non t'innamorerai mai! Tu non sei forte, tu sei *solo*, Alex! Io farò una serie infinita di cazzate, ma so di essere piú vicina all'amore di quanto non lo sia tu, e preferisco essere cosí che essere come te!
>
> GIGI in La verità è che non gli piaci abbastanza

– Patrick, – disse Nicoletta, spalancando la porta del bagno, – ha chiamato la pazza.
– Che pazza?
– Quella del cane morto. Quella che porti a pranzo da Mario, quella che ti ronza intorno da un mese con la scusa dello stalker.
– E tu che ne sai?
– È evidente.
– No, che ne sai che ha chiamato?
– Lo so perché ho risposto. Credevo fosse la centrale. Cos'è questo?
– Niente, cosa vuoi che sia? Uno spazzolino.
– Hai uno spazzolino rosa nel bagno, Patrick?
– Sí, e allora?
– Io credevo che tu non volessi impegnarti e che…
– Ma sarà lí da chissà quanto, e magari è proprio la ragione per cui è finita.
– Con chi?
– Con la proprietaria dello spazzolino rosa.

– Ah.
– Senti, Nicoletta, visto che ne stiamo parlando, concordi anche tu con me nel dire che abbiamo fatto uno sbaglio?
– No.
– Come sarebbe, no? Non concordi?
– Non concordo e secondo me non concordi neanche tu.
– Invece io concordo ampiamente con me stesso. E non dovevi rispondere al mio cellulare. Non sei la mia ragazza, non viviamo insieme e non c'è il tuo spazzolino qui. Infatti ce n'è uno rosa, orribilmente rosa.
– Non la pensavi cosí qualche ora fa. E ho risposto perché credevo fosse importante e riguardasse l'indagine. Io non mollo, Garano. So di piacerti, – e mentre lo diceva, si era avvicinata in modo pericoloso.
– Salieri, chiudiamola qua. Ho bisogno di dormire.
– Anche io.
– Da solo.
– Me ne vado, me ne vado. Ma prima o poi dovremo parlare. Abbiamo appena fatto l'amore, Patrick.
– Me ne sono accorto.
– Non significa niente per te?
Che cosa poteva rispondere? Di certo aveva un significato, ma non era sicuro fosse lo stesso che gli attribuiva Salieri. O forse sí?
– Bene. È la prima volta che rimani senza parole. Mi sembra un gran bel passo avanti.
Stare zitti aveva i suoi vantaggi. Se ne sarebbe dovuto ricordare, in futuro.
– Ne parliamo in un altro momento, se non ti dispiace. Sono stanco morto.
– A domani, Patrick, – e lo baciò in un modo che lo lasciò stordito.

Appena Salieri se ne fu andata, provò a richiamare Chiara. Di chi era quel numero? Ah, non erano fatti suoi. Come al solito la conversazione prese una piega assurda. Ora si metteva anche a risolvere i casi di omicidio. Certo, se si era accorta del colore degli occhi delle vittime, voleva dire che poteva averli visti, da qualche parte. Ma che cosa c'entrava adesso questo con lo stalker? Niente. Giocava a fare l'investigatrice. Andò a dormire confuso e arrabbiato. Era sempre cosí, con Chiara. Lo avrebbe fatto diventare matto.

Capitolo 36

> Grazie a Cher e ai suoi sforzi pionieristici non hai ancora raggiunto la pubertà.
>
> BETTE MIDLER e GOLDIE HAWN in
> *Il club delle prime mogli*

4 gennaio, venerdí.

Ero di nuovo a Roma, da Rosa. Non vedevo l'ora di rientrare nella normalità, ma finché non si fosse chiarita la faccenda dello stalker, non sarei certo tornata a casa. Quello, secondo me, non vedeva l'ora di vedermi con le difese abbassate e colpirmi, cogliendomi alla sprovvista. Se non era successo piú niente, lo dovevo al fatto che ero stata ricoverata in ospedale e poi ero partita.

La vacanza si era conclusa senza colpi di scena: Matelda era rimasta bloccata con la schiena tutto il tempo, Michela dava di stomaco a intervalli regolari ed Elisa si era lanciata nello sci di fondo. Lei sí che aveva avuto una storia con il suo maestro. Il Capodanno era stato disastroso. Dopo esserci trascinate nella famosa baita che avevamo prenotato da Roma, eravamo rimaste bloccate da una bufera di neve perché nessuno si era preso la briga di aiutarci a montare le catene. Il primo dell'anno finimmo di trascorrerlo in camera con il nostro brodino. Di Elisa non si ebbero piú notizie fino al due.

François si era fatto vivo mentre ero in montagna. Era preoccupato per il mio nuovo incarico. A me erano sembrate, piuttosto, telefonate di controllo. Ero sicura che volesse conoscere i miei spostamenti. Dal momento che lunedí sarei dovuta rientrare in ufficio, pronta per il mio nuovo ruolo, decisi che ci avrei fatto un salto nel pomeriggio. Era una responsabilità enorme e non volevo sbagliare. Se avessi sistemato la stanza di Maddalena e la mia, letto un po' di comunicati stampa e capito su che cosa stavano lavorando, lunedí sarei stata preparata.

La vecchia Chiara si sarebbe chiusa in casa a guardare un film: la nuova, invece, sarebbe andata a lavorare, e il film se lo sarebbe comunque potuto gustare la sera. Mi preparai e uscii. Appena arrivata, scaricai le mail. Ce n'era una di Andrea: «Continuiamo a giocare, ti va?» No che non mi andava. Presi le mie cose e iniziai a portarle nell'ufficio di Maddalena. Da che parte avrei dovuto cominciare? Non avevo le qualifiche per dirigere un intero settore. Provai a leggere tra le sue carte, ma fu tutto inutile.

Mi guardai intorno. Bene. Quella sarebbe stata la mia nuova stanza. Mi sentivo come Melanie Griffith in *Una donna in carriera* quando, alla fine del film, chiama Harrison Ford dalla sua nuova postazione. Io chi potevo chiamare? Matelda, o Elisa, ma il nuovo cellulare aveva ancora la batteria scarica.

Sentii dei passi nel corridoio. Chi poteva venire a lavorare durante le vacanze, oltre me? Non so perché, mi spaventai. Era sciocco da parte mia, ma pensai a François. Se fosse stato lui? Se ci fossimo trovati da soli? Per fortuna, quando mi aveva chiamato, non lo avevo avvisato del fatto che sarei passata in ufficio. Nonostante ciò, mi assalí il panico. In fondo era lui il mio stalker. E se vedendomi lí gli fosse tornato in mente il motivo per cui aveva iniziato a perseguitarmi? Oddio, i passi erano sempre piú vicini. Dovevo nascondermi. Quando vidi la maniglia che si abbassava, presi la decisione in un attimo.

Mi infilai nell'armadio e cercai di chiudere le ante nel

migliore dei modi. Che razza di nascondiglio era? Chiunque fosse, mi avrebbe trovata in pochi secondi.
  Non avrei potuto scegliere luogo piú banale di un armadio, per rifugiarmi. Il cellulare era spento, speravo che almeno cosí si sarebbe un po' ricaricato. Comunque, qualcuno era entrato nella stanza, ma non aveva guardato nell'armadio.
  Piú cretino di me.
  Cercai di ascoltare. Cos'erano quei respiri? Se non fossi stata terrorizzata avrei potuto giurare che in quella stanza qualcuno stesse facendo del sesso. E anche rumoroso. Decisi di aprire un poco l'anta. Una fessura. Quanto bastava per vedere cosa stesse accadendo. Cosa era quello? Un sedere? Oddio. Questo rimetteva tutto in discussione. Ero troppo curiosa e aprii ancora un po' la porta dell'armadio. Era decisamente un sedere, nudo e peloso, troppo peloso per i miei gusti, che si agitava. Era il sedere di Fabrizio, il grafico. Non riuscivo a vedere chi fosse la sua partner, e per sbirciare meglio feci scricchiolare l'armadio. Smisi di respirare, ma i due si bloccarono. Fabrizio con un balzo fu in piedi, e io vidi chiaramente Maddalena, nuda, sdraiata sul divano. Maddalena?
  – Cosa è stato?
  – Niente, caro, vieni qui.
  – Ma non hai sentito anche tu un rumore?
  – Sí, ma non c'è nessuno, sono tutti in vacanza.
  Poi dicevano che la chirurgia plastica non faceva miracoli. Maddalena aveva il corpo di una ragazzina. Era stata tirata, cucita, infarcita e rimboccata, come un tacchino.
  – Non vorrei che ci scoprissero, sai… mia moglie…
  Ah, ogni tanto si ricordava di averne una, allora. L'avevo giudicato male.
  Cercai di richiudere l'armadio senza fare rumore, non

prima di avere dato una sbirciatina a Fabrizio. Però...
Elisa, che aveva avuto una breve storia con lui, era stata ingenerosa.

I due ripresero con maggior foga e compresi subito che non sarebbe stata una cosa rapida.

Non mi ero neanche portata una rivista.

– Oh, sí, mettimelo dentro!!

Oh, mio dio...

– Ma è già dentro!

Come non accorgersene?

Dovevo essermi mossa, perché Fabrizio si bloccò di nuovo.

– Ora l'ho sentito veramente.

– Che cosa, caro?

– Un rumore.

– Non ti fermare però.

– Ah, scusa.

Trascorsi nell'armadio almeno un paio d'ore. Povera Elisa, che noia!

La stanchezza mi fece scivolare un piede e l'anta si spalancò.

Fabrizio scattò in piedi e io rimasi a bocca aperta.

Poi lo vidi prendere una scatola vuota di un set di prodotti della Push and Lift e mettersela davanti.

Che cosa pensava di coprire, con quella scatolina?

– Scusate, – dissi per rompere il ghiaccio, – continuate pure, io stavo cercando delle pratiche.

Uscii dall'armadio e mi diressi verso la porta.

– Ecco la scatola che stavo cercando! – E gli sfilai dalle mani il set.

– Non vorrei che tu pensassi male, – riuscí a dirmi Fabrizio.

– Nooo, e perché mai?

– Io e Maddalena siamo solo amici.
– Si vede, si vede. Be', ora devo proprio andare. Scusate il disturbo.
– No, quale disturbo, figurati.

Appena mi chiusi la porta alle spalle, la paura e la tensione che avevo accumulate si sciolsero in una fragorosa risata. Che energie, quella donna! Era stata sorpresa da poco con Filippo Maria ed eccola di nuovo in pista! Avrei dovuto prendere esempio da lei, altro che film. Arrivata nel mio ufficio sprofondai nella sedia. Provai ad accendere di nuovo il cellulare e trovai una chiamata di Garano.

Sorrisi soddisfatta e cercai di richiamarlo, ma la batteria non resse e si spense di nuovo.

Nell'attesa che quei due finissero, tornai al mio portatile. Mi cadde l'occhio sul video che avevo copiato dalla chiavetta usb. Solo allora mi venne in mente una cosa. Lo feci partire, e appena vidi per la seconda volta la madre che entrava nella stanza con la torta, capii che cosa stavo cercando di ricordarmi da piú di tre giorni.

Capitolo 37

> – Ma... è morto?
> – A lungo andare, con un coltello nella schiena, sta meglio morto.
>
> SAM DIAMANTE in *Invito a cena con delitto*

Era venerdí pomeriggio, era trascorsa un'altra settimana, e Garano non aveva trovato niente. Molti indizi, sí, che però non portavano da nessuna parte.

Aveva frugato nelle vite delle ragazze, soprattutto in quella della ragazza scomparsa, anche se sapeva che non c'era alcuna speranza di trovarla viva. Si era preso una lavata di capo per avere fatto filtrare ai giornali quelle che secondo il procuratore erano notizie false e frutto della sua immaginazione.

Quello era un ottuso burocrate. Come faceva a non vedere l'ovvio? Il profilo che gli aveva fornito Camilla era prezioso, ma era come cercare un ago in un pagliaio.

– Commissario! – gridò Campanile, facendo irruzione nella sua stanza.

– Non si usa piú bussare?

– Mi scusi, commissario, ma è una cosa urgentissima. Riguarda quella chiavetta usb...

– Campanile! Non ho tempo da perdere. Ho chiesto a lei di occuparsene e non capisco perché ora stia tirando fuori questa faccenda.

– Lei deve vedere quel video. Insomma, si ricorda che l'avevo affidato al nuovo ragazzo? Mi sento anche in colpa, perché gli avevo detto che non era urgente e infatti se l'è presa comoda. Solo oggi ha trovato il tempo di visio-

narlo. Dice che aveva un enorme accumulo di lavoro da sbrigare prima di...
— Campanile?
— Sí, commissario?
— Me lo vuole far vedere o no?
— Ha ragione. Sono ancora sconvolto. Ecco la chiavetta.
Garano la prese e la infilò nel computer.
Partí il video, che non aveva nulla di interessante. Una festa di compleanno di un bambino, almeno cosí sembrava. Certo, la mamma aveva un che di familiare, ma Patrick non riusciva a capire cosa. A parte quello, il resto era materiale inutile.
— Campanile, qui non vedo niente.
— Vada un po' avanti.
Trascorsero altri dieci minuti e Garano cominciò a spazientirsi.
In quel momento entrò Salieri.
— Patrick, io sto andando via, sono distrutta. Volevo sapere se avevi bisogno di qualcosa.
— Vieni, vieni. Campanile ha organizzato per noi un piccolo cineforum.
— Eccoci al punto, commissario. Guardi!
La madre aveva voltato le spalle alla telecamera e stava trafficando con le bambole. Poi, all'improvviso, eccole: una, due, tre pugnalate alla schiena. La madre barcolla, si gira, ha gli occhi sgranati. Gli occhi blu delle vittime.
— Ferma, ferma l'immagine! Porca vacca. Ma che storia è questa?
— Non ha visto quello che viene dopo.
— Un momento. Quegli occhi! — gridò Salieri.
Alzarono tutti lo sguardo verso il tabellone, dove erano appese le foto delle vittime.
— Patrick, sono identici.
La sua testa stava lavorando alla velocità della luce, ma

era stanco, troppo stanco e non poteva credere a quello che aveva appena visto.

– Come va a finire?

– Uno spettacolo terrificante, commissario. Mando avanti.

Il video ripartí. La donna era ancora viva quando fu deposta sul letto. Le vennero spezzate prima le gambe, poi le braccia e infine le vennero strappati gli occhi.

Era una scena da fare accapponare la pelle. Garano era impietrito e non riusciva a pensare a niente.

Cercò il telefono e fece l'unica cosa che poteva fare in quel momento. Chiamare Chiara.

Maledizione, aveva il cellulare spento.

Capitolo 38

> Mi sta passando tutta la vita davanti agli occhi: nella parte piú brutta guido un'auto usata.
>
> WOODY ALLEN in *Misterioso omicidio a Manhattan*

Ecco dove avevo già visto quegli occhi! Nel video! Altro che speed date, era la mamma del bambino.
Lo sapevo, lo sapevo!
Mentre cercavo di mandarlo avanti, si affacciarono Maddalena e Fabrizio.
– Bene, noi stiamo andando. Volevamo salutarti.
– Grazie. Ci vediamo lunedí.
Poi Fabrizio cambiò idea, perché lo vidi bloccarsi davanti alla porta.
– Che succede? – gli chiesi.
– Niente, è che volevo parlarti di quello che hai appena visto.
– Per carità! Senti, non ti preoccupare, sarò una tomba. Figuriamoci, avrei chiamato subito Elisa.
– Grazie, ma non è come sembra. Insomma, potresti avere frainteso.
– Fabrizio, sono stata chiusa in quell'armadio per piú di due ore! Non avrei potuto fraintendere neanche se avessi voluto. Ora, se non ti dispiace, ho un mucchio di cose da fare...
– Certo, certo. Allora ci vediamo lunedí.
– Ma non ti eri licenziato prima delle vacanze?
– Ah, già. A presto, allora.
Aspettai che si allontanasse e feci ripartire il video.

Dopo qualche secondo fui costretta a fermarlo. La donna veniva accoltellata.
Mi alzai di scatto dalla sedia e rimasi paralizzata.
Sentii Fabrizio e Maddalena che uscivano.
Dovevo pensare. Se François aveva iniziato a perseguitarmi perché ero venuta in possesso di quel video, voleva dire che il video era suo. Voleva dire che François aveva ucciso sua madre!
Provai ad accendere di nuovo il cellulare. Dovevo solo cercare di leggere il numero di Garano e chiamarlo dal telefono dell'ufficio.
Appena lo accesi, squillò.
– Dove diavolo sei?
– Garano, stavo per chiamarti. Ho… ho visto il video…
– Sí, ma dove sei?
– In ufficio e…
Niente. La batteria era morta, questa volta definitivamente. Non sarei riuscita piú ad accenderla. Dovevo riordinare le idee. Come ci era finita quella chiavetta usb nella mia borsa? Questo però spiegava il furto: doveva essere stato un tentativo di recuperarla, ma nel frattempo io avevo cambiato borsa. E dava un senso anche all'effrazione. Tutti i tasselli stavano componendosi, nella mia mente.
Oddio, dovevo andare via di lí il prima possibile.
Mentre mi dirigevo verso la stanza di Maddalena per spegnere il computer, guardai fuori dalla finestra. Dio santo, ma era buio pesto. Che ora avevo fatto?
Mi voltai verso l'entrata e mi accorsi che la porta era spalancata. Non feci in tempo a realizzare la cosa che le luci si spensero. Ecco, ci mancava anche un bel corto circuito durante le vacanze di Natale. Dovevo cercare il generatore e mi avvicinai all'ingresso. Perché diavolo quei due avevano lasciato la porta aperta? La luce dei lampioni mi

permetteva se non altro di non procedere a tentoni. Ero quasi arrivata quando intravidi una sagoma, davanti a me.
– Fabrizio? Sei tu? È andata via la luce e non mi ricordo dov'è nascosto il generatore... Fabrizio?
L'ombra si stava avvicinando, e automaticamente indietreggiai. Vidi qualcosa luccicare. Un coltello? Una siringa? Che diavoleria teneva in mano? Feci dietro front e iniziai a correre lungo il corridoio. Sentivo i passi dietro di me che acceleravano. Non mi usciva neanche un grido. Avevo la gola serrata. Inciampai in qualcosa. Una sedia. Che ci faceva una sedia in mezzo al corridoio? Senza pensare la presi e la lanciai verso l'ombra. Riuscí a schivarla, ma qualcosa le cadde dalle mani e io guadagnai un paio di secondi. Sufficienti per infilarmi nel magazzino piccolo e chiudermi la porta alle spalle. Peccato che le chiavi fossero attaccate fuori.
Ero spacciata. Afferrai la maniglia e la tirai verso di me, con forza. Non sarei morta senza combattere.
L'ombra doveva essersi fermata davanti alla porta del magazzino, e io avevo smesso di respirare. Sempre con le mani attaccate alla maniglia, mi guardai intorno. Nonostante il buio, speravo di trovare qualcosa, ma c'era ben poco di cui potessi servirmi. Lo spazio era minuscolo, appena sufficiente per una sola persona, e intorno c'erano gli scaffali con i prodotti. Mi ero messa in trappola da sola. Sentii qualcuno armeggiare con la porta. Cosa potevo afferrare? Una pomata? Una crema antirughe?
– Ti prego, vai via.
Continuavo a tirare verso di me la maniglia con tutta la forza che avevo, ma stavo per cedere.
Fu una questione di secondi. La porta si spalancò e io chiusi gli occhi.
– Moscardelli, che diavolo stai facendo qui dentro?
– Garano!

Ma non feci in tempo a pronunciare il suo nome che qualcuno lo colpí alla testa, lui cadde addosso a me e la porta fu richiusa. A chiave. Subito dopo sentii la porta dell'ingresso che sbatteva. Bene, almeno era scappato.

E adesso? Non riuscivo a tenere Garano, e lentamente caddi a terra a peso morto, con lui sopra. Ma lo spazio era cosí stretto che non potevo stendere le gambe. Cercai di spostarmi per quanto possibile, ma non ci riuscii. Iniziai a schiaffeggiarlo. In verità non erano proprio schiaffi, non ne avevo il coraggio.

– Garano, svegliati, per l'amor del cielo!

Niente.

Mi mancava l'aria. Come saremmo usciti di lí? Continuai a dargli dei colpetti.

Niente.

Rimasi in quello stato per non so quanti minuti. Il corpo cominciava ad atrofizzarsi e le gambe mi cedevano. Allora gli diedi uno schiaffone.

– Moscardelli, non prenderci gusto.

– Oddio, scusa!

– Potrebbe anche piacermi.

– Non mi pare il momento di scherzare. Stai bene? Non avrai una commozione?

– Porca vacca che botta. No, ma quale commozione.

– Come sei entrato?

– Dalla porta. Era aperta.

– Riesci ad alzarti?

– Mi hanno colpito alla testa, non alle gambe.

Mettersi in piedi non fu affatto facile. Lui era stordito e io cercavo di aiutarlo, ma lo spazio era minuscolo. Una volta in posizione verticale, ci ritrovammo praticamente attaccati. Io ero imbarazzata da morire e per fortuna era buio.

– Moscardelli, dovresti smetterla di giocare a rimpiattino: sei grande, ormai.
– Sí, be', tu però non potresti allontanarti un po'?
– Certo, aspetta che vado nell'altra stanza.
– Sto soffocando. Non mi sento affatto bene...
– Chiamerei un medico, ma poi dove lo metteremmo?
– Dio, che situazione.
– Molto eccitante, direi...
– Insomma... non vedo niente.
– E cosa c'è da vedere?
– Patrick, c'era qualcuno che... che...
– Lo so. Non mi sono mica dato una botta in testa da solo! Moscardelli, anche io ho visto il video. Come diavolo facevi ad avere tu quella roba?
– Non ne ho la minima idea... e... è orribile.
– Mi dispiace, non dovevi guardarlo tutto.
– Tutto? Perché, c'è dell'altro oltre l'accoltellamento?
– Non sei andata oltre?
– No.
– Meno male. È la prima cosa giusta che fai da quando ti conosco. Non è uno spettacolo per bambini.
– Grazie. Anche se non mi è sembrato che fosse proprio un complimento. Patrick, ma questo vuol dire che il mio stalker alla fine non era uno stalker, ma il serial killer?
– Esattamente.
– E se lo stalker pensavamo fosse François...
– Il serial killer potrebbe essere lui, e lo avevamo sotto gli occhi fin dall'inizio, maledizione.
– E adesso che facciamo?
– Mi vengono in mente un sacco di cose che potremmo fare io e te, Moscardelli... Se stai ferma provo a prendere il cellulare...
– Non potrei muovermi neanche se lo volessi.
– Allora non palpeggiarmi!

– Oddio, scusa... è che non so dove mettere le mani...
e pensavo fosse il telefono!
– No, non lo era.
Per fortuna non poteva vedermi, perché le mie guance presero fuoco.
Lo sentii armeggiare.
– Eccolo. Campanile, sono Garano. Venite a prendermi, – e gli diede l'indirizzo. – Non me lo chieda. E si sbrighi.
– Non so dove mettere le mani.
– Io un'idea ce l'avrei.
– Garano, siamo chiusi in uno sgabuzzino, al buio, senza aria e...
– Hai ragione, non ci avevo fatto caso. Dovremmo ammazzare il tempo, non trovi?
– Be', sí, certo. Avevi in mente qualcosa in particolare?
– Veramente sí. Potremmo fare quattro chiacchiere...
– Quattro chiacchiere???
– A cosa pensavi mi stessi riferendo, Moscardelli?
– No, no, niente...
– Iniziamo. Prima domanda: con chi sei andata in montagna? Andrea? Lorenzo?
– Perché sei cosí curioso? Non c'è niente da dire. Piuttosto...
– Piuttosto?
– Niente, niente.
– Tu vuoi sapere di Salieri.
– No, affatto.
– Va bene, torniamo alla montagna.
– Sí, ok, voglio sapere di Salieri, ma non sei obbligato, insomma, sono solo curiosa, ecco.
– Non c'è niente da dire.
Allora perché diavolo stavi con lei sotto la doccia?

- Io veramente la doccia me la sono fatta da solo.
- Ho pensato di nuovo ad alta voce?
- Già.
- Garano, anche se non posso vedere la tua espressione so per certo che non mi piacerebbe. Poi mi manca il respiro...
- Moscardelli, tu il respiro me lo togli.
- Come?

Patrick mi mise un braccio attorno alla vita e mi trasse a sé. Mi ritrovai le sue labbra ovunque. Dovevo ricordarmi di respirare. Il cuore mi batteva cosí forte che avevo paura lui potesse sentirlo. E le gambe. Non sentivo piú le gambe. Poi tutto finí. Mi dovetti appoggiare allo scaffale per non cadere.

- Spero che ci facciano uscire presto da qui, - mi sussurrò all'orecchio.

Quanto tempo era passato?

- Che devo fare con te, Moscardelli?
- Potrei risponderti in mille modi... ma nessuno ti piacerebbe.
- Ok, ok. Uno a zero per te. Ascoltami bene. Io non ce la faccio a darti quello di cui hai bisogno, Chiara. Però mi piaci, mi piaci veramente. Mi piaci come non mi è piaciuta mai nessuna donna.

Oddio...

- Credo però che tu abbia ragione, - concluse alla fine.
- Non ho detto niente! - O almeno cosí speravo.

Ma Patrick continuò imperterrito: - La verità è che io non cedo e tu neanche. Tu mi piaci, ma anche la mia vita mi piace cosí com'è, e in fondo credo che anche per te sia la stessa cosa.

No, io la mia vita l'avevo cambiata, per lui, per me stessa.

- Moscardelli, mi piaci, - e mentre lo diceva continua-

va a toccarmi. – Mi piace quando borbotti frasi sconnesse ad alta voce, mi piace quando tiri fuori le tue teorie strampalate basate sui film che hai visto o quando rompi tutto quello che tocchi perché ti agiti in mia presenza, e mi piace ascoltare quello che potrebbe uscire dalla tua bocca, cosí sexy.
– Garano... io...
– Stai zitta e toccami. Mi piace come lo fai, – e mi baciò di nuovo.
– Finiamola qui, – disse a un certo punto, staccandosi da me e lasciandomi stordita.
– Insomma però. Deciditi una buona volta!! Sei per caso uno schizofrenico? Per citare Julia Roberts in *Pretty Woman*, sei tu che mi hai trasformata in quella che sono e ora non puoi cambiarmi di nuovo. Sí, be', lei si riferiva alla sua vecchia vita da prostituta, ma fa lo stesso. Il concetto non cambia.
– Moscardelli, mi stai dicendo che prima eri una prostituta? Questo cambia tutto!
– Ma no! Sto cercando di dirti che io posso cambiare. Tu invece? Sei disposto a farlo?
Silenzio.
– Lo immaginavo. Sai cosa mi piacerebbe, Garano?
– Oh, lo so benissimo.
– Sei sempre cosí sicuro di te?
– No. Ora, per esempio, non lo sono affatto.
– Vorrei incontrare un uomo che sappia quello che vuole e che abbia il coraggio di affrontarlo. Tu dici che io ti piaccio, però poi fai la doccia con l'ispettore.
– Ti ho già detto che ero solo. Nella doccia, s'intende.
– Hai capito cosa volevo dire. E io ci credo, che ti piaccio. Ma allora perché continui a giocare a rimpiattino con me?

Mi sentivo Winona Ryder in *Giovani, carini e disoccupati*, quando accusava Ethan Hawke di andare a letto ogni sera con una donna diversa tranne che con lei. L'unica differenza era che alla fine Ethan Hawke si accorgeva di amare Winona. Ma erano dettagli, in fondo.
– Il tuo silenzio vale piú di mille parole, – conclusi.
– Sto zitto perché hai detto tutto tu. Come sempre. Pensi di sapere tutto. Dici che io non sono coraggioso? E tu? Preferisci vivere la vita di qualcun altro anziché la tua. Io non sono un personaggio dei tuoi film, sono reale e questo ti spaventa. Ora dimmi: cosa vuoi?
– Voglio... voglio... voglio... È piú forte di me, non riesco a fidarmi. E non è colpa tua, il fatto è che non sei proprio capace. La verità è che non ti vuoi impegnare e io non posso obbligarti a essere quello che non sei. Tra noi non funzionerà. Sento un peso, qui sullo stomaco che...
– Il tuo stomaco? Non avrai digerito bene, con tutto quello che mangi...
– Che rabbia che mi fai! Perché non mi dici cosa vuoi tu?
– Mi pare di avertelo dimostrato. Non eri tu quella che voleva essere una notte di sesso per qualcuno?
– Ah, questo sarei per te? Una notte di sesso? Allora guarda, facciamola finita subito. Andiamo a letto insieme cosí domani mattina mi sarò liberata di te.
– È questo che pensi?
– Sí, è questo che penso.
– Anche adesso? Qui?
– Sí.
– Moscardelli, tu credi veramente che io non sarei capace di farlo, se lo volessi?
– No, non ne saresti capace, e non perché non lo vuoi, ma perché sei piú spaventato di me.
– Perché gridi?

– Io non sto gridando!
– Falla finita, – e mi sbatté contro lo scaffale, con violenza. – E ora dimmi che non mi vuoi.
La sua bocca era cosí vicina.
– Non ti voglio. Ti prego, allontanati.
– Perché? Se non mi vuoi non hai niente da temere. E comunque, al momento, non sapresti dove andare.
– È che quando fai cosí a me manca il respiro.
– Anche a me.
Il bacio fu ancora piú appassionato. Con foga mi sbottonò la giacca, la camicia e quando le sue mani arrivarono al mio seno mi aggrappai a lui.
– Se questo non è desiderarmi...
Lo allontanai immediatamente. Ma chi si credeva di essere?
– Soddisfatto? – gli chiesi con rabbia.
– Molto. Ora possiamo aspettare la cavalleria.
– Cosa hai cercato di dimostrare?
– Che il desiderio ti fa paura...
– Se vedessi la tua faccia la prenderei a schiaffi, giuro.
Allora Garano mi prese la mano e se la portò sul viso, tenendola premuta con la sua.
– Eccola, la mia faccia.
E io lo accarezzai. Avevo voglia di fare tutto, tranne che schiaffeggiarlo.
– Non hai una citazione adatta al momento?
– Be', per la verità sí... in *Come rubare un milione di dollari e vivere felici* Audrey Hepburn rimane chiusa nello stanzino del museo con Peter O'Toole per tutta la notte.
– Non smettere di accarezzarmi. E che facevano, chiusi nello stanzino?
– Niente... Cioè, se non ricordo male si baciavano.
– Be', noi quello lo abbiamo appena fatto, ma se vuoi...
Prese la mia mano, la scostò dal viso e se la portò alle

labbra. Iniziò a baciarmi le dita, il palmo. Meno male che non poteva vedermi. Era affetto da doppia personalità? Un attimo era scontroso, l'attimo dopo di una dolcezza disarmante.
– Non so cosa darei per vedere la tua espressione in questo momento.
Mi leggeva nel pensiero?
– È che tu hai un modo di guardarmi che mi confonde... Insomma, ecco, io non ce la faccio piú... Prima mi vuoi baciare, poi non mi vuoi piú baciare, dici che ti sono mancata e ti comporti come se invece non te ne importasse niente...
Sarei andata avanti per ore se lui non mi avesse effettivamente baciata.
All'inizio con dolcezza, poi sempre piú appassionato. Mi prese il viso tra le mani e io mi sentii in paradiso. Patrick mi afferrò le gambe e se le portò alla vita. Sentivo le sue mani che si infilavano sotto il vestito. Oddio, che mutande avevo? Per fortuna non poteva vederle.
Mi aggrappai con le braccia al mobile che avevo sopra la testa. Fu la fine. I prodotti iniziarono a crollarci addosso, lo scaffale barcollò e se Garano non lo avesse bloccato ci avrebbe schiacciati.
– Porca vacca, Moscardelli, fai venire giú le pareti.
Scoppiammo a ridere.
– Aiutami a tirare su questo catafalco. E palpeggiami pure quanto ti pare.
In quel momento sentii delle voci provenire dal corridoio.
– Commissario?
– Siamo qui dentro.
Appena fuori, Garano andò in cerca del generatore. Io rimasi con Campanile, e dopo qualche minuto, nell'ufficio tornò la luce.

– Possiamo andare. Moscardelli, ma ti sei vista allo specchio? Sei rossa paonazza e tutta arruffata.
– Sí, be', certo, hanno appena cercato di uccidermi!
– Sarà per quello.
Un vero signore.
– Un momento, che roba è? – E si chinò a terra.
– Sembra una siringa, – intervenne Campanile.
– Sí, l'ho vista in mano a quel tizio, ma quando gli ho tirato la sedia l'ha fatta cadere.
– Gli hai tirato una sedia?
– Be', che potevo fare? Mi stava inseguendo!
– Dobbiamo passare al commissariato. Devi sporgere denuncia. Campanile, refertala e mandala alla Scientifica. Noi intanto andiamo.
Mi prese per un braccio e mi trascinò fuori dall'ufficio.
– Comincia a spiegarmi tutto dall'inizio.
– C'è poco da dire. Prima che tu arrivassi mi sono nascosta nell'armadio.
– Nell'armadio? Stai diventando sempre piú intrigante, Moscardelli. Lo sai? Sgabuzzini, armadi…
– Uffa, mi sono chiusa lí dentro solo perché avevo sentito un rumore. Invece sono arrivati Maddalena e Fabrizio e si sono messi a… insomma, hai capito!
– Veramente no, ma la cosa si sta facendo interessante.
– Erano nudi, – urlai all'improvviso.
– Chi?
– Maddalena e Fabrizio.
– Starei ore ad ascoltarti, credimi, e non che non mi interessi come va a finire questa storia, ma non penso che tu voglia raccontarmi le performance sessuali dei tuoi colleghi. O forse sí? In questo caso ti devo rivalutare, Moscardelli. Ti ecciti guardando gli altri fare sesso?
– Ma no! Volevo solo contestualizzare il racconto.

– E allora facciamo che non me lo contestualizzi e vai dritta al sodo.
– Ok. Quindi, dopo che sono uscita dall'armadio...
– Sei entrata nello sgabuzzino...
– Sí, cioè no, prima è andata via la luce e cercavo il generatore. Ecco.
Silenzio.
– Ho finito, eh?
– Ah, bene. È che con te non si è mai certi di niente.
A quel punto, la macchina si fermò di colpo.
– Ci mancava anche questa.
Scese e aprí il cofano.
– Qui la vedo dura. Si è fuso qualcosa.
– Cosa?
– Sono forse un meccanico, Moscardelli?
– E ora? Che facciamo?
– Scendi e spingi la macchina. Io cerco di farla ripartire.
– Ok, – e mentre lo dicevo, aprii la portiera.
Appena fuori, mi bloccai: – Un momento, un momento! Non sono io che devo spingere la macchina.
– Ah no? E perché?
– Ma perché io sono una donna!
– E allora? Vedo che quando ti fa comodo te lo ricordi. E se tu, invece di parlare, ti mettessi a spingere...
– Va bene, va bene, – e in effetti iniziai a spingere.
Dopo pochi metri la macchina ripartí.
Quando arrivammo al commissariato Garano era una furia. Avevo smesso di stare dietro ai suoi cambi di umore ed ero indecisa se essere piú sconvolta per l'aggressione che avevo subito in ufficio o per quello che era successo nel magazzino. Mi tremavano le gambe.
– Posso... posso sedermi?
– No, per carità! Ho appena incollato il bracciolo. Mi alzo io, – disse, avvicinandosi.

Mi toccò la guancia con una mano e io mi sciolsi.
– Te l'ho detto che mi sei mancata? Comunque, ora che ti vedo alla luce, non mi sembri molto abbronzata, per una che ha passato tutte le sue giornate sulle piste.
– Avevo la crema protettiva. E poi sono stata anche molto chiusa in stanza.
– Non mi interessano le tue prodezze sessuali, Moscardelli.
Solo allora mi accorsi del tabellone.
– Quelle sono le vittime?
– Sí, non guardare, non è un bello spettacolo.
Mi avvicinai e rimasi inorridita: – Dio mio!!!
– Vedo che quando ti do degli ordini, li esegui. Ti avevo detto di...
– Oddio!!! Oddio, Garano!!!
– Lo so, lo so, ora non svenire, però.
– Macché svenire! No, no, non capisci. Eccola! – E battei le dita sul tabellone.
Sentivo gli ingranaggi del cervello che lavoravano vorticosamente. Eccola, l'immagine mentale che stavo cercando da giorni. La ragazza dello speed date, quella che mi aveva colpito per i suoi occhi. Un'immagine perfettamente sovrapponibile a quella della madre del bambino. Ma come era possibile? Che legame c'era tra quel video e lo speed date?
– La Giansante? La ragazza scomparsa? – Garano mi riportò alla realtà.
– Sí, sí, proprio lei. Ti ricordi quando ti ho chiamato dalla montagna?
– Come dimenticarlo...
– E non ti ricordi che ti avevo detto che le foto delle vittime mi ricordavano una persona che potevo avere incrociato allo speed date? Eccola! È lei! Poi, quando ho

visto quel video, le cose nella mia testa si sono confuse. Insomma, la donna accoltellata ha un che di familiare con le vittime e quindi non ho piú pensato alla ragazza dello speed date... ma quegli occhi, quegli occhi erano... erano... pazzeschi!

Garano mi prese per la vita, sollevandomi da terra.
– Sei un genio, Moscardelli.
– Che allegria...
– Non fare il broncio. Sei anche una donna, lo so.
– Eh, ora, però, te lo ricordi perché fa comodo a te! Vedi che c'era un collegamento con lo speed date? Se tu mi avessi dato retta... tutti a pensare che *Criminal Minds* mi abbia bruciato il cervello, e invece! Ah, ma lasciamo perdere. Che cosa devo fare, ora?
– Firmare una deposizione, cosí formalizziamo un'accusa e lo andiamo a prendere. Era quello che stavamo aspettando. È il primo indizio che abbiamo da settimane. Moscardelli, ti rendi conto di quello che è appena successo?
– Sí, certo. Patrick, se si tratta di François, io non posso tornare a casa, né tantomeno in ufficio...
– Io non ti lascio fare un passo da sola, Moscardelli. Sono stato chiaro?
– Oddio, sono sotto protezione?

Garano scoppiò a ridere.
– Ti daremo una nuova identità, un nuovo lavoro. Dovrai andare a vivere all'estero...

Mi accasciai sulla sedia.
Il bracciolo cadde a terra.
– Eh, però non era incollato bene! – esclamai, allargando le braccia.
– Quello che non capisco, – continuò, – è perché non si sia piú fatto avanti. Perché ha aspettato solo oggi. Insomma, sono settimane che non ti succede niente, giusto?

– Perché oggi sono tornata in ufficio dopo... diciamo un po' di tempo, ecco.
– Che cosa significa?
– Che mi hanno ricoverata in ospedale.
– Quando? Perché non mi hai detto niente? Stai bene?
– Sí, sí, niente di grave. Una tendinite...
– Una tendinite? E ti hanno ricoverata per questo? Certo, cosí si spiega tutto.

Trascorsi piú di un'ora a firmare scartoffie e a raccontare per l'ennesima volta tutto quello che sapevo, che era ben poco.

– Campanile, la accompagni da qualche parte e le stia incollato. Io chiamo il procuratore e lo aggiorno su tutta la faccenda. Mi faccio dare altri uomini e mando il video alla Scientifica. Ah, si porti qualcuno. Dovrete darvi il cambio.

– Certamente, commissario.

– Immagino che di tornare a casa non se ne parli, – provai a dire.

– Infatti. Mi dispiace, ma se ti succedesse qualcosa... Appena lo arrestiamo vedrai che tutto tornerà alla normalità.

Avrei voluto dirgli mille cose, ma tacqui.

Chiamai Matelda e mi feci portare a casa sua. Avevo un mucchio di cose da raccontarle e la nottata sarebbe stata movimentata.

Capitolo 39

> – Sembra la pistola di una donna.
> – Conosce bene le armi, mister Bond?
> – No, ma conosco un po' le donne.
>
> SEAN CONNERY in
> *Agente 007 - Thunderball: Operazione tuono*

Appena Chiara se ne fu andata, Garano andò verso il tabellone, e iniziò ad aggiornare gli appunti.

1) Speed date: Chiara incontra François, vede la Giansante e inizia lo stalking.
2) Omicidi: due.
3) Vittime soffocate con la gommapiuma, legate e trasformate in bambole.
4) Rapimento di una terza ragazza, la Giansante, che era allo speed date.
5) Occhi strappati: colore blu, unico elemento in comune tra le vittime.
6) Ritrovamento di un video con un omicidio. Un bambino (il seriale?) uccide la madre che ha gli stessi occhi delle vittime.
7) Sedia a rotelle per il trasporto delle vittime.
8) Dove e come le adesca?
9) Perché si è risvegliato?

Doveva concentrarsi sui punti numero sei, otto e nove. Fissò il tabellone in cerca di un indizio, un'idea. Poi si alzò di scatto rovesciando la sedia. Ma certo! Come aveva potuto essere cosí cieco?! Eccolo, il collegamento!

In quel momento, Nicoletta entrò nell'ufficio.

– Patrick, proprio con te volevo parlare...
– Anche io! Ci sono grandi novità. Entra.
– Senti, io credo che questa storia non possa andare avanti.

– Quale storia?
– La nostra!
– Ah. Non credevo ne avessimo una.
– È che tu dici sempre che non vuoi avere legami, poi vengo a casa tua e trovo lo spazzolino da denti... uno spazzolino, Garano! Non è da te. Ovviamente non me la sono presa per lo spazzolino.
– Meno male.
– Ma è quello che rappresenta, capisci? Io in questi anni credevo... invece... insomma, Patrick. Ti sei innamorato?
– Porca vacca, no! Non sono innamorato. E di chi, poi? Come ti è venuta questa idea?
– Non lo so, dimmelo tu. È che io credevo che, dopo l'altra notte...
– Ecco. Nicoletta, io e te siamo andati a letto insieme perché avevamo bevuto troppo e perché sí, è vero, c'è attrazione tra di noi. Ma finisce qui. Perché siete tutte cosí faticose?
– Forse perché dobbiamo fare anche il tuo, di lavoro. Dobbiamo sforzarci di capirti, mentre tu continui la tua vita come se niente fosse. Tu vai dritto per la tua strada assecondando solo le tue esigenze e i tuoi bisogni.
– Che ho fatto di male oggi? Salieri, non abbiamo tempo per questo. Stiamo per prendere il serial killer! Guarda lí. Ho trovato l'anello mancante, Nicoletta.
– Di che stai parlando?
– Chiara Moscardelli ha appena scoperto di avere incrociato la Giansante allo speed date. E se non si fosse trattato di una semplice coincidenza? Insomma, come fa il seriale a cercare le sue vittime? Non è facile trovare in giro quella tonalità di blu, sei d'accordo? Quindi? Dove può trovare tante donne, tutte insieme?

PARTE SECONDA

– Agli speed date!
– Esattamente. Lui deve cacciare: quale ambiente migliore di quello? E dove è stata Chiara Moscardelli, prima che iniziassero a perseguitarla? Allo speed date. E chi ha incontrato? Benvenuti!
– Dimmi cosa devo fare.
– Controlla gli spostamenti delle ragazze. Quante di loro hanno preso parte a questi incontri? Interroga le amiche, i vicini di casa, i parenti. Qualcuno lo saprà di certo.
– Mi muovo subito.
– Se abbiamo anche una sola possibilità di ritrovarla...
– Sai bene che se anche ci riuscissimo, sarebbe comunque troppo tardi. È passato tanto tempo.
– Lo so, lo so. Ma è una pista.
In quel momento, entrò Campanile.
– Tutto bene?
– Sí, commissario. L'ho lasciata a casa dell'amica. Mi hanno dato il cambio.
– Ottimo. Ora parli con Salieri, cosí potrà aggiornarla sulle ultime novità. Abbiamo i minuti contati, Campanile.
– Ok.
Sentiva di essere a un buon punto. Se non fosse emerso qualcosa di concreto subito, quasi certamente avrebbero trovato la Giansante morta, ma se avesse scoperto presto qualcosa, avrebbero potuto convocare Benvenuti ed emettere un mandato d'arresto. Solo allora Chiara sarebbe stata al sicuro.
Le vittime conducevano vite completamente diverse: la prima era un'hostess di volo, la seconda una studentessa universitaria, la Giansante si era appena laureata. Non avevano amici in comune e non frequentavano gli stessi posti. L'unico modo in cui il seriale aveva potuto avvicinarle era effettivamente attraverso gli speed date.

L'assassino le aveva scelte esclusivamente in base al colore degli occhi, e poteva averle incontrate lí. Sperava che quella potesse essere la risposta. Altrimenti avrebbero dovuto ricominciare da capo. Camilla gli aveva detto che l'omicida poteva ispirare fiducia o avere qualcosa che inteneriva le sue vittime. Sedia a rotelle, sedia a rotelle! Si fingeva disabile? Ma sí, certo. Questo le avrebbe rassicurate. Una persona in difficoltà, che fatica a muoversi, e non incute timore perché è invalida. La sedia a rotelle, quindi, poteva essere non solo il mezzo con cui le vittime venivano portate nel luogo del ritrovamento, ma anche quello con cui venivano abbordate. Forse il serial killer la portava con sé e la tirava fuori al momento opportuno. Poteva avere un furgone.

Andiamo, Garano, pensa, pensa! Aveva mandato il video a Camilla, sperava di poter ricavare qualcosa. Quel video era la chiave di tutto. Un bambino, probabilmente seviziato dalla madre, che diventa un mostro e uccide tutte le ragazze che gli ricordano lei. Ma perché solo ora? Cosa aveva fatto in quegli anni? Se fosse stato François, forse aveva provato a condurre una vita normale e poi qualcosa, o qualcuno, gli aveva riportato alla luce i ricordi.

In quel momento entrò Nicoletta.

– Patrick, posso?

– Entra, entra.

– Mi sono fatta dare un mandato per la società che gestisce gli speed date. Garano, erano tutte lí: la Minetti, la Castaldo e la Giansante! Ognuna di loro ha partecipato, in tempi diversi, a queste serate.

– Ti bacerei, Nicoletta.

– Allora fallo...

– Sí, be', in un altro momento, magari.

– E non è l'unica buona notizia, – continuò. – C'era

anche François Benvenuti, non solo allo speed date della Giansante, ma anche a quello della Minetti. Nessun riscontro, invece, per la Castaldo.
– Non fa niente. Convochiamolo! Possiamo tenerlo occupato con questa storia e intanto estorcergli una confessione sugli omicidi. La Castaldo potrebbe averla incontrata in altre circostanze.
– Per lunedí?
– No, che per lunedí. Subito!
– È tardissimo, il procuratore non ci darà mai...
– Allora domani.
Lentamente i nodi stavano venendo al pettine e il cerchio si stringeva intorno a Benvenuti. Chiara ci aveva visto giusto. La Giansante era lí proprio mentre lui era a caccia. E se il seriale era effettivamente Benvenuti, questo spiegava la ragione per cui era entrata in possesso della chiavetta usb. Poteva averla presa in ufficio, per sbaglio. Poi lo aveva anche avvistato allo speed date e lui si era fatto prendere dal panico.
Se fosse riuscito a risolvere il caso, avrebbe potuto tranquillizzarsi e pensare a Chiara, a Nicoletta, e sí, be', anche a Carolina.

Capitolo 40

> – Penso che tu sia la persona piú egoista del pianeta!
> – Ma che dici? Non puoi avere conosciuto tutti su questo pianeta!
>
> SANDRA BULLOCK e HUGH GRANT in
> *Two Weeks Notice - Due settimane per innamorarsi*

5 gennaio, sabato.

Non avevo chiuso occhio. Campanile mi stava incollato, ma gli davo poco da fare perché non mi ero mossa da casa di Matelda. Quel giorno avrebbero convocato François e io ero stata invitata ad assistere all'interrogatorio. Chissà cosa avrebbero detto i colleghi e come sarebbe stata la mia vita lavorativa da quel momento in poi. E se invece François non c'entrava niente? Se il serial killer era allo speed date, lo stesso in cui casualmente era presente anche François, e io lo avevo visto? Certo, non lo avrei potuto riconoscere. In base a quale criterio uno può stabilire chi è o non è un serial killer? Da cosa lo avrei dovuto capire? Dai capelli? Dall'abbigliamento? Dal colore della faccia? In questo caso, non poteva che essere il marrone. Mi sforzai di ricordare tutti i volti degli uomini che mi erano passati davanti e le conversazioni che erano seguite. Il problema era che mi sembravano tutti potenziali serial killer. Dovevo smettere di pensare. Ogni indizio era contro François. Ma come era possibile lavorare per tre anni accanto a un serial killer e non rendersene conto?

– Sei pronta? – mi chiese Matelda, affacciandosi nella mia stanza.

PARTE SECONDA 283

– Sí. Mi ha appena telefonato Campanile. Non posso mettere il naso fuori casa senza di lui. Sono ordini di Garano.
– E lo credo.
– Mati, la sai una cosa? Ha ragione Patrick, mi mancava il coraggio di fare il salto.
– Da dove? Dalla finestra?
– Ma no! Oddio, per quanto... È che sento di essere a un punto decisivo da cui posso solo andare avanti o tornare indietro. Dipende da me. Ma tutte le volte che qualcosa dipendeva da me, è sempre successo un disastro. Se prendessi la decisione sbagliata?
– Non fa niente. L'importante è decidere.
– Sono d'accordo. È tutta colpa della solita, maledetta insicurezza. È dentro di noi, quella voce che ci dice che non sappiamo fare qualcosa, che non siamo abbastanza bravi, che non dovremmo neanche provarci. E quando ascoltiamo quella voce, ci ostacoliamo da soli, senza rendercene neanche conto.
– Mica ho capito...
– Io salto!
– Fai un po' come ti pare, tanto siamo al piano terra.
Presi il telefono e chiamai.
– Che cosa succede? – rispose.
– Niente, cioè, mi ha chiamata Campanile, sta venendo a prendermi.
– Lo so. Volevi dirmi altro?
– Patrick, non mi stai aiutando.
– Non ho intenzione di farlo, in effetti. E non fare il broncio, Moscardelli. Non ti dona.
– Non sto facendo nessun broncio.
– Sí invece. Mi sembra quasi di vederlo. E so anche perché.
– Come sempre.
– Già, come sempre. Io so quello che voglio.

– Sí, una notte di sesso con me.
– E se anche fosse? Ti sembra una tortura cosí terribile?
– Be', no, ma che c'entra... tanto non ti perdi molto.
– Scopriamolo, che ne dici?
– Lo sai che non sono brava in queste cose. E poi, se è davvero me che vuoi, perché sei andato dall'ispettore?

Ovviamente qui mi sarei aspettata un bel: «È solo te che voglio».

– Hai ragione, non ci avevo pensato. Ora glielo vado a dire e sistemiamo tutto. Incredibile come alle volte le cose siano piú facili di quel che sembrano, non trovi, Moscardelli? Vuoi che ti chiami per relazionarti, dopo?

– No... grazie. Te la caverai benissimo anche da solo.

– Meno male. Se non hai altro da dirmi, devo sbrigarmi. Non vorrei che Salieri nel frattempo cambiasse idea.

Imbecille.

– Chi è l'imbecille?

– Io! – E riattaccai.

La prossima volta che mi veniva in mente di saltare, dovevo ricordarmi di non farlo.

Mi venne in mente una frase di *Stregata dalla luna*: «L'amore non semplifica le cose, sai? Quello che trova distrugge, ti spezza il cuore. Ma noi, noi non siamo qui per cercare la perfezione. Noi siamo qui solo per distruggere noi stessi, per innamorarci delle persone sbagliate e per morire. Dimentica i romanzi d'amore, sono tutte balle! Per favore, vieni di sopra da me ed entra nel mio letto!»

Mi piaceva l'idea, mi piaceva da matti.

– Matelda, ho deciso di cambiare stile di vita!

– Da stasera?

– Sí, be', prima o poi...

– Va bene. E questo cosa comporta?

– Niente. Piangerò un po' di piú.

– Vedrò di sopportarlo.

Capitolo 41

> Mi chiamo Dexter e non so che cosa sono. Ma di certo so che c'è qualcosa di oscuro in me e lo nascondo. Questo oscuro passeggero. E quando è lui a guidare mi sento vivo. Dominato da questo fremito di malvagità assoluta. Non lo combatto, non voglio farlo. È tutto ciò che ho. Nessuno mi ama cosí, neppure io, purtroppo.
>
> MICHAEL C. HALL in *Dexter*

Ero nella sala d'attesa già da un po' quando vidi avvicinarsi l'ispettore Salieri.
– Chiara Moscardelli, vero?
– Sí.
– Il commissario mi ha detto di farla accomodare nella stanza per poter assistere all'interrogatorio. Prego, mi segua.
– Ma Garano? Cioè, Patrick? Voglio dire, il commissario?
Salieri inchiodò e io quasi andai a sbattere contro la sua schiena. Si girò e prese a squadrarmi dalla testa ai piedi. Aveva due occhi di ghiaccio. – Sta arrivando.
– Bene.
Mi fece accomodare in una stanza angusta e senza aria.
– Da qui potrà assistere all'interrogatorio. Non si preoccupi: anche se lei può vedere benissimo dall'altra parte del vetro, nessuno da lí potrà vedere lei.
– Lo so, lo so.
– Ah, lo sa?
– È per via di *Criminal Minds*, – disse una voce alle nostre spalle. – O di CSI o di che so io.
– Non credo di avere capito.

– A chi lo dici, Salieri.
L'ispettore intanto uscí per accogliere François e il suo avvocato. Patrick e io eravamo rimasti soli in stanza, e iniziavo ad agitarmi sulla sedia.
– Quando questa storia sarà finita, io e te parliamo, – mi disse.
– Ma se non facciamo altro da settimane! Qui ci vorrebbe ben altro...
– Per esempio?
– Quando questa storia sarà finita, te ne parlerò.
– Mi parlerai di quello di cui dovremmo parlare?
– Sí, cioè no, insomma, ho ripensato a *Stregata dalla luna* dopo la nostra chiacchierata di stamattina, e ho capito qual è il tuo problema.
– Io non ho nessun problema.
– Sí, invece. Tu hai paura della morte!
– Porca vacca!
– Perché gli uomini vanno a caccia di donne?, chiede Olympia Dukakis a Danny Aiello. «Forse la Bibbia può spiegarlo. Dio prese una costola di Adamo e ci fece Eva. Forse gli uomini vanno a caccia di donne per riavere quella costola. Quando Dio la tolse ad Adamo, gli lasciò un gran buco qui sul fianco: un buco che bisognerebbe riempire con la costola che ora è in possesso della donna. Perciò, forse, si può dire che un uomo non è completo senza una donna». «Ma allora perché un uomo desidera possedere piú di una donna?» «Non lo so. Forse perché ha molta paura di morire».
Silenzio.
– Ecco fatto. Ti ho detto quello che dovevo dirti.
– Moscardelli, io devo andare. Parleremo della morte in un altro momento.
Avrei voluto rispondergli, abbracciarlo, baciarlo, dirgli

che anche io ero piena di paure ma che ora sapevo di poterle superare, ma nell'altra stanza si era seduto François e Garano venne chiamato. Per un po' persi il senso del tempo, e quando tornai attenta l'interrogatorio era già in pieno corso.

– Ancora non capisco per quale ragione il mio cliente sia stato convocato. Sulla base di cosa?

– Stiamo indagando su degli omicidi, e Benvenuti ha partecipato allo stesso speed date di una ragazza scomparsa.

– Come un altro centinaio di persone. Che però non vedo. Commissario, il mio assistito è qui in forma amichevole. Se ci sono delle prove di un qualunque crimine, come mai io non ne sono stato informato? E dove sono? Me le mostri.

Garano non voleva fare il nome di Chiara, ma se le cose continuavano cosí non avrebbe potuto evitarlo. Era l'unico collegamento che avevano.

– È vero. Ma le altre centinaia di persone, come dice lei, non hanno precedenti penali.

– Omicidi? – balbettò François. – Che omicidi? Io non ho mai fatto male a nessuno.

– Non aggiunga una parola, François!

– Avvocato, qui mi si accusa di omicidio. In passato ho rubato informazioni e sono stato punito per questo. Ma non potrei mai uccidere nessuno. Ho solo partecipato a un paio di speed date, è forse illegale?

– Un paio? Io ne ho nominato uno solo.

– C... come? Non lo so... lei mi sta confondendo.

– Benvenuti, stia zitto. Faccia parlare me.

Io nel frattempo uscii. Avevo bisogno di sgranchirmi un po' le gambe.

Incrociai Campanile. – Vado a prendere una boccata d'aria.

– Vuole che l'accompagni?

– Ma no, rimango qui davanti, faccio un paio di telefonate e poi rientro subito. Grazie.
Appena fuori chiamai Elisa.
– Come procede?
– Mah, non saprei. Piú ci penso, piú mi dico che c'è qualcosa che non torna. Ricapitoliamo: io ho visto la ragazza scomparsa allo speed date. Lí c'era anche François. Eppure, non riesco a togliermi dalla testa il fatto che ci sia qualcos'altro che ora mi sfugge. La madre di quel video, per esempio... io l'ho già vista.
– Ma non è morta?
– Stecchita, direi.
– Allora? Forse ti stai confondendo. In fondo, mi hai detto che le vittime le somigliano.
– Sí, sí, ma quelle sono giovani. Io penso di avere visto proprio lei.
– Queste cose le hai raccontate a Garano?
– Quello non mi dà retta. Vuole solo portarmi a letto.
– Una vera disgrazia.
– Mica vale solo per me.
– E che vuoi, anche l'esclusiva?
– Be', sí, mi piacerebbe.
– Pretenziosa! – E scoppiò a ridere.
– In verità pensa che io mi sia bruciata il cervello con le puntate di *Criminal Minds*.
– E non ha tutti i torti.
– Lo so. Però è strano. Insomma, quando ho visto le foto delle vittime e poi il video con la madre di François, o del seriale, ho avuto la stessa identica sensazione, e cioè che mi trovavo di fronte a qualcuno che avevo già visto. E infatti la ragazza scomparsa l'ho incrociata allo speed date. Se mi fosse successa la stessa cosa con la donna del video?

– Che è morta. Ha ragione Garano. Il tuo cervello è andato.

Mentre parlavo, mi accorsi che dall'altra parte della strada c'era una persona che mi pareva di riconoscere e che non riusciva a salire su un furgone.

– Le serve una mano? – gridai. – Aspetti che arrivo.

– Ma che succede?

– Niente. C'è una persona su una sedia a rotelle che mi pare di conoscere. Aspetta un secondo…

– Su una sedia a rotelle? Mosca ma chi è?

Attraversai la strada: – Eccomi. Posso aiutarla? Le tengo aperto lo sportello?

Quando le fui vicina, riuscii a vederla bene.

– Mi sembrava di… ma che ci fai qui?

Mi ritrassi nel momento esatto in cui lui si alzava in piedi da una specie di sedia a rotelle. Be', non era proprio un lui, in realtà.

Avevo ancora il cellulare in mano quando qualcosa mi punse il braccio: – Ehi, ma cosa…?

– Mosca, tutto bene?

Sentivo la testa ovattata.

– Mosca?

Il cellulare cadde a terra e fui avvolta dal buio.

Capitolo 42

> Dall'età di quattordici anni ho lasciato che fossero i testicoli a decidere, e francamente sono giunto alla conclusione che i miei testicoli non ci capiscono un cazzo!
>
> JOHN CUSACK in *Alta fedeltà*

– Insomma, come ve lo devo dire che non so di cosa state parlando?

– Facciamo una pausa. Servirà a schiarire a tutti le idee.

Doveva vedere Chiara e avvisarla che avrebbe fatto il suo nome. Non poteva andare avanti cosí.

Quando entrò nella stanza, la trovò vuota.

– Dove diavolo...?

– Commissario, non si preoccupi. Ha detto che usciva a prendere una boccata d'aria. Sarà qui fuori.

– Ok, grazie. Vado a riprenderla.

Ma quando Garano uscí, di Chiara non c'era traccia.

Provò a chiamarla.

Squillava. Bene. Almeno stavolta non lo aveva staccato.

Un momento! Perché lo sentiva suonare? Attraversò la strada con il cellulare in mano, cercando di capire da dove provenisse lo squillo.

Guardò a terra. Il telefono di Chiara era lí. Questa storia non gli piaceva affatto.

Lo afferrò e corse verso il commissariato.

– Campanile, venga nel mio ufficio, – gridò.

– Commissario, che succede?

PARTE SECONDA   291

– Adesso lei mi dice tutto, per filo e per segno.
– Certo. Ma tutto cosa?
– Che le ha detto Chiara prima di uscire? Aveva con sé la borsa? Pensava di allontanarsi per un po'?
– No, la borsa è di là, ancora nella stanza. Gliel'ho detto. Voleva solo prendere una boccata d'aria. Ma perché? È successo qualcosa?
– È successo che è scomparsa! Ma le persone non possono svanire nel nulla, non crede?
– No. Cosa faccio con Benvenuti?
– Continui lei.
– Vado.
Sentí delle voci provenire dal corridoio.
– Devo assolutamente vedere il commissario!
– Ma non può passare. Il commissario è impegnato in un interrogatorio e...
– Non me ne vado di qua finché non mi fa parlare con lui. È una questione molto importante.
Patrick decise di andare a vedere cosa stesse succedendo.
– Qual è il problema? – chiese. – Non può entrare cosí...
– Sono Elisa, un'amica di Chiara Moscardelli. Scusi i modi, ma la sto cercando. Non è qui?
A Garano per un attimo mancò la terra sotto i piedi.
– No.
– Ma come è possibile? Ero al telefono con lei, neanche mezz'ora fa, e le stavo parlando, cioè in realtà era lei a parlare, e poi improvvisamente è scomparsa. E Chiara mi stava chiamando dal commissariato, sono sicura di questo, altrimenti non mi sarei mai permessa di arrivare cosí... e se non è qui, dove può essere andata? Un momento era lí che mi parlava, e il momento dopo non c'era piú. Volatilizzata. Insomma, non è normale.
– Seguimi in ufficio e raccontami bene tutto. Ho tro-

vato il suo cellulare a terra. Stai tranquilla, sarà caduta in un tombino.

Garano non voleva ancora agitarsi. François era chiuso lí dentro da almeno due ore, quindi non poteva essere stato lui.

– Eccoci. Siediti pure.

– Grazie.

Ma sedendosi Elisa si appoggiò al bracciolo, che le rimase in mano.

– Mi scusi, ma non era attaccato.

– Lasciamo perdere, – Garano lo prese e lo appoggiò sul tavolo. – Sono tutto orecchi.

– C'è poco da dire, in verità. All'inizio abbiamo parlato... ehm, sí, di lei.

– Lei chi?

– Lei lei, – disse Elisa, indicandolo.

– Ah. Allora di te. E cosa ti ha raccontato?

– Mah, niente di importante...

– Peccato. Continua.

– Mi ha detto che non riusciva a togliersi dalla testa l'idea di avere visto qualcuno allo speed date che le ricordava la donna del video. Ma quella donna è morta, giusto?

– Sí.

– Appunto.

– Poi? Che cosa è successo?

– Ha visto dall'altra parte della strada una persona che le sembrava di riconoscere e che doveva essere in difficoltà, perché le ha chiesto, gridandomi nell'orecchio, se aveva bisogno di aiuto. Ha attraversato, di questo sono sicura, e credo le abbia aperto lo sportello. Anzi, ne sono certa, perché le ha proprio chiesto se doveva aiutarla ad aprirlo. Non so, forse c'era una persona che non riusciva a farlo da sola. Sí, ecco, ora mi ricordo! Ha proprio detto che era su una sedia a rotelle.

A Garano si gelò il sangue nelle vene.

– Che c'è? Ho detto qualcosa che non avrei dovuto dire?

– No, niente di cui preoccuparsi, – mentí.

– Ah, e poi la conosceva! Sí, perché le ha detto: «che ci fai qui?» O qualcosa del genere. Però, ora che ci penso, noi non abbiamo amici disabili...

Patrick non riuscí a rispondere. Era come se il cuore gli si fosse fermato. La testa gli pulsava e non sentiva piú nulla. Si appoggiò con le braccia al tavolo, aveva paura di cadere. La sua mente lavorava a un ritmo frenetico. Pensava alla sedia a rotelle, al furgone, alle due ragazze trovate in quello stato. Era finita. Chiara era stata presa dal seriale. Sarebbe morta presto.

– Insomma, che cosa è successo?

Solo allora si ricordò di avere di fronte una persona. E non una persona qualsiasi, ma un'amica di Chiara.

– Scusa, ero sovrappensiero. Niente, niente. Non preoccuparti, vai a casa e vedrai che Chiara si farà viva, – e la accompagnò alla porta.

Ma sapeva che era una bugia. Tornò verso il tavolo, afferrò il bracciolo e lo scaraventò contro il muro. Gli restava una sola possibilità. Nell'altra stanza c'era ancora Benvenuti e non sarebbe uscito con le sue gambe se non gli avesse dato le risposte che cercava.

Capitolo 43

> – Non avrai mica paura?
> – No, no, no, che paura, che paura! È che sto rimuginando e vorrei parlare con un sacerdote prima dell'impegno.
>
> DIANE KEATON e WOODY ALLEN in
> *Misterioso omicidio a Manhattan*

5 gennaio, sabato sera.

Quando ripresi coscienza ero stordita. Cercai di aprire gli occhi ma non ci riuscii. Cosa diavolo era successo? Provai a muovermi. Niente. Mi accorsi di essere legata. La testa mi scoppiava, sudavo freddo e avevo paura. Ero stata violentata? Figuriamoci. Neanche i tossici che mi avevano rapinata anni prima ci avevano fatto un pensiero. Sentivo però che non me la sarei cavata facilmente, questa volta. Dovevo ragionare e mantenere la calma. Spesso la paura faceva commettere errori. Ecco, io me la sarei fatta passare. Come prima cosa dovevo capire dove mi trovavo. Il contatto con le cose che mi circondavano mi avrebbe reso meno vulnerabile. Gli occhi mi bruciavano da morire e non capivo perché. Dovevo sforzarmi di tenerli aperti. Brava, piano piano. Dio, che dolore. Va bene, per il momento avrei fatto a meno degli occhi. Le mani erano legate ma potevo alzarmi. Fu allora che mi accorsi di avere anche le gambe bloccate. Ero distesa su qualcosa di morbido, ma le braccia e le gambe erano immobilizzate. Con i palmi delle mani cercai di toccare la superficie su

cui mi trovavo. Cosa erano quelle? Lenzuola? Be', meglio di niente. Poi toccai qualcosa di ancora piú morbido, dietro di me. Poteva essere un cuscino? Nonostante avessi gli occhi chiusi, ero certa che il luogo non fosse illuminato. Avevo freddo.
– C'è qualcuno?
Niente.
Cercavo di ricordare gli ultimi istanti prima del buio. Non riuscivo a mettere a fuoco i ricordi.
Sentii un lamento, poco distante da me. Sobbalzai.
– Ehi, tutto bene?
– A... aiutami...
– Chi sei? Parlami... stai male?
Silenzio.
Avevo la nausea. Dovevo fare respiri profondi e calmarmi. Provai ad aprire di nuovo gli occhi e questa volta mi riuscí, anche se di poco. Quello che vidi mi spaventò a morte.

Capitolo 44

> Una volta eliminato l'impossibile, quel che resta, per quanto improbabile, dev'essere la verità.
>
> JASON GIDEON in *Criminal Minds*

Guardò il bracciolo schiantarsi contro il muro, poi si precipitò nella stanza degli interrogatori. Chiara era stata rapita, di questo era certo, e anche se Benvenuti era chiuso lí dentro da piú di due ore, poteva avere un complice. Non era la prima volta che una cosa del genere accadeva, anche se era molto raro. Ma se aveva una sola possibilità di ritrovarla in tempo, non poteva sprecarla.

– Benvenuti, le cose si sono un po' complicate. C'è un'altra ragazza scomparsa, e se le dovessero torcere anche un solo capello te la vedrai con me. Ti farò marcire in galera per il resto dei tuoi giorni.

– Commissario, – intervenne Campanile, – mi scusi, ma se si riferisce a... insomma, non può dirlo, è troppo presto per ritenerlo un sequestro.

– Non capisco. Di che sta parlando? – piagnucolava Benvenuti.

– Ah, non capisci, eh?

Fu una questione di secondi. Patrick perse completamente il controllo, si alzò in piedi, rovesciò di lato il tavolo che lo separava da Benvenuti e gli mollò un pugno.

– Mi stai prendendo per il culo? – urlò, e gliene avrebbe dato un altro se non fosse stato bloccato da Campanile, che si mise tra loro, serrandogli le braccia.

– Commissario, la prego...

– Mi calmo, mi calmo. Ma tu, brutto stronzo, devi parlare, hai capito?
– Patrick Garano, adesso è troppo. La conosco da anni, ma stavolta ha veramente superato i limiti. Ha aggredito il mio cliente e questo io lo chiamo abuso di potere!
– Mi ha rotto il naso.
– Avvocato, lei allora non ha capito quello che sta succedendo. Io il suo cliente lo incrimino per l'omicidio di due donne e per rapimento.
– Io? Un omicida? Ma che dice? Dev'esserci un malinteso. Non ho ucciso nessuno, io! – esclamò François, e prendendosi la testa tra le mani scoppiò a piangere. – Non ce la faccio piú. Voglio parlare, voglio dire tutto.
Garano smise di respirare.
– Io glielo sconsiglio vivamente.
– Avvocato, devo! Altrimenti potrei peggiorare la mia situazione.
– Facciamola finita con questo siparietto. Campanile, accenda il registratore. Forza, Benvenuti, parli!
– Sono rovinato.
– Questo è sicuro.
– Ma non voglio darvi l'impressione che io c'entri qualcosa, con questi omicidi. Il mio unico legame con la criminalità è che sono un fallito, e per evitare che gli altri se ne accorgano copio idee non mie, come la formula di una crema snellente dalla Move On. Se fossi riuscito a lanciarla sul mercato prima di loro, avrei fatto centro. Non se ne sarebbe accorto nessuno. In realtà Chiara l'aveva capito, ma...
– Per questo ha iniziato a perseguitarla? Per questo l'ha rapita? Vuole ucciderla per una crema snellente? E le altre ragazze? Cosa c'entrano con tutta questa storia?
Benvenuti lo guardava atterrito e la sua espressione non era simulata, questo era sicuro.

– R... rapimento? Chiara è stata rapita? Io non sarei capace di farle del male, glielo giuro! E non solo a lei! Insomma, non si uccide per una crema!
– Allora che ci faceva agli speed date? Perché ha negato di esserci stato? Lei è stato visto da Chiara Moscardelli e ha negato, per dio! – E accompagnò l'imprecazione con un calcio al tavolo. Le cose non tornavano, non tornavano affatto. – Da quel momento ha iniziato a perseguitarla, le ha rubato la borsa, è entrato in casa sua, l'ha spaventata. Che cosa voleva, Benvenuti? Voleva farla tacere per sempre? E questo video? Lo guardi, lo guardi con attenzione. È lei quel bambino? Risponda! – E fece partire il video. Voleva farlo confessare. I seriali non reggono la pressione se messi di fronte al motivo che li spinge a uccidere. Crollano. Se Benvenuti avesse visto quelle immagini, e se fosse stato lui quel bambino, Garano se ne sarebbe accorto. Ma Benvenuti non era turbato dal video, non lo era affatto.
– Che roba è questa? Avvocato, mi aiuti. Non ci sto capendo niente. Chi ha perso una borsa? Chiara? Prima o dopo essere stata rapita? Perché è stata rapita, vero?
Garano si accasciò sulla sedia. – Mi tolga solo una curiosità: perché ha negato con tanto accanimento di essere stato allo speed date? Insomma, Chiara l'ha vista, e le ha anche chiesto spiegazioni in merito...
– Ah, a questo posso rispondere facilmente. Si metta nei miei panni. Lei non avrebbe negato? Non volevo che in ufficio si venisse a sapere la cosa, lei capisce, ho una reputazione da difendere. Sono una persona importante lí dentro, tutti mi stimano e...
– Bene, mi pare che il mio cliente abbia risposto alle sue domande. Ora, se non le dispiace, avrei una denuncia da fare nei confronti di un commissario di polizia. E se

non ha delle prove a conferma di quello che dice, le consiglierei di rilasciare immediatamente il signor Benvenuti.

– Spegnete il registratore, – ordinò Garano, con un filo di voce. – E anche quel dannato video.

Avevano appena eliminato dalla lista l'unico indiziato. Perché Patrick gli credeva, purtroppo.

Nemmeno l'idea di un complice lo convinceva. Che potesse esserci qualcuno allo speed date insieme a lui non era credibile. I seriali agivano da soli, di rado in coppia. Erano andati nella direzione sbagliata. Una volta scoperto che lo stalker di Chiara era la stessa persona che compiva gli omicidi, aveva dato per scontato che provenisse dal suo ambiente di lavoro e si era concentrato su Benvenuti, presente a due degli speed date a cui avevano partecipato anche le vittime.

Ma l'unica colpa di Benvenuti era essere un coglione. Garano non aveva piú niente in mano, e Chiara aveva i giorni contati.

Capitolo 45

> Dostoevskij ha detto: non c'è niente di piú facile che condannare un malvagio, niente di piú difficile che capirlo.
>
> HOTCH in *Criminal Minds*

6 gennaio, domenica mattina.

Garano non aveva chiuso occhio. La sera prima avevano rilasciato Benvenuti. Quello che aveva rubato o meno a un'altra azienda non era di sua competenza e soprattutto non era, al momento, una priorità. Non avrebbe comunque smesso di indagare su di lui, anche se gli sforzi sarebbero dovuti andare in un'altra direzione. Aveva chiesto a Salieri di scavare nella sua infanzia. Camilla, nello stendere il profilo del seriale, era stata chiara in merito: l'omicida aveva subito degli abusi da piccolo e l'esistenza del video ne era un'ulteriore conferma. Poi, rimaneva il fatto che François aveva partecipato a ben due speed date. Chiara non era tornata a casa, non aveva chiamato. Ora Garano poteva anche ufficializzare il sequestro, per la gioia del procuratore che non voleva saperne di dichiararla scomparsa prima delle canoniche ventiquattr'ore. Come se ce ne fosse stato bisogno, con un serial killer in circolazione. Com'era possibile che fosse rimasta coinvolta nella faccenda del seriale? Che cosa gli era sfuggito? Tutto era iniziato con lo speed date. Lí c'era François Benvenuti, dettaglio che lo aveva depistato fin dal principio. Ma lí poteva esserci anche l'omicida. Infatti, subito dopo, era avvenuto il furto della borsa, poi le lettere e l'effrazione in casa. La borsa! Certo. La borsa conteneva la chiavetta usb di cui Chiara, in qualche modo, era entrata in possesso. Non avendola trovata lí, l'assassino aveva provato in casa. Ma ancora una volta aveva fallito perché Chiara si era trasferita, con tanto di computer e chiavetta. Se l'era portata persino in ospedale, di questo era sicuro. Cosa dicevano le lettere? «Mi hai rubato l'anima».

Non riusciva a ragionare con lucidità, aveva bisogno di aiuto.

Chiamò Camilla.

– Garano, hai cambiato idea? Sono tornata a casa ma puoi raggiungermi qui, se vuoi.

– Un'altra volta, ti ringrazio.

– Hai una voce strana.

– Sono a pezzi. Mi devi aiutare. Ti ricordi il profilo del seriale che ti avevo chiesto?

– Certo. Ho letto che ti è stato utile. Eri su tutti i giornali. Patrick, cosí mi spaventi. Non ti ho mai sentito in questo stato.

– Sí, sí, grazie, è stato utilissimo. Ora, però, è successa una cosa...

E le raccontò dell'ultimo rapimento.

– Come hai potuto vedere di persona, Chiara Moscardelli non corrisponde affatto...

– No, lei è l'anomalia.

– Cosa intendi dire?

– Dico che chi l'ha sequestrata l'ha presa di mira non certo per le sue caratteristiche. Abbiamo di fronte un seriale che colpisce solo un certo tipo di donna, diciamo appariscente. E da quel che ricordo, Chiara Moscardelli non rientra nel quadro.

– Decisamente.

– Non è giovane, non è alta, non ha gli occhi chiari, non...
– Ho capito, basta. Se Chiara fosse qui, ti fermerebbe e penserebbe alla morte come a una possibile soluzione.
– Garano, non immaginavo che tu... mi dispiace.
– Lascia stare, va' avanti.
– Se lei è l'anomalia, deve sapere qualcosa, o avere visto qualcosa. Insomma, si è trovata nel posto sbagliato al momento sbagliato.
– Corrisponde perfettamente. Sí, lei ha una cosa che appartiene al seriale: il video. Il fatto è che con Chiara mi pare abbia modificato il suo *modus operandi*. C'è stato un tentativo di aggressione in ufficio, e poi il sequestro. Non si era mai spinto cosí in là, prima, quando cercava di recuperare la chiavetta. Perché ora? Perché ha aspettato tutto questo tempo?
– Non mi pare, Patrick. Lei è stata perseguitata fin dall'inizio, ma dopo il primo tentativo di aggressione è diventata piú attenta. Non è piú stata da sola, si è trasferita a vivere dalle amiche e poi è partita. Appena il seriale ha potuto, ha colpito di nuovo. Il problema è che tu all'inizio pensavi si trattasse di tutt'altro, di uno stalker. Prova a mettere insieme gli elementi, a unire le due cose. Io farò altrettanto e vediamo cosa viene fuori.
– Potrebbe volerla solo spaventare?
– No, Garano. Che voglia ucciderla è fuori di dubbio. E se il mio profilo è giusto, come credo, le riserverà lo stesso trattamento delle altre ragazze. Solo che, con Chiara, sarà piú arrabbiato, perché lei lo ha ostacolato, lo ha rallentato.
– Maledizione!
– Tutto sommato è un fatto positivo.
– Aiutami a capire perché.

– Se ci pensi bene, puoi arrivarci anche da solo. Il seriale ha commesso un passo falso, cosa che, come sai, succede molto di rado. Chiara l'ha costretto a fare qualcosa che non rientrava nei suoi piani.

– E se la conoscessi, capiresti anche il perché.

– Devi approfittarne e concentrarti su di lei. Garano, dove c'è l'anomalia c'è sempre la soluzione. E nei casi che ho studiato sui seriali, l'anomalia non c'è quasi mai.

– E se fosse una donna? Insomma, in qualche modo le vittime non hanno paura. Chiara stessa si è avvicinata credendo di riconoscerla e senza temere nulla. Si sarebbe accorta se ci fosse stato qualcosa di sospetto, te lo garantisco.

– No, Patrick. Sai meglio di me che le donne seriali sono rarissime. Ce ne sono state credo due, e colpiscono solo uomini. Si vendicano di abusi sessuali subiti da un genitore, un parente, un amico e si sfogano sul genere maschile nel modo piú violento possibile. Ma le donne non le toccano. In quel video che mi hai mandato c'è un bambino, ne sono sicura. La madre lo ha tenuto chiuso in quella stanza per chissà quanti anni, seviziandolo, finché lui non ha trovato la forza di uccidere la sua carceriera. E ora cerca di ripetere il rituale. Tra l'altro voglio riguardare il filmato, perché c'è qualcosa che non mi torna. Intanto posso dirti che il bambino del video è l'uomo che ora sta massacrando tutte le ragazze che gli ricordano la madre, ed è lo stesso che ha preso Chiara. Quella stanza è un museo delle cere. Le hai viste anche tu le bambole, no? Ti dirò di piú: il seriale, attraverso ogni omicidio, cerca di riprodurre la scena dell'assassinio di sua madre. Le ragazze che rapisce e tortura, le trasforma in bambole. Come? Rompendo gli arti, vestendole con abiti infantili e riempiendole di gommapiuma. Forse le lega, per poterle muovere come fossero burattini, e quando fallisce nell'impresa, per la rabbia, strappa loro gli occhi, quegli stessi occhi che erano la ragione principale della sua scelta. E se Chiara lo ha riconosciuto, vuol dire che si erano già incontrati da qualche parte.

– Allo speed date dove, in qualche modo, è avvenuto lo scambio della chiavetta, ed è iniziato tutto. Mi sei stata di grande aiuto, Camilla.

– Quando vuoi, Patrick.

– Saprò ricompensarti.

– Ne sono certa.

Chiamò Salieri e Campanile.

– Campanile, faccia una ricerca sui casi di omicidio insoluti, tornando indietro... diciamo... di dieci anni. Una puttana trovata senza occhi non fa notizia, ma noi ora sappiamo quello che prima nessuno poteva immaginare. Sono sicuro che ne troveremo altre e riusciremo a tracciare la linea temporale, e cioè ogni quanto l'omicida colpisce, mi capite?

– Perfettamente, – rispose Salieri.

– Stendete una lista di tutti gli uomini presenti allo speed date di Chiara Moscardelli e poi incrociatela con quella degli uomini presenti agli speed date delle altre tre vittime. L'elenco che verrà fuori conterrà il nostro assassino. Lei lo ha riconosciuto, quindi doveva averlo già visto. Magari ci ha anche parlato.

Patrick fu scosso da un brivido al solo pensiero.

– È già passato un giorno... andate, sbrigatevi! – E chiuse la porta con un calcio.

Prese il cellulare.

– Consalvi.

– Garano, non mi pare avessimo qualcosa in sospeso.

– No. Voglio solo farle un paio di domande.

– Solo un paio? Sta male?

– Può dirmi quanto tempo può resistere una ragazza a quel genere di torture?
– E che sono, un mago?
– La prego, Consalvi, ieri sera ne è sparita un'altra e...
– Garano, mi ha appena pregato, se ne rende conto?
– Lo so: non ci si abitui, però. Allora?
– Con la seconda vittima sono riuscito a restringere di piú il campo. Se questa ragazza è stata rapita ieri, approssimativamente tra domani e dopodomani inizieranno le sevizie. Prima le disidrata e le lascia senza cibo, poi attacca con le torture. Da quel momento in poi, tutto dipenderà dalla resistenza della ragazza. Potrebbe passare anche un mese.

Garano aveva la testa che gli scoppiava. Si sarebbe volentieri messo a piangere, se solo si fosse ricordato come si faceva. Chiara avrebbe resistito tanto?

– Ah, commissario. Se anche dovesse riuscire a trovarla viva, che so, tra una settimana, sarebbe comunque troppo tardi. Capisce cosa voglio dire?
– Sí. Grazie, Consalvi. Spero di non incontrarla nelle prossime ventiquattr'ore.
– Anche io, Garano, anche io.

Capitolo 46

> Faulkner ha detto: non sforzarti di essere migliore degli altri, cerca di essere migliore di te stesso.
>
> JASON GIDEON in *Criminal Minds*

La prima cosa che mi venne in mente fu *Casa di bambola*.
Da quello che potevo vedere, ero circondata da bambole di porcellana, di stoffa, di legno, e tutte con occhi scintillanti. Gli occhi delle vittime.

Mi venne da vomitare. Mi stavo abituando alla penombra e ora riuscivo a distinguere quasi tutto in quella stanza. Compresa la sagoma della ragazza che era stesa sul letto accanto al mio. Il suo corpo era piegato in modo innaturale, e le gambe e le braccia erano attaccate a dei fili. Sembrava un burattino.

Non sentivo dolore, quindi non mi aveva ancora fatto del male. Dovevo avere il coraggio di guardarmi. Sollevai la testa e vidi ganci che spuntavano dal muro. Sapevo che erano stati messi lí per me, ma ancora non erano stati usati.

Avevo una sete terribile, la gola e le labbra secche. Da quanto tempo ero lí?

Dovevo scoprirlo, avrebbe fatto la differenza. Mi venne in mente un episodio di CSI in cui veniva nominata la regola del tre: un uomo poteva vivere tre settimane senza bere, tre mesi senza mangiare. O erano tre giorni senza bere e tre settimane senza mangiare? Sarebbe stato importante ricordarselo.

Pensai alle vittime. Sapevo di essere finita nelle mani del seriale. Ero tornata lucida e ricordavo. Ricordavo tutto, ora. I tasselli si stavano incastrando. Avevo a che fare con una persona malata, molto malata, che per qualche ragione era spinta a uccidere. La belva che era in lei si risvegliava e sfogava la sua rabbia su tutte le donne che le ricordavano sua madre. Ogni volta che uccideva una ragazza, uccideva la madre. Mi sforzavo di mettere a fuoco le immagini del video. La stanza era la stessa. Ricordavo lo specchio, le bambole. Dio mio, cosa aveva subito questa persona per arrivare a compiere atti cosí brutali? Dovevo andare via da lí, scappare. Provai a muovermi. Bene, ci riuscivo. Ero legata, ma potevo scendere dal letto. Per andare dove, però? A quello avrei pensato in un secondo momento. Mi guardai intorno, alla ricerca di qualcosa con cui poter tagliare le corde. Erano sottili, e se avessi avuto a disposizione un vetro, un legno sporgente su cui strusciarle, si sarebbero potute spezzare o allentare. Insomma, era arrivato il momento di mettere a frutto tutte quelle puntate di *Criminal Minds*, o delle *Charlie's Angels*, o di *MacGyver*! Controllai il letto: sarebbe bastata un'asse sporgente. Niente. Di fronte a me avevo lo specchio. Lo specchio? Ma certo! Potevo romperlo, e usare le schegge di vetro. Ma come? Con una testata? Sarei morta sul colpo. Avanti, avanti, cosa avrebbe fatto Kris Munroe, o Kelly Garrett? Sabrina Duncan non veniva mai rapita. Rabbrividii. Il cervello, a volte, segue dei percorsi contorti per arrivare alla soluzione. Sabrina Duncan era stata sequestrata eccome, e ora sapevo anche come liberarmi.

Giurai a me stessa che se fossi riuscita in quell'impresa avrei affrontato la vita in modo diverso.

Capitolo 47

> – Capitano Lorenzo? John McClane, polizia di...
> – Sí, sí, lo so chi è lei, è lo stronzo che ha violato sette volte il regolamento interno e cinque volte quello comunale, scorrazzando per il mio aeroporto armato di pistola e sparando alla gente: come la chiama, questa stronzata?
> – Legittima difesa.
>
> JOHN MCCLANE in *Die Hard 2. 58 minuti per morire*.

Il distretto di polizia era in pieno fermento. Il procuratore aveva già chiamato cinque volte, e ogni volta aveva litigato con Garano.

– Hanno rapito un'altra ragazza: crede ancora che si tratti di una coincidenza?

– I suoi uomini stanno ficcando il naso in casi archiviati da anni. Continuo a ricevere chiamate.

– E lei stacchi il telefono.

– Garano, sto perdendo la pazienza.

– È fortunato, io l'ho persa quando ero bambino.

– Perché non se ne torna in America?

– Lo so, lo so, dove ci sono un mucchio di serial killer, me lo ha già detto. Quindi, non le interesserà sapere cosa hanno scoperto *i miei uomini*.

– Ora non faccia il prezioso.

– Si dà il caso che abbiano trovato ben quattro casi di omicidio, negli ultimi dieci anni, che corrispondono esattamente a questi ultimi due. Prostitute molto giovani, dell'Est, tutte quante. E la vuole sapere una stranezza? Avevano tutte gli occhi strappati e gli arti spezzati e...

PARTE SECONDA

– Va bene, va bene. Mi dicono che una delle donne rapite le è particolarmente cara.
– Le dicono bene.
– È sicuro di riuscire a mantenersi lucido?
– Non ci provi neanche, procuratore.
– Voglio essere aggiornato, minuto per minuto. E voglio il primo rapporto sulla mia scrivania entro stasera, mi ha capito, Garano?
– Perfettamente. Ora: di quanti uomini posso disporre?
– Gliene posso dare una decina, Garano, ma per tre giorni. Se fra tre giorni non ha trovato una soluzione...
– Se fra tre giorni non la trovo, avrà altri due cadaveri e le mie dimissioni sul tavolo.
– Non dica stronzate e si metta al lavoro.

Non faceva altro da settimane, ma adesso aveva una possibilità in piú. Entro un'ora avrebbe avuto la sua squadra.

Capitolo 48

> – Chandler, sei figlio unico, vero? Non hai avuto queste noie.
> – No, no. Anche se devo dire che avevo un amico immaginario che i miei genitori preferivano a me.
>
> MONICA e CHANDLER in *Friends*

Non era stata un'idea cosí geniale.

Ero riuscita ad alzarmi e, saltellando, avevo raggiunto il letto della ragazza.

Non aveva piú nulla di umano, eppure la riconobbi. Poteva anche essere suggestione, però a me sembrava proprio la ragazza che avevo incrociato allo speed date. Le braccia e le gambe dovevano essere state spezzate, perché erano tutte piegate e attaccate a dei tiranti. Respirava a fatica ed era sedata, per fortuna.

Dio mio, in che orrore ero finita?

– Puoi... puoi sentirmi?

Certo che no.

Trovai la sedia che stavo cercando e la spostai con il corpo, cercando di non perdere l'equilibrio. Se fossi riuscita a posizionarla di fronte allo specchio, avrei potuto sedermi e prenderlo a calci, mandandolo in frantumi. Ma mi bloccai. C'era qualcuno dietro la porta.

Cercai di tornare il piú velocemente possibile verso il letto, senza fare danni. Avevo l'affanno e i battiti accelerati. Non potevo farmi trovare in piedi, sarebbe stata la mia fine. Riuscii a distendermi appena in tempo. Lei era entrata nella stanza. Sarei stata in grado di mantenere la

calma? Avevo il petto che si alzava e si abbassava troppo velocemente, se ne sarebbe accorta. E la sete mi stava divorando. Avevo sentito che la privazione di acqua poteva condurre una persona alla pazzia. Ecco, quel ricordo era arrivato con un tempismo disarmante. Ora non sarei piú riuscita a calmarmi.
– Come stanno le mie bambole preferite?
Restai immobile, gli occhi serrati.
Da quanto tempo questa donna andava in giro a commettere omicidi? Il solo pensiero di essere stata in contatto con lei durante lo speed date mi diede il capogiro. Avevamo anche parlato. I dettagli di quella serata erano sempre piú chiari. Le nostre borse a terra, nel buio. La chiavetta usb, che dovevo avere preso per errore. L'inseguimento notturno, il tamponamento. Era lei che mi aveva inseguito, fuori dal locale. Era lei che mi aveva spedito quelle lettere, che mi aveva derubata e aveva cercato di uccidermi in ufficio. Tutto perché ero capitata vicino a lei allo speed date, la persona sbagliata nel posto sbagliato, come sempre. Probabilmente mi pedinava, tra una tortura e l'altra, nel tentativo di sottrarmi la chiavetta, e vedendomi di continuo al commissariato doveva aver pensato che fossi lí per informare la polizia, o per consegnare la chiavetta. Mentre io ero lí perché pensavo di essere perseguitata da uno stalker, cioè da François, che invece non c'entrava nulla. Ecco perché la donna del video mi sembrava cosí familiare. Perché era stata seduta accanto a me durante tutto lo speed date. Be', certo, non lei... forse, la figlia? Però nel video mi sembrava ci fosse un bambino... Dovevo cercare di mantenere la calma, concentrarmi su qualcosa di noioso. Quando ero piccola, e non riuscivo ad addormentarmi, mamma mi diceva di contare le pecore che saltavano la staccionata. Funzionava sempre, non superavo la trentesima che già dormivo.

Ecco, dovevo mettermi a contare le pecore. Una, due, tre, quattro... Era in piedi, accanto al mio letto. Cinque, sei, sette... Potevo sentire il suo respiro su di me. Dove ero rimasta? Nove, dieci... Non stava funzionando. E poi, un momento! Non esistono seriali donne! O meglio, esistono ma sono rare, troppo rare e non uccidono altre donne, ma uomini. Aaron Hotchner era stato chiaro. Le donne uccidono gli uomini per vendicarsi delle violenze subite da altri uomini, di solito parenti. Qui si trattava di tutt'altra faccenda. No, no. Non poteva essere una donna.

– Stai ancora dormendo?

Oddio, ce l'aveva con me? Cosa avrei dato per sollevare anche solo leggermente le palpebre e poterla vedere. Ero sicura che non poteva trattarsi di una donna. La prima volta che l'avevo vista, seduta accanto a me, avevo pensato che avesse qualcosa di strano, di sinistro. Mi venne in mente la battuta che Woody Allen fa a Diane Keaton in *Misterioso omicidio a Manhattan*: «Tu hai la vista sinistra, devo portarti dall'ottico e farti fare le lenti allegria». Però alla fine lei ci aveva visto giusto, nel film. E anche io ero sicura di non essermi sbagliata.

Percepii uno spostamento d'aria. Si era allontanata, ma non era uscita dalla stanza.

– G... guarda che cosa hai f... fatto!

C'era qualcun altro? Un uomo?

– Stai zitto. Sei un cretino. Devo sempre pensare a tutto io. Chi ti ha salvato quando eri un bambino? Io. Chi ha ucciso la mamma? Io. Tu saresti marcito, piuttosto che farle del male.

– La m... mamma era b... buona con noi.

– No che non lo era, imbecille!

– A... almeno l... lasciamo andare l'altra r... ragazza. L... lei non c... c'entra niente.

Quest'uomo mi piaceva.
- Secondo te perché è qui? Per colpa tua. Quante volte ti ho detto di non uscire di casa? Quante volte ti ho detto di non toccare le mie cose? Perché c'era quella chiavetta nella mia borsa? Ce l'hai messa tu?
- N... no.
- Bugiardo. Ora siamo nei guai e come sempre li devo risolvere io. La ragazza la sistemerò, in qualche modo. Tu devi solo fare quello che ti dico.
- Io ho sempre f... fatto tutto q... quello che mi dicevi. S... sono stato bravo. È che l... lei v... voleva s... sempre di piú e i... io ero s... solo un b... bambino.
- Lo so. Ma ci sono io a proteggerti. Guarda come è cattiva, la mamma. Guarda che occhi. Lei ci disprezza.
Mio dio...
Poi iniziarono a bisbigliare, e non riuscivo a distinguere le parole. Rimasero nella stanza per un tempo che a me sembrò infinito. Avevo smesso anche di respirare, pur di non farmi sentire. Ma la curiosità, si sa, è donna e se dovevo morire volevo sapere almeno per mano di chi. Aprii leggermente gli occhi. Avevo imparato questo trucchetto da bambina. Facevo finta di dormire e all'insaputa di tutti riuscivo a osservare ciò che mi succedeva intorno.
Quello che scoprii mi tolse il fiato. Ero ipnotizzata dalla scena che avevo di fronte. Oddio, avevo ragione! In quella stanza c'era una sola persona, un uomo. Ed era lui il mostro. Il bambino seviziato aveva reagito solo grazie all'aiuto della sorella. Una sorella immaginaria, però. Altro che cervello bruciato da *Criminal Minds*, ero un genio!
Ecco cosa aveva di sinistro quella donna: il fatto di non essere una donna!
Bene, e adesso? Tutta questa genialità sprecata. Sarei morta di certo, portando la mia scoperta nella tomba. Pen-

savo alla ragazza distesa accanto a me e a quella follia in cui per caso ero inciampata. Non ero un medico, ma ero sicura che non le rimanesse molto. Era in fin di vita e presto sarebbe toccato anche a me. Senza che me ne accorgessi, iniziai a piangere. Matelda era stata smentita. Alla fine sarei morta prima io di lei. Mi mancavano i miei amici. Il pensiero che non li avrei piú rivisti mi spezzava il cuore. Dovevo smetterla subito! Garano mi stava cercando e mi avrebbe trovata presto.

Ma avevo sete, fame e paura, tanta paura.

Capitolo 49

> «Non valutare il risultato finché il giorno non è concluso e il lavoro terminato». Elizabeth Browning.
>
> JASON GIDEON in *Criminal Minds*

6 gennaio, domenica pomeriggio.

La squadra era al completo.
Camilla era stata invitata a intervenire per poter dare a tutti le indicazioni sul profilo del seriale. Uno schermo avrebbe proiettato il video.
Dieci uomini per tre giorni. Questo valevano le vite di Chiara e della Giansante.
Il tempo scorreva alla velocità della luce.
– Bene. Direi di cominciare. Siete tutti informati sul motivo della vostra convocazione. Prima guarderemo un video e poi vi aggiornerò su tutto quello che abbiamo raccolto fino ad ora. La profiler Camilla Dorn, che ci ha raggiunti, cercherà invece di darvi maggiori indicazioni su chi stiamo cercando, in modo che siate in possesso di tutti gli elementi per poterlo riconoscere, qualora ve lo trovaste di fronte. Campanile, fai partire pure il video. Vi pregherei di concentrarvi sui dettagli. Qualsiasi cosa vedrete potrebbe esserci di aiuto. Non vi auguro una buona visione perché non lo sarà.
Dopo trenta minuti si riaccesero le luci.
Il silenzio che regnava in ufficio valeva piú di mille parole.
– Vengo subito al dunque. Il video è a disposizione per chi volesse rivederlo. I dettagli sono importanti. Abbiamo

tre giorni per catturare questo pazzo omicida, e uno ce lo siamo già giocati qui dentro. Dagli esami della Scientifica risulta che: tutte le ragazze uccise sono state torturate nello stesso modo che avete visto nel video. Braccia e gambe spezzate, disidratazione, privazione di cibo. Questo fa supporre che il seriale le voglia trasformare in bambole, ed è cosí che le veste prima di esporle. Gli occhi vengono strappati *post mortem*. Tra il ritrovamento di un corpo e l'altro trascorre piú o meno un mese. Quello che sappiamo è che le ragazze non vengono violentate e hanno tutte segni di corde sui polsi e sulle caviglie. Ma perché, se gli arti sono spezzati? Questo è il primo punto. La Dorn sostiene che faccia parte proprio della trasformazione. Il seriale potrebbe giocarci e muoverle come fossero bambole o burattini. Poi: nella gola della seconda vittima è stato ritrovato un capello sintetico, probabilmente di una parrucca. Si traveste? Le traveste? Terzo punto: le ragazze vengono trasportate con una sedia a rotelle, che forse è anche il mezzo con cui sono adescate. Quindi cercate tra chi ne possiede una, o può facilmente procurarsela. Un medico, un fisioterapista, una persona che ha un disabile in famiglia.

– Ma commissario, dove cerchiamo?

– Sto arrivando al punto. La nostra fortuna, – fu attraversato da un brivido, – è che ci è capitata tra capo e collo l'anomalia, altrimenti non avremmo saputo dove cercare. L'anomalia è Chiara Moscardelli, anche lei in questo momento è in mano al seriale –. Per un momento, pensò di non riuscire a proseguire.

– Anomalia?

– Sí. Tra poco la dottoressa Dorn vi spiegherà meglio. Quello che posso dirvi è che grazie a lei sappiamo da dove partire. Chiara Moscardelli ha partecipato a uno speed date, lo stesso della Giansante, durante il quale, presumibilmente, è entrata in contatto con l'omicida, ritrovandosi in qualche modo in possesso del video che avete appena visto. Dopo quella serata ha iniziato a ricevere minacce, ha subito un furto e un'effrazione. Il fatto è che lei non sapeva di possedere qualcosa di compromettente e ha creduto si trattasse di minacce lievi, provenienti da un suo collega che per caso era anche lui allo speed date, un certo François Benvenuti. Io non credo sia il seriale, ma qualcuno dovrà comunque indagare su di lui.

– Quindi dovremmo interrogare tutti i partecipanti agli speed date? Ma è un lavoro impossibile e...

– Un attimo. Questo lavoro noi lo abbiamo già fatto. La società ci ha fornito i nomi dei partecipanti allo speed date della Moscardelli. Incrociando i dati con quelli relativi agli speed date delle vittime, abbiamo tirato fuori un *range* di persone. C'è un'unica eccezione. La Giansante ha partecipato a due speed date. Dovremmo controllare anche lí. Con l'aiuto del profilo fornito da Camilla Dorn, abbiamo eliminato gli uomini sotto i quarant'anni.

– Di che numeri stiamo parlando?

– Ventiquattro uomini presenti sia allo speed date di Chiara Moscardelli che a quello di una delle altre vittime. Quindici, invece, quelli visti dalla Giansante al secondo speed date. Dovete scavare nelle loro vite, scoprire le loro abitudini. Anche come fanno colazione.

– Ma è impossibile! E soprattutto, come facciamo a riconoscere il seriale?

– Qui entra in gioco Camilla, a cui passo volentieri la parola.

Garano si sedette, stremato. Guardava in continuazione l'ora. Stava passando troppo tempo.

– Salve a tutti. Quello che stiamo cercando è un uomo sui

quaranta, massimo cinquanta anni, con una vita apparentemente normale, ma dall'infanzia disturbata. È stato tenuto segregato nella sua stanza per anni e forse seviziato. Ora, ogni volta che incrocia una ragazza che gli ricorda la madre, le riserva lo stesso trattamento. D'altra parte, come avete constatato voi stessi dal confronto tra le foto delle vittime e l'immagine della donna sul video, la somiglianza tra la madre e le ragazze uccise è evidente. Andando a ritroso di dieci anni, sono venuti fuori altri casi simili, e anche lí non ci sono dubbi al riguardo.

– Ma Chiara Moscardelli non assomiglia affatto a... – intervenne Salieri.

– Perché è l'anomalia. L'assassino è stato costretto dalle circostanze a rapirla. Chiara si è trovata nel posto sbagliato al momento sbagliato. Per questo noi ora sappiamo dove cercare. Perché il seriale ha fatto un errore. Sono dieci anni che commette omicidi, forse anche di piú, e non ce ne siamo mai accorti. Una prostituta trovata morta non fa notizia. Ma ora si è messo a pescare in un altro mare. Quando li incontrerete, guardateli negli occhi, studiate le loro mosse, osservate le loro case. Avete visto il video. Con ogni probabilità il nostro uomo vive ancora nella stessa casa, o si è portato un souvenir.

– Se non avete altre domande, – intervenne Garano, – distribuirei i nomi e vi pregherei di mettervi al lavoro immediatamente. Abbiamo i minuti contati. Alle otto di domani mattina vi voglio tutti qui con un rapporto dettagliato.

Vennero assegnati i nomi a ciascun componente della squadra, e pochi minuti dopo erano già tutti in azione. L'idea di partecipare a un'indagine di quel tipo faceva gola a molti.

– Salieri, Campanile, noi ci occupiamo degli ultimi quattro nomi: Andrea Collina, Massimo Ghisleri, Francesco Pasquali e Michele Santamaria. I primi tre nomi appartengono alla prima lista, quella degli uomini venuti fuori dagli incroci tra lo speed date di Chiara Moscardelli e quello delle vittime; l'ultimo, invece, ha partecipato al secondo speed date della Giansante. Forza, forza. Usciamo subito.

– Patrick, è tardi, dobbiamo prima avvertirli. Non possiamo piombare cosí, senza preavviso.

– Nicoletta, sei pazza? Stiamo indagando su degli omicidi e non stiamo arrestando nessuno. Dobbiamo solo incontrarli e farli parlare. Vediamo cosa viene fuori. Non possiamo aspettare.

– So a cosa stai pensando, – gli disse Salieri, avvicinandosi e mettendogli una mano sulla spalla, – ma faremo in tempo.

– Porca vacca, Salieri, Chiara no, non lei. In tempo per cosa? Per ritrovarla in qualche discarica, senza occhi e torturata?

– Vedrai che non succederà. Ci siamo, ormai.

– Ne sei cosí convinta?

Lui non lo era affatto.

Capitolo 50

> – Perdonami, Signore, perdonami per le parole che sto per pronunciare nella Tua dimora, in questo sacro luogo di venerazione e preghiera... Coglione... Coglione... Coglione... Coglione... Coglione... Coglione!!!
> – Ha bisogno di qualcosa, signore?
> – Eh? Ah no, grazie, scusi tanto, facevo dei gorgheggi... bella chiesa.
> – Oh, sono utili, li faccio spesso anche io, ma non uso sicuramente quel termine, io preferisco ripetere una serie di Ave Maria.
>
> HUGH GRANT in *Quattro matrimoni e un funerale*

6 gennaio, domenica, tardo pomeriggio.

Andrea Collina e Michele Santamaria toccavano a Garano e Salieri. Campanile si sarebbe occupato degli altri due. Collina era un fisioterapista e a quell'ora con molta probabilità lo avrebbero trovato a casa.

Quando arrivarono sul posto, una villetta a schiera nei pressi di Casal Palocco, quartiere residenziale alle porte di Roma, la prima cosa che Garano notò, facendo il giro della casa, fu il furgone, parcheggiato davanti all'ingresso laterale. Fece con la testa un cenno a Salieri, tornarono all'ingresso principale e citofonarono. Collina rispose solo al terzo squillo e li fece accomodare.

Appena Garano lo vide gli si gelò il sangue, e la sua testa iniziò a lavorare a un ritmo frenetico.

Lo stesso Collina sembrava turbato.

– Noi ci siamo già visti, mi pare.

– No, cioè, sí.
Garano cercava di mantenere la calma. Non voleva agitarlo, né destare sospetti, ma se Chiara era lí dentro, da qualche parte, doveva fare qualcosa per scoprirlo.
– Vogliamo solo fare quattro chiacchiere, – intervenne Salieri, che aveva capito il disagio di Patrick.
– Stiamo informando tutte le persone che hanno partecipato agli speed date del fatto che potrebbero essere entrate casualmente in contatto, durante quelle serate, con l'omicida di cui avrà sentito parlare dai giornali e dalla televisione.
– Come? Non capisco.
– Non si preoccupi. È una conversazione informale. Lei potrebbe avere visto o sentito qualcosa di utile per le indagini. La sera del 26 novembre, ha partecipato a uno speed date, me lo conferma?
– Non perdiamo tempo, – la interruppe Garano. – Certo che c'era, ed è anche uscito con una delle ragazze presenti. Io l'ho vista.
– Non è vero!
– La sua faccia marrone è inconfondibile.
– Patrick, mantieni la calma.
– Va bene, ma è forse un reato? Insomma, piombate in casa mia, mi accusate di non so bene cosa e...
– Un momento, noi non la stiamo accusando di niente. Vogliamo avere delle informazioni. Il commissario le ha solo detto che è stato visto in compagnia di una persona che ha un ruolo chiave nelle indagini, tutto qui. E se lei ha qualcosa da dirci al riguardo, sarebbe utile che lo facesse.
– Sí, be', in effetti ho incontrato Chiara, ma non è che si possa considerare proprio una vera uscita: siamo andati a prenderci un aperitivo, niente di piú.
– Lei mi sta prendendo per il culo, vero? Crede vera-

mente che io ci caschi? – urlò Garano, e gli afferrò il maglione, sollevandolo da terra.
– Garano! Calmati, ti prego!
– Nicoletta, Chiara conosceva la persona che l'ha rapita. Si è avvicinata, tranquilla, per salutare e invece si è trovata di fronte un assassino, *lui*! – E lo lasciò cadere a terra.
– Lei è pazzo, io chiamo la polizia!
– Siamo noi la polizia, imbecille!
– Allora il mio commercialista!
– Senta, abbiamo iniziato con il piede sbagliato. Ora sono calmo, vede? Risponda solo alle domande e noi ce ne andremo senza disturbarla oltre.
Garano era sicuro che Chiara fosse lí dentro, e che il marrone l'avrebbe uccisa. Aveva avuto un'idea.
– Dunque, lei lavora in un centro fisioterapico, vero?
– Sí.
– Quindi può liberamente disporre di sedie a rotelle, giusto?
– Sí.
– Ne ha qualcuna in casa?
– No. Come le viene in mente? Cosa ci dovrei fare?
– Non lo so: sequestrare ragazze, per esempio?
– Patrick, ora basta! – intervenne Salieri.
– Hai ragione. Chiedo scusa. Posso dare un'occhiata alla casa? Solo per controllare che non ci siano sedie a rotelle in giro.
– Avrebbe bisogno di un mandato, credo. Ma se la lascio girare per casa, lei poi mi lascerà in pace?
– Se non ha niente da nascondere, sí.
– Prego, mi segua.
La villetta era su tre livelli, ma non ci misero molto a capire che lí non si nascondeva nessuno.
– Ha un garage? Una cantina?

– Certo. Vuole dare un'occhiata anche lí?
– Se non le dispiace.
– Sí che mi dispiace. Ora basta. Ho fatto quello che mi aveva chiesto.
– Mi faccia vedere la cantina e me ne andrò senza piú disturbarla.
– Si procuri un mandato!

Sapeva di non avere altra scelta. Era con le mani legate. Se avesse adoperato la violenza qualsiasi cosa avesse trovato sarebbe stata inutilizzabile come prova. Ma se in quella maledetta cantina c'era Chiara? Almeno poteva salvarle la vita, se non era già troppo tardi.

– Patrick, ti prego, usciamo da qui.
– È lí sotto!
– Chiediamo un mandato.
– Non ho tempo di aspettare che il procuratore finisca la sua cena! Sono a un metro da lei e non posso fare niente.
– Ma che state dicendo? Vi prego di uscire da casa mia.

E cosí fecero, anche se l'ispettore dovette praticamente trascinare Garano fuori.

– Io non mi muovo da qui, Salieri.
– Chiama subito il procuratore. Io resto con te. Se vuole, può emettere un mandato in dieci minuti.
– Non lo farà mai.
– Ma ci sono tutti gli estremi. Collina è un fisioterapista, è uscito con Chiara, era presente a entrambi gli speed date e lei lo conosceva bene, quindi potrebbe essersi avvicinata senza paura.
– Ha un furgone parcheggiato sul retro ed è marrone in faccia!
– Serve altro?
– No. Lo chiamo. E se non mi concede subito il mandato, io entro lo stesso.

Capitolo 51

> – Hai letto di questo tizio nell'Indiana? Uccide dodici persone, le fa a pezzi e le mangia.
> – Davvero? Be', è uno stile di vita alternativo.
>
> WOODY ALLEN in *Misterioso omicidio a Manhattan*

Appena mi resi conto di essere rimasta sola nella stanza, decisi di mettere in atto il mio piano. Scesi di nuovo dal letto e raggiunsi la sedia saltellando. Speravo di non fare troppo rumore.

– Riesci a sentirmi? – provai a sussurrare alla ragazza stesa sul letto.

Silenzio.

– Cerca di resistere. Fosse l'ultima cosa che faccio, io da qui esco e chiamo aiuto.

Non credevo potesse sentirmi, ma lo avevo detto piú per me stessa che per lei.

Con fatica, mi posizionai sulla sedia. Benedissi gli esercizi addominali di Franco, tirai su le gambe e scalciai con tutta la forza che avevo. Mancato. Ero troppo lontana.

Mi alzai, avvicinai la sedia e ricominciai. Ripetei l'operazione almeno quattro volte, prima di raggiungere la distanza perfetta. Quando colpii il vetro per la quinta volta, si frantumò in mille pezzi e le bambole caddero a terra, insieme alle schegge e a me. Tra la sedia rovesciata, con me sopra, e lo specchio infranto, il rumore non fu una sciocchezza. A questo non avevo proprio pensato. Pregai che fosse uscito, o che stesse guardando la televisione a tutto volume.

Fui presa dal panico e decisi di rimanere qualche minuto in silenzio. Se fosse entrato in quel momento, sarei morta. Avevo una sete divorante e non riuscivo piú a sentire neanche la saliva. La testa mi scoppiava ed ero certa che mi avesse sentito.

Dopo qualche minuto mi feci coraggio e iniziai a rotolare per la stanza. La cosa piú raccapricciante erano le bambole. Cercavo di non guardarle. I loro occhi sembravano umani. *Erano* umani.

Appena raggiunsi i vetri, cominciai a strusciare i polsi a terra, contro i pezzi di specchio. Non era cosí che mi ero immaginata la scena. Il dolore era lancinante, come se mi stessero tagliuzzando, e sentivo il sangue che scorreva. L'operazione stava almeno dando i suoi frutti? Non potevo saperlo. Continuai a sfregare senza sosta. C'era sangue ovunque. Provai a muovere le mani. Il filo si stava allentando. Tirai con tutte le forze che avevo, ma fui assalita da un dolore cosí potente che persi i sensi.

Mi risvegliai, confusa e frastornata. Sentivo i polsi che bruciavano e per un attimo non ricordai dove fossi e cosa stesse succedendo. Poi tutto mi fu chiaro. Quanto tempo avevo perso? Feci un profondo respiro e sfregai di nuovo. Non dovevo pensare al dolore, dovevo concentrarmi su qualcos'altro. Sarei uscita da lí, sarei tornata dai miei amici, da Garano. La vita può prendere mille direzioni, siamo noi a decidere quale strada imboccare. Per questo mi era sempre piaciuto vivere, nonostante tutto. Perché potevo avere comunque una scelta, proprio come adesso. Feci un profondo respiro e tirai di nuovo. Le corde non si erano allentate poi molto, ma i polsi scivolavano con piú facilità. Potevo provare a sfilarli. Dopo un paio di movimenti dolorosissimi, fui libera. Oddio, non potevo crederci. Come avevo fatto? Quando mi guardai le mani, che tremavano come foglie, capii il perché. Il sangue, che era dappertutto, aveva aiutato i movimenti. Evitai di guardarle ancora e con fatica, perché proprio non volevano saperne di stare ferme e non tremare, sciolsi i nodi alle gambe. Ero libera!

Appoggiandomi alla parete mi sollevai e mi diressi verso la porta. Lasciavo impronte dappertutto e la testa mi girava. La porta era chiusa, ma sarebbe stato sciocco non provare ad aprirla. Mi guardai intorno in cerca di una finestra. Niente. Ero in una stanza cieca. L'unica via di fuga era la porta. Era stato tutto inutile e stavo perdendo molto sangue, troppo.

Un topo in trappola. Non era cosí che finiva Sabrina Duncan.

Dovevo pensare. Non potevo aver fatto tutto questo per niente.

Avrei potuto aspettarlo e coglierlo di sorpresa. Ma quale personalità mi sarei trovata di fronte? Guardai a terra. I pezzi di vetro erano ricoperti del mio sangue. Pezzi di vetro? Ma certo! I pezzi di vetro tagliano. Sono come lame.

Mi trascinai di nuovo verso lo specchio e raccolsi il frammento che mi sembrava il piú grande e il piú appuntito. Ero cosí debole che non riuscivo a reggermi in piedi. L'adrenalina che fino a qualche minuto prima mi aveva sorretto era scemata, e io con lei. Mi appoggiai al letto. Sapevo che non potevo addormentarmi. Dovevo rimanere in piedi e aspettare.

Non so quanto tempo trascorsi in quello stato. Il problema erano le mani, che non smettevano di tremare e mi facevano male. Alcuni tagli erano cosí profondi che il sangue sembrava non avrebbe mai piú smesso di uscire. Se non mi avesse uccisa il seriale, sarei morta dissanguata.

Sentii rumori dietro la porta. Mi drizzai e smisi di respirare.

Era arrivato il momento. Stringevo il pezzo di vetro tra le dita senza neanche rendermi conto che stavo continuando a tagliarmi.
La porta si aprí e me lo ritrovai di fronte. Oddio, era il fratello buono: almeno questo!
Avrei dovuto affondare la punta dentro di lui: nei film sembrava tutto cosí semplice e nessuno avrebbe potuto biasimarmi per questo.
Ma allora perché non ci riuscivo? Rimasi bloccata, con il braccio che non voleva saperne di abbassarsi. Ora lo sapevo. Non era facile uccidere un essere umano.
– C... come hai f... fatto?
– Lasciami andare o ti ammazzo –. Almeno sapevo mentire.
– N... non n... non mi f... fare del m... male.
– Allora lasciami andare. Non dirò niente a nessuno.
– L... Lorenza s... sta arrivando.
No, non dovevo permettere che le lasciasse prendere il sopravvento.
– Ok. Guarda, abbasso la mano, vedi? Non voglio farti del male. Ho bisogno di bere. Fammi solo uscire da questa stanza e bere un po' d'acqua.
– T... te la p... porto io.
– No!
Lui indietreggiò spaventato e io lo spinsi contro il muro con tutta la forza che avevo.
Il dialogo calmo e pacato con gli psicopatici era meglio lasciarlo a chi era in grado di sostenerlo.
Corsi fuori. Non so cosa mi aspettassi di vedere, certo non le tenebre.
Era buio pesto, e per quanto mi sforzassi di abituare gli occhi non riuscivo a vedere niente.
Allungai le braccia per cercare una parete a cui appog-

giarmi. Non la trovai. Dovevo solo avanzare, piano e senza movimenti bruschi. C'era un odore strano e faceva freddo. No, forse era umido. Umido di cantina. Mentre camminavo lentamente, lo sentivo piangere alle mie spalle, ma ero sicura che non si fosse mosso dalla stanza.

A un certo punto il mio piede urtò contro qualcosa. Mi chinai e toccai con la mano. Un gradino. Era una scala. Iniziai a salire a quattro zampe: non volevo rischiare di cadere.

Raggiunsi la cima e mi trovai di fronte a una porta. A un passo dalla libertà.

Stavo per girare la maniglia quando mi sentii afferrare un braccio.

– Maledetta. Dove credi di andare?

No, non ora, ti prego.

– Fai tornare tuo fratello, lui mi ha fatto uscire, ha capito che avevo solo bisogno di bere.

– Stai zitta! Che ne sai tu di mio fratello? – E mi strattonò con una tale violenza che precipitai giú dalle scale. Sentii chiaramente il rumore delle ossa che si spezzavano e un dolore acuto che non avevo mai provato prima.

Anche per questo, svenni.

Capitolo 52

> – Oh no, Boris, no! Ti prego! Il sesso senza amore è una vacua esperienza.
> – D'accordo ma... nella sfera delle esperienze vacue, è una delle migliori!
>
> DIANE KEATON e WOODY ALLEN in *Amore e guerra*

Garano aveva discusso per almeno dieci minuti con il procuratore, ma alla fine aveva ottenuto il mandato.
– Corriamo dentro, Salieri. Ci siamo!
Citofonarono di nuovo e persero altri minuti preziosi a discutere con Collina, che proprio non voleva farli entrare.
– Se non mi apre immediatamente, sarò costretto a forzare la serratura.
– Forzi pure quello che vuole. Qui non entra nessuno.
Garano non se lo fece ripetere due volte e sparò.
Si ritrovarono di fronte Collina con gli occhi sbarrati per la paura. Patrick lo ignorò e corse verso la cantina, mentre Nicoletta lo ammanettava. Accostò l'orecchio e sentí una specie di rantolo. Tanto gli bastò per sparare anche a quella porta, che si aprí lasciando intravedere una rampa di scale.
Era tutto buio, e quando trovò l'interruttore della luce e lo premette, illuminando di colpo l'ambiente, quello che vide gli fece gelare il sangue: ai piedi delle scale, una ragazza era seduta su una sedia a rotelle, imbavagliata e con braccia e gambe legate.
Si precipitò giú, facendo i gradini a due a due.
– Salieri, l'ho trovata! Aiutami. E chiama un'ambulanza!
Garano si avventò come una furia sulla ragazza, ma

non appena le fu vicino si rese conto che non si trattava di Chiara.
– Tutto bene? Ha bisogno di qualcosa? – le chiese, togliendole il bavaglio.
– No, ma che bisogno e bisogno! Voi chi siete? Che volete da me? Io non li faccio, certi giochetti.
E iniziò a gridare come una pazza.
– La prego, si calmi, noi siamo qui per aiutarla.
– Lei non può entrare cosí, questa è proprietà privata! Dove diavolo è Andrea? Mi aveva promesso che sarebbe tornato subito. E mi tolga le mani di dosso, maiale!
– Che sta succedendo? Che ti stanno facendo? Lasciatemi andare, subito! – urlava Collina dalla cima delle scale. – Questa si chiama violazione della privacy.
Salieri intanto era scesa, trascinando con sé il marrone.
– Lei ha una ragazza legata in cantina, se ne rende conto?
– Sí, be'? Allora?
– Andrea, chi è questa gente? Quante volte ti devo dire che io certe cose non le faccio? Hai chiuso con me. E voi, lasciatemi andare!
– Sono un commissario di polizia! Qualcuno vuole spiegarmi cosa diavolo sta succedendo qui dentro?
– Ma non lo vede da solo?
– No.
Solo allora Garano si guardò intorno. C'erano ganci e corde appese alle pareti.
– È una stanza delle torture?
– Macché torture e torture. Questo è il tempio dell'amore e del sesso! Il *mio* tempio, e lei è entrato con violenza, ha spaventato la mia ragazza e...
– Non credo di avere capito. Salieri, con che cosa abbiamo a che fare?
– Patrick... non ne ho idea.

– Ha presente il sadomaso? Il *bondage*? Ecco, facciamo questo, qui dentro. E questa ragazza è la *mia* ragazza, ed è perfettamente consenziente. A lei piace cosí. Non c'è niente di male!
– Porca vacca, mi dispiace.
– A noi no. E io ora la denuncio per... per...
– Abuso d'ufficio? – gli suggerí Garano.
– Ecco, sí, quello.
– Si metta in fila! – E mentre lo diceva, Patrick cominciò a legare di nuovo la ragazza.
– Ma che sta facendo?
– Mi rendo utile. Ecco fatto. No, niente, si sfila.
– Sleghi me, piuttosto, e se ne vada da qui.
– Patrick, andiamo –. Era evidente che a Salieri scappava da ridere, ma cercava di contenersi. – Bisognerà trovare le parole adatte per spiegarlo al procuratore.

Tolsero le manette a Collina, uscirono e si avviarono alla macchina senza piú scambiarsi una parola.

Era il secondo buco nell'acqua che facevano, e la seconda denuncia che si beccava Garano.

Se non fosse stato preoccupato per Chiara, che aveva le ore contate, avrebbe riso fino a stare male.

Capitolo 53

> Io credo che se esiste un qualsiasi dio, non sarebbe in nessuno di noi, né in te, né in me, ma solo in questo piccolo spazio nel mezzo. Se c'è una qualsiasi magia in questo mondo, dev'essere nel tentativo di capire qualcuno condividendo qualcosa. Lo so, è quasi impossibile riuscirci, ma... che importa, in fondo? La risposta dev'essere nel tentativo.
>
> CÉLINE in Prima dell'alba

Ripresi coscienza mentre mi stava trascinando nella stanza. Se fosse riuscito a chiudermi di nuovo lí dentro, non sarei piú stata in grado di salvarmi.

Avevo un braccio fuori uso, ma l'altro era ancora funzionante e avevo tutte le intenzioni di adoperarlo. Mi aggrappai allo stipite della porta con le ultime forze a disposizione.

Lui non se lo aspettava, lasciò la presa e le mie gambe ricaddero a terra.

– Dove credi di andare?

– Perché non facciamo venire qui tuo fratello?

Magari fosse stato tanto facile. Non funzionava cosí, lo sapevo bene, ma un tentativo dovevo comunque farlo. Se fossi riuscita a far tornare lui e a ricacciare quel mostro dentro la sua testa almeno per qualche minuto, avrei avuto una possibilità.

– Tu sei già morta, lo sai, vero? Hai perso cosí tanto sangue che non dovrò faticare a ucciderti. Mi basterà lasciarti chiusa qui dentro.

– Ti prego. Non voglio morire, non ora.

– Non sei tu a deciderlo, – e mi afferrò di nuovo le gambe, strattonandole con violenza.

Ma una volta entrati in camera, fu bloccato da qualcosa e mi lasciò andare.

– No, no, no!

Che cosa poteva essere successo?

– Siete tutte uguali, maledette. Ora dovrò sistemare anche te.

Mi aveva lasciata distesa a terra, e nonostante fossi debole e sentissi un gran dolore dappertutto, riuscii a girare la testa. La ragazza era morta, ecco cosa lo aveva irritato.

Iniziai a piangere. Quello che mi aveva appena detto era la verità. Stavo morendo dissanguata.

Quanto avrei potuto resistere ancora? Tutto il tempo necessario, ripetei a me stessa.

Tornò dopo qualche minuto con una sedia a rotelle. Lo vidi prendere il corpo della ragazza e depositarlo sulla sedia. Subito dopo scomparve di nuovo dietro la porta. Non l'aveva chiusa. Ma io non sarei stata in grado di andare lontano. Avevo la vista annebbiata, ma dovevo tenere duro e decisi di alzarmi. Mi aggrappai con il braccio sano alla sedia a rotelle e spinsi. La ragazza si piegò e cadde a terra. Dio mio, cosa avevo fatto? Ero in piedi, ma le gambe cedettero quasi subito. Non poteva finire cosí. Volevo vivere. Volevo rivedere i miei amici, volevo amare Garano. Trovai un pezzo di vetro accanto a me, lo afferrai e mi trascinai sotto il letto. Non dovevo addormentarmi. Non mi avrebbe uccisa, non ora.

Capitolo 54

> Il poeta W. H. Auden ha scritto: il male non è mai straordinario, ed è sempre umano. Divide il letto con noi e siede alla nostra tavola.
>
> JASON GIDEON in *Criminal Minds*

La seconda persona da interrogare era Michele Santamaria. Garano guidava, in silenzio. C'era andato vicino, o almeno cosí aveva creduto. Se entro stasera non avessero trovato un indizio, un sospetto, Chiara e la Giansante sarebbero state spacciate. Sperava che gli altri avessero avuto piú fortuna di lui.
– Siamo arrivati. Via della Magliana 415.
– Parcheggio.
– Di questo Michele Santamaria non abbiamo molte notizie. Quarantacinque anni, scapolo. Nessuna qualifica particolare. Non so se lo troveremo in casa.
– Lo scopriremo presto.
Quando suonarono, venne ad aprire una donna.
– Buonasera. Sono l'ispettore Salieri e questo è il commissario Garano. Stavamo cercando Michele Santamaria.
– Piacere, Lorenza Santamaria. Mio fratello non è in casa in questo momento, e io vado un po' di fretta.
– Non le ruberemo molto tempo. Solo qualche domanda.
La donna girò la testa verso l'interno della casa, come per controllare che tutto fosse in ordine, e li fece accomodare.
– Bene. In che cosa posso esservi d'aiuto?
– In realtà avremmo bisogno di parlare con suo fratello. Sa dirci quando lo possiamo trovare?

– Che cosa ha combinato?
– Nulla di grave. Stiamo indagando su una serie di omicidi, – e raccontarono per l'ennesima volta la storia che si erano preparati.
– Si mette sempre nei guai. Non avete idea di quante volte gli ho detto di non partecipare a quelle serate inutili.
– Ma no, guardi, in realtà... – La frase di Salieri venne troncata da un frastuono proveniente dall'interno della casa.
– Cosa è stato?
– Il gatto. Deve avere rovesciato la pila di piatti in cucina, come al solito.
– Sa se suo fratello ha una fidanzata, o se ha tratto qualche giovamento da quegli incontri? Cioè, è mai uscito con una delle ragazze conosciute agli speed date?
– Non lo so, non parliamo mai di queste cose.
– Pensa che tarderà molto?
– Credo di sí. Quando esce non so mai dove va e a che ora torna. Se mi lasciate un numero di telefono, gli dirò di mettersi in contatto con voi.
– Molto gentile da parte sua. Sarebbe abbastanza urgente. Allora noi togliamo il disturbo.
– Potrei andare un momento in bagno? Sa, è tutto il giorno che giriamo –. Era la prima frase che Garano aveva pronunciato da quando erano entrati in quella casa.
– Sí, le faccio strada.
– Posso andare anche solo se mi indica...
– No! Preferisco accompagnarla. La casa è molto grande e potrebbe perdersi.
Patrick la seguí lungo un corridoio in penombra, e appena passarono davanti alla porta della cucina Lorenza la chiuse di scatto.
– Scusi il disordine.
– Già, il gatto.

Una volta dentro, Garano fece scorrere l'acqua e si mise a pensare.
Accostò l'orecchio alla parete. Niente. Stava diventando paranoico. Quella donna era inquietante.
Si sciacquò la faccia e quando uscí se la trovò davanti.
– Scusi. Ho preferito aspettarla.
– Grazie. Bella casa. È vostra? Sa, sto cercando di comprarne una, ma è difficile trovare quella giusta.
– Ce l'ha lasciata nostra madre. Eccoci arrivati.
– Benissimo. Grazie mille, togliamo il disturbo.
In macchina, Patrick non riusciva a smettere di pensare.
– Che hai?
– Nicoletta, quella donna… non è sembrato anche a te di averla già vista?
– Sí, ho avuto la stessa sensazione. E poi era strana.
– Strana, dici? Sí, è parso anche a me. Non c'era nessun gatto, comunque. La cucina era immacolata.
– E perché indossava una parrucca? Avrà una qualche malattia…
– Una parrucca? Sei sicura?
– Sicurissima. Quelli non erano capelli veri.
– Ti accompagno a casa.
– E tu?
– Io non ci torno finché questa storia non sarà finita.
Arrivò al commissariato che era quasi mezzanotte.
Prese le freccette e iniziò a lanciarle con violenza contro il tabellone. Una si andò a piantare sulla scritta: «Capello di una parrucca». Appena sotto, Garano aveva aggiunto: «Vittime travestite da bambole».
Si avvicinò come un fulmine e scorse con gli occhi i suoi appunti, le foto. Nella sua mente cominciò a comporsi un quadro perfetto. Tornò alla scrivania e iniziò a rovistare tra i fogli sparsi. Dove diavolo si era andato a ficcare quel

maledetto elenco di nomi? Magari si erano sbagliati. Poteva esserci anche lui allo speed date di Chiara. Non appena lo trovò, lo scorse velocemente. No, nessun Michele Santamaria. Certo, perché loro si erano concentrati sugli uomini. Ma se fosse stata una donna?
Accese il computer e fece ripartire il video. Aveva capito, ormai, ma aveva bisogno di una conferma.
Ci mise pochi secondi a riconoscere Lorenza nella madre del bambino, che entrava in camera portando la torta. Cosa gli aveva detto Elisa? Che Chiara non riusciva a togliersi dalla testa il fatto di avere incrociato allo speed date la madre del bambino, o qualcuna che le somigliava parecchio. Lorenza Santamaria! Magari Chiara aveva assistito anche all'incontro tra le due, Lorenza e la Giansante, e poi le immagini si erano sovrapposte nella sua testa, confondendola.
Riguardando bene l'immagine del bambino riflessa nello specchio, non si poteva essere cosí certi che si trattasse di un maschio.
Porca vacca, porca vacca! Il seriale era una donna!
Afferrò il cellulare e compose un numero.
– Camilla?
– Patrick, ma lo sai che ore sono?
– Sí. Ti devo chiedere una cosa.
– Lo immaginavo.
– Questa sera ho visto una persona, una donna.
– E dove sta la novità?
– È il seriale, Camilla.
– No, Patrick. Lo escludo nel modo piú assoluto. Te l'ho già detto, il seriale è un uomo.
– Ascoltami. Siamo andati a casa di questo Michele Santamaria, presente al secondo speed date della Giansante, ma non a quello di Chiara. Lui non c'era. Ci ha accolto la

sorella, che assomiglia in modo incredibile alla donna del video. Mentre siamo lí, sentiamo un frastuono tremendo. La donna mi dice che il gatto ha rovesciato i piatti, ma quando passo davanti alla cucina non ci sono piatti per terra, e soprattutto non ci sono gatti. Inoltre indossava una parrucca. E cosa abbiamo trovato nella gola dell'ultima vittima?
– No, Patrick, non ci siamo.
– Camilla, credimi.
– Garano, Garano, calmati. Io ti credo. Ma il seriale non può essere una donna!
– Ma se mi hai appena detto che mi credi!
– C'è qualcosa che non mi torna, ho bisogno di piú tempo.
– Non ne abbiamo!
– Lo so. Ma un bambino seviziato per anni e tenuto sotto chiave non trova mai il coraggio di ribellarsi alla sua carceriera. Solitamente i seriali di questo tipo aspettano che la fonte del loro male muoia di morte naturale, spesso di vecchiaia, per poi iniziare a uccidere. E come sai, le donne hanno un diverso *modus operandi*.
– E quindi?
– Quindi forse siamo di fronte a uno schizofrenico, un uomo dalla doppia personalità. Ma certo! Come ho fatto a non pensarci prima? Il bambino ha chiesto aiuto a qualcuno, alla sorella!
– Quindi sono in due.
– No, Patrick. Controlla bene. Esiste veramente una Lorenza Santamaria? Voglio dire, all'anagrafe risulta? Seguimi con attenzione. Michele è un bambino debole, e probabilmente è anche un uomo debole. È quello che fa il lavoro sporco su ordine della sorella, ma non uccide, non è lui a farlo. Forse trova le vittime. È anche quel-

lo che ha provato goffamente a riprendersi la chiavetta: ecco perché ci sembrava che il seriale avesse cambiato *modus operandi*. La parte debole, quella buona, cerca di dimenticare le sevizie subite, ma poi c'è quella malata, che viene fuori quando avvista la preda, o quando deve proteggere il fratello. Allora si traveste. Da vittima diventa carnefice, diventa sua madre.

– Porca vacca. Mi stai dicendo che Lorenza e Michele sono la stessa persona?

– Sí. Il seriale potrebbe essere andato allo speed date di Chiara come Lorenza, e al secondo della Giansante come Michele. Ecco perché non appare in entrambe le liste. E quando Chiara ha incrociato Michele travestito da Lorenza, lí per lí non ci ha fatto caso, poi, quando ha visto il video, ha fatto come te: l'ha riconosciuta. Solo che Chiara non può sapere che sono la stessa persona.

– Devo tornare subito lí.

– Ti prego di stare attento. La doppia personalità è qualcosa di ancora poco chiaro. Ma è pericolosissima, e non solo per te. Cerca di agire solo quando emerge il lato debole. L'altro potrebbe essere imprevedibile.

Ma Garano era già in macchina.

Questa volta doveva tornare con qualcosa. Doveva tornare con Chiara.

Capitolo 55

> – Che mi dici di Nordberg? Sono arrivato appena ho saputo.
> – È vivo, anche se possiamo considerarlo un miracolo. Per i medici ha il cinquanta per cento di possibilità di farcela: vuol dire che se ha il dieci per cento è grasso che cola.
>
> LESLIE NIELSEN e GEORGE KENNEDY in
> *Una pallottola spuntata*

Garano era appostato già da un'ora davanti alla casa, dall'altro lato della strada.

Non aveva un mandato, non aveva neanche una prova e non aveva idea di cosa aspettarsi. Sapeva solo che non si sarebbe mosso da lí.

Il procuratore non ne voleva sapere di autorizzare un'altra perquisizione. Era sicuro che avrebbe fatto un terzo buco nell'acqua e non voleva andarci di mezzo. Era solo, ma anche Chiara lo era.

Verso le tre del mattino, subito dopo avere avvisato Salieri, vide uscire qualcuno dal portone.

Era un uomo: si guardò intorno, lasciò la porta aperta e si diresse sul retro.

Ricomparve qualche minuto dopo alla guida di un furgone, che parcheggiò davanti all'ingresso.

Da quella posizione Garano non sarebbe riuscito a vedere niente. Con la complicità del buio, scese dalla macchina e provò ad avvicinarsi. Non c'erano neanche i lampioni, da quella parte della strada.

Raggiunse il lato destro della casa nel momento esatto

in cui l'uomo riemergeva, trascinando una sedia a rotelle. Riuscí a distinguere la sagoma di un corpo abbandonato. Un corpo morto.

Gli si gelò il sangue: era arrivato troppo tardi. Mentre l'uomo cercava di caricare la sedia sul furgone, Garano tentò di riprendere il controllo. Tremava di rabbia. Quello era il seriale, ormai non c'erano dubbi, ma Chiara non sarebbe piú tornata. Poteva impedire che uccidesse ancora, però, e doveva reagire. Si avvicinò il piú silenziosamente possibile. Gli arrivò alle spalle in un baleno. Tirò fuori la pistola e lo afferrò alla gola.

– Michele Santamaria, la dichiaro in arresto! – Aveva la voce rotta ed era invaso da una follia omicida. Poteva ammazzarlo, doveva ammazzarlo.

– M… mi d… dispiace. Io… io non v… volevo.

Ma Garano non sentiva, non sentiva niente. Lo colpí alla testa con il calcio della pistola e avrebbe continuato fino a massacrarlo se non avesse lanciato un'occhiata al corpo riverso sulla sedia a rotelle. Aveva i capelli lunghi e mossi, la pelle bianca come il latte. Non aveva piú nulla di umano, ma non era Chiara, era la Giansante. Premette il corpo dell'uomo contro il furgone e lo ammanettò.

– Dove l'hai messa? Dov'è?

– N… non lo so… C… ci ha p… pensato mia s… sorella.

Patrick sapeva che non poteva muoversi da lí finché non fossero arrivati i rinforzi, e sapeva anche che quell'attesa poteva essere fatale. In che condizioni si trovava Chiara? Gli sembrava di impazzire.

– Dimmi solo se sta bene, se è viva, per dio!

– N… non lo s… so. Ha c… cercato di s… scappare e L… Lorenza si è m… molto arrabbiata.

Che le era saltato in testa? Scappare? Lo afferrò alla gola e lo avrebbe strangolato se non avesse percepito un

cambiamento nei suoi occhi. Quello che vide, se lo sarebbe ricordato negli anni a venire. Non stringeva piú al collo la stessa persona di prima.
– Toglimi le mani di dosso, bastardo.
– Ma cosa...?
– Siete tutti uguali. Inutili, pavidi e senza spina dorsale, come mio fratello.
– Stai zitto. Non darmi una buona ragione per ucciderti. Prega che a Chiara non sia successo niente...
– È morta. Cosa pensavi? Che la lasciassi andare in giro cosí?
– Non ti credo.
– Mi dispiace per te. Ma sei arrivato troppo tardi. Sono sicura che a quest'ora è morta.

Garano perse di nuovo il controllo e ricominciò a picchiare Santamaria.

Non sentí neanche le sirene che si avvicinavano. Non sentí Campanile che gli gridava di fermarsi.

Non sentí le braccia di due uomini che cercavano di bloccarlo. Era in preda alla furia.

Poi, lentamente, tornò lucido.
– Sto bene, sto bene!
– Commissario, l'ha massacrato.
– Respira ancora, no? Portatelo via. Io entro a cercare Chiara, o quello che rimane di lei.
– Sei sicuro, Patrick? Insomma, potrebbe essere...
– Nicoletta, è morta. Me lo ha appena detto, questo bastardo. Non ti preoccupare. Sto bene.
– L'hai preso!
– Sí, l'ho preso.

Entrò in casa e si guardò intorno. Chiara era stata chiusa lí dentro tutto quel tempo.

Ce l'aveva messa tutta, ma non ce l'aveva fatta.

Quando entrò in cucina si accorse della porta che conduceva in cantina. Forse era quella la prigione delle vittime. Accese la luce e scese le scale. Appena raggiunse l'ultimo gradino, ebbe la certezza di essere arrivato troppo tardi. C'era sangue ovunque. Quello era un mattatoio. La testa gli prese a girare e sentí le orecchie ovattate. Si appoggiò alla parete per non cadere.
– Quaggiú, – iniziò a gridare. – Venite quaggiú.
Salieri fu la prima ad arrivare.
– Patrick, mio dio.
– Chiama la Scientifica. Guarda le strisciate. Chiara è dietro quella porta.
Doveva farsi coraggio.
– Le impronte.
– Me ne fotto delle impronte, Nicoletta.
Ormai era arrivato. Fece un profondo respiro e girò la maniglia.
La prima impressione fu quella di entrare nella cameretta di una bambina. C'erano bambole ovunque. Esitò solo una frazione di secondo, prima di rendersi conto di cosa stava guardando.
Fece un passo all'interno della stanza. Era sotto shock.
Dove diavolo era Chiara, maledizione? Di chi era tutto quel sangue? Della Giansante? Ma allora Chiara?
Cercò di seguire le strisciate: sembrava che qualcuno si fosse trascinato, o fosse stato trascinato. Arrivavano fino al letto. Abbassò lo sguardo. Si chinò e sollevò il lenzuolo. Chiara era sdraiata in una posizione innaturale e con le braccia ricoperte di sangue. In mano stringeva un pezzo di vetro, e tremava. Era viva, per dio!
– Chiara, Chiara! – Si risollevò e spostò il letto. Poi si chinò su di lei e cercò di sollevarla.
– Chiara, mi senti?

Silenzio. Aveva il corpo scosso da tremiti, le braccia e i polsi pieni di tagli profondi.

– Chiara? Chiara, sono io. Moscardelli, sei viva! Salieri, chiama l'ambulanza. È viva, è viva!

La prese tra le braccia e cercò di calmarla.

– Non ti puoi arrendere proprio ora. Sono qui, sono arrivato.

Era troppo bianca. Aveva perso molto sangue e probabilmente un braccio era spezzato. Cercò di aprirle la mano per toglierle il pezzo di vetro, ma lei faceva resistenza.

– Chiara, guardami. Sono io. Apri la mano, apri la mano!

– P... Patrick? Sei tu?

– Sí, sí, sí! Sono io.

– Oddio... Patrick...

– Non ti sforzare, ora arriva l'ambulanza... Moscardelli, sei viva, sei viva!

E senza pensarci la baciò, sul viso, sulle labbra: – Mi hai fatto spaventare.

– Io lo sapevo che mi avresti trovata, – e le si richiusero gli occhi.

– Moscardelli, rimani sveglia. Puoi lasciare il tuo spazzolino rosa da me quanto vuoi, te lo giuro.

– Non ce la faccio...

– Sí, dài, non è difficile, basta non toccarlo.

– Mi sento tanto debole. Ho perso molto sangue.

– No, macché, due gocce. Niente che non si possa curare con un bel bicchiere di vino, conoscendoti. Ma tu non ti addormenterai, vero? Puoi farlo per me? Sono qui, non ti lascio piú.

– Garano, guarda che ho perso il sangue, non la memoria. Domani ricorderò tutto.

– Ma la memoria, si sa, fa brutti scherzi, soprattutto quando una persona è in stato confusionale.

PARTE SECONDA

– Sei insopportabile.
– Lo so, e non vedevo l'ora di sentirmelo dire di nuovo.
Gli sorrise, ma subito dopo perse i sensi.
– Quando arriva questa ambulanza?
– È qui, Patrick.
I paramedici entrarono con la barella, le attaccarono un respiratore e chiamarono il centro trasfusioni. Avevano bisogno di sangue, subito.
In caso contrario, Chiara non avrebbe superato la nottata.

Capitolo 56

> Ti amo quando hai freddo e fuori ci sono trenta gradi. Ti amo quando ci metti un'ora a ordinare un sandwich. Amo la ruga che ti viene qui quando mi guardi come se fossi pazzo. Mi piace che dopo una giornata passata con te sento ancora il tuo profumo sui miei golf, e sono felice che tu sia l'ultima persona con cui chiacchiero prima di addormentarmi la sera. E non è perché mi sento solo, e non è perché è la notte di Capodanno. Sono venuto stasera perché quando ti accorgi che vuoi passare il resto della vita con qualcuno, vuoi che il resto della vita cominci il piú presto possibile.
>
> BILLY CRYSTAL in *Harry ti presento Sally*

7 gennaio, lunedí.

Spalancai gli occhi. Una fitta lancinante mi aveva attraversato tutto il corpo.

Non c'era una parte che non mi facesse male. Dove mi trovavo? L'ultimo ricordo che avevo era quello di Patrick che mi parlava. Lo sguardo era appannato. Riuscivo a vedere dei tubi. Erano ovunque.

Oddio, ero morta? Ero all'inferno?

Girai la testa e trovai Garano che dormiva accanto a me, con il braccio sulla mia mano.

Era morto anche lui?

Provai a muovere la mano. Lui se ne accorse e si svegliò.

Quando incrociai il suo sguardo, capii di essere viva. Sorrisi. Sorrisi perché ero salva, perché non mi ero arresa e perché Garano era lí, con me.

– Non doveva tenermi la mano Campanile?
Anche i suoi occhi sorridevano, o erano i sedativi che me lo facevano credere.
– Non poteva. Ha chiesto a me di farlo per lui. Spero non ti dispiaccia.
– Mi sono affezionata a Campanile, ma non credo abbia voglia di passare una notte di sesso con me.
– Se vuoi glielo chiediamo.
– Magari dopo. Sto bene?
– Sei un fiore, Moscardelli.
Avrei voluto fargli un'infinità di domande, ma non riuscivo a parlare. Avevo le palpebre pesanti, il corpo dolorante ed ero debolissima.
– Io non mi sento tanto bene, però. Sono cosí stanca e confusa.
– Ma sei viva, Moscardelli. Vado a chiamare un dottore. Hai dolori?
– Ovunque. Ah, Garano? C'era... c'era una ragazza... credo fosse quella scomparsa.
– *Ssst*. Era lei, ma non ti affaticare.
– Dimmi la verità. Non ce l'ha fatta, vero?
– No.
– Oddio...
Lo vidi allontanarsi e poi tornare un paio di minuti dopo, trascinando un'infermiera.
– Le dico che sta male.
– Ci credo, ci credo. Sarà finito l'effetto del Toradol e della morfina. Cambio la flebo.
Non riuscii a sentire altro. Crollai senza neanche rendermene conto.
– Chiara, Chiara, mi senti? Perché fa cosí?
Matelda?
– Ha perso molto sangue, è stata riempita di sedativi, è una cosa normale. Stia tranquilla.

Che cosa stava succedendo? Non riuscivo a mettere a fuoco i ricordi. Era tutto confuso.
Lentamente aprii gli occhi e vidi Patrick avvolto da un fitto strato di nebbia.
Sorrisi. Era evidente che stavo ancora sognando.
– Che fa, ride? – continuò Matelda. – Dottore, non vede che ride? Sarà diventata pazza?
– Ma no, ha sempre questa reazione quando mi vede.
Un momento. Questo era decisamente Garano!
A quel punto spalancai gli occhi.
– Oh, ecco. Ora ti riconosco.
– Patrick?
– Non hai una bella cera, Moscardelli.
Il volto di Garano era pallido e teso. Come di uno che avesse passato tutta la notte sveglio.
– Cosa... cosa è successo? Perché non riesco a muovermi?
– Il commissario è rimasto qui tutta la notte...
Allora non avevo sognato.
– Be', ora non esageriamo. Mi sono allontanato per prendere una Coca-Cola.
– Mosca, ti ho salvato la vita, sai? Se non avessi raccontato tempestivamente al commissario della telefonata...
– Elisa?
– Moscardelli. Hai la tempra di un pachiderma, – intervenne Garano.
– E stava anche a dieta, – concluse Matelda.
– Ho male dappertutto.
– Dico all'infermiera di somministrarle altri sedativi per alleviare il dolore –. Questo era il dottore. – Ha perso molto sangue e ha subito una trasfusione. Il braccio è spezzato in piú punti. Le abbiamo suturato le ferite, quelle piú profonde: le altre si rimargineranno. Ecco perché ha i polsi e le braccia fasciate.

Oddio. Un massacro.
- Te la senti di fare quattro chiacchiere? Insomma, vorrei capire che cosa è successo.
- Noi usciamo. Hai bisogno di qualcosa, Mosca?
- Ho sete e fame, tanta fame.
- Possiamo portarle da mangiare, dottore?
- Acqua. E un bel panino, sempre che se la senta.
- Sí che me la sento!
Uscirono tutti, e io rimasi sola con Garano.
- Allora, Moscardelli. Mi dici come diavolo ti sei ridotta cosí?
- È che non volevo morire. Almeno non prima di averti detto quello che dovevo dirti, e di fare tante cose che ancora devo fare. Allora ho pensato a Sabrina Duncan e a quell'unica volta che veniva rapita e rinchiusa in un magazzino. Spaccava uno specchio con le gambe per tagliarsi i lacci e cosí ho fatto anche io.
- E chi è Sabrina Duncan?
- Hai presente le *Charlie's Angels*?
- Ah.
- Poi lui è arrivato e io l'ho aggredito con un pezzo di vetro, ma la sorella se ne è accorta e...
- Moscardelli, stai calma. Non ti agitare. Sei stata bravissima, hai resistito come un toro. Il fatto è che non c'era nessuna sorella, insomma...
- Ma sí, lo so. Ovvio. Era sempre lui, ma con una doppia personalità. Non esistono i serial killer donne. O meglio, esistono ma sono rare, e poi uccidono gli uomini!
- Vuoi il mio distintivo? Tanto me lo toglieranno comunque... C'è qualcosa che non sai?
- Sí. Come mi hai trovata? Ti ho lasciato che interrogavi François.
- Ho avuto fortuna. Tu eri allo speed date della Giansante insieme a Michele Santamaria, travestito da Loren-

za, che quindi non appariva nella prima lista, quella venuta fuori dalla comparazione dei nomi maschili presenti al tuo speed date e a quelli delle vittime. Ma la Giansante aveva partecipato a un altro speed date, una decina di giorni dopo il tuo. Moscardelli, se tu non fossi capitata vicino a Michele travestito da Lorenza, se Elisa non mi avesse riferito la questione della donna del video, e cioè che credevi di averla già vista, se non fossi stata l'anomalia, be'… non l'avremmo mai preso e tu…

– L'anomalia? Non sono mai stata l'anomalia di nessuno.

– Avevamo di fronte un seriale che colpiva solo un certo tipo di donne, diciamo appariscenti. Con gli occhi chiari e giovanissime. Tu non corrispondevi al profilo. Ci doveva essere una ragione per cui ti voleva uccidere, e la ragione era quel video maledetto che potevi avere preso per sbaglio solo durante lo speed date.

– Non è una cosa bella non corrispondere a quel profilo, però.

– Moscardelli, fare l'anomalia è un bel ruolo.

– Se lo dici tu.

– Sei stata la mia anomalia, Moscardelli, la mia bellissima anomalia.

– Garano… senti. Ora che mi sta tornando la memoria, sbaglio o mi hai detto che potevo tenere lo spazzolino da denti da te?

– Eri sotto shock.

– E mi hai baciata!

– Sei ancora sconvolta.

– Tanto…

– Chiamo il dottore.

– No, aspetta, ti prego… Devo dirti una cosa molto importante, almeno per me. Mi sono tagliata come un merluzzo per potertela dire.

– Sono tutto orecchi.

– Sí... ecco. Avevi ragione quando mi dicevi che non ero disposta ad ammettere quello che volevo veramente.
– Moscardelli, io ho sempre ragione.
– Sei insopportabile.
– E sei sopravvissuta per dirmelo? Non ce n'era bisogno.
– Sto cercando di dirti una cosa importante.
– Spara.
– Io ti amo.
– Quando decidi di sparare, lo fai bene.
– Avevo paura...
– E ora non ti faccio piú paura?
– No... cioè, sí. Ho mille paure, ma va bene cosí. La vita è fatta anche di questo, no?
Silenzio.
– Non dici niente?
– Sí, certo. Sei sicura? Cioè, voglio dire, non potresti esserti sbagliata? A volte può succedere. A mia nonna, per esempio, avevano diagnosticato un calcolo renale...
– Stai paragonando il mio amore per te a un calcolo renale?
– No, è questo il punto. Alla fine non aveva niente, capisci? Si erano sbagliati... io non voglio perderti, ma...
– Ma non mi ami, lo so.
– E chi l'ha detto?
– Non l'hai detto, ma lo hai pensato.
– Che ne sai?
– Lo so.
– No, che non lo sai.
– Sí, che lo so.
– E va bene, allora se lo dici tu sarà vero.
– Appunto.
– Tu non hai idea di quello che ho passato nelle ultime ventiquattro ore. Pensavo ti avesse torturata, uccisa...

Garano si chinò su di me, mi prese il viso tra le mani e io mi sentii sprofondare sotto terra.

– Non posso darti quello che vuoi, ma non posso neanche pensare alla mia vita senza di te.

Lo trassi a me e lo baciai. E lo feci io, non lui. Solo una fitta dolorosissima al braccio mi impedí di continuare.

– Porca vacca, Moscardelli. Devi farti sequestrare piú spesso.

– Cosí poi tu verresti a salvarmi?
– Sempre...
– Insomma, comunque ora sai come la penso.
– E cioè che mi ami?
– Esattamente.
– E questo cosa comporta?
– E che ne so? So solo che ora sta a te decidere quello che vuoi. Io, da parte mia, l'ho fatto. Ho avuto molto tempo per pensarci e sono sicura.
– E devo farlo ora?
– Sí.
– In questo istante?
– Garano. O lo sai o non lo sai, c'è poco da dire.
– Non potremmo rimanere amici?
– Sei stato tu a dirmi che io e te non eravamo amici, ricordi? Perché tu sei un uomo e io una donna...
– Be', sí, cercherei di portarti a letto comunque, ma...
– E io finirei per cedere.
– Mi piace questa linea d'azione.
– Anche a me, ma non otterrei una risposta, che invece voglio.
– Posso prendermi cinque minuti? Il tempo di un caffè alla macchinetta?

Io non risposi.

– Me ne vado, allora, ma torno.

PARTE SECONDA   353

– Ciao.
– Sto andando, eh?
– Lo vedo.
– Allora vado.
– Sí, vai.
– Ok.
In quel momento entrarono Elisa e Matelda con l'acqua e un panino.
– Mosca, tutto bene?
– Benissimo.
– Sicura? Non è che hai una commozione cerebrale, un altro braccio rotto?
– Matelda, sto bene.
– Mi piace questo ospedale. Dici che mi trovano un letto per questa notte?
– Per fare cosa?
– Un bel check-up! Con tutte queste emozioni...
– E Garano? – chiese Elisa.
– Tra cinque minuti torna per dirmi cosa ha deciso.
– E che cosa dovrebbe decidere?
– Mati, ovvio. Se mi ama o no.
– Brava, Mosca. Anche se a me pare di averlo visto imboccare l'uscita in tutta fretta.
– Come, l'uscita? Sei sicura?
– No, sicura no, ma il tizio che ho visto passare gli assomigliava parecchio.
– E andava di fretta?
– Il termine piú appropriato sarebbe al galoppo.
– Oddio, e quindi?
– Quindi niente. La cosa importante è come ti senti tu, adesso.
– Io sto bene. Il fatto è che non voglio piú avere paura di affrontare le cose. Ho capito che nel momento in cui le

affrontiamo, queste spariscono. Per dirla con *Sabrina:* «Sto guardando il mondo con degli occhiali colorati di rosa, ed è esattamente quello che provo io adesso. Ho imparato tante cose qui... ho imparato a vivere. Ho imparato ad essere qualcosa di questo mondo che ci circonda, senza stare lí in disparte a guardare. Stai pur certo che ormai non la fuggirò piú la vita... e neanche l'amore». Insomma, per farla breve: non è finita finché non è finita e saprò fare del mio sedere un tempio!

– Le hanno tagliuzzato anche il cervello, – piagnucolò Matelda.

– Eccomi, – disse Susanna, entrando in stanza. – Scusate il ritardo ma ho dovuto fare una deviazione.

Con lei entrò anche Chiara, la mia omonima.

– Che ci fai qui?

– Il trullo! Non lo sopporto piú, e neanche il suo abitante!

Oddio, Crudelia era tornata. – Qui come procede? Aggiornatemi.

– Niente, Chiara si è salvata, come sempre. E Garano è scappato.

– Elisa ha detto che non era sicura che si trattasse di lui, e nei film...

– Lo sappiamo, – risposero in coro. – Nei film lui torna sempre. Ma questo non è un film.

Le guardai, le mie amiche in fila davanti a me. Sorrisi, e strizzando un occhio risposi: – E chi l'ha detto?

Ringraziamenti.

Sono trascorsi due anni dalla pubblicazione di *Volevo essere una gatta morta* e, si sa, in due anni possono succedere un sacco di cose. Ecco perché ai precedenti ringraziamenti, già parecchio corposi, mi sento in dovere di aggiungerne altri.

Prima di tutto, vorrei ringraziare di cuore le mie lettrici. L'affetto, il sostegno e il calore che mi avete trasmesso sono stati il motore e la spinta per affrontare questa seconda prova. Senza di voi non ce l'avrei mai fatta e spero di non avervi deluse. Alcune di voi le ho conosciute di persona, altre mi hanno scritto, altre ancora mi hanno inseguito in giro per l'Italia durante il tour promozionale. Ecco, a tutte voi, amiche care, io dedico il secondo romanzo.

Grazie per essermi state sempre accanto e avere creduto in me.

Non siamo gatte morte, questo ormai lo sappiamo, ma abbiamo tanto da dare al mondo e non dobbiamo avere paura di mostrarlo.

Ringrazio anche le libraie e i librai che mi hanno accolto calorosamente durante le presentazioni e che mi hanno voluta con loro. Ho trascorso momenti unici e indimenticabili. Mi sono sentita una regina!

E non posso non ringraziare il caro Manu, che con tanta, ma proprio tanta, pazienza ha creato e gestito la fanpage della gatta morta su Facebook. Grazie Manu! Giuro che tecnologicamente sono migliorata!

Un ringraziamento speciale ai miei nuovi compagni di viaggio della Garzanti e sí, mi dispiace, ma devo nominarli tutti.

Edia, che mi ha ritenuto all'altezza e mi ha ceduto il posto, cosa di cui ancora mi stupisco. Rimarrà sempre la mia guida spirituale, il mio guru, la mia consigliera.

Elisabetta, per la sua forza invincibile e la sua onestà, che non si piega a compromessi, e per l'amicizia e la fiducia che ripone in me e che spero di non deludere mai.

La mitica Campo, insostituibile, purtroppo per lei.

La mia squadra d'attacco, le mie creature, che mi sopportano tutti i giorni, cosa non facile: il mio amato e unico Fusillino, la maga Rodella, mio braccio destro (anche sinistro), e il suo tegolino, l'impiegabile Pugnaloni, che tutte noi amiamo quando indossa il lilla, e infine la Marino, collega e amica.

Giulia, Cecilietta e Caterina, le donne marketing, la dolcezza di Barbara e Camilla (i miei angeli custodi), Monica (e le sue scarpe), Eugenia e Alessandro.

Ilaria, Alba, Enrico e Adriana.

Paolo, che ha da poco iniziato il cammino qui con noi e Oliviero che lo ha lasciato, ma con cui spero continuerò a camminare.

Cecilia, Luisa, Carlo e Valentina, le donne Corbaccio, con l'unico uomo, fortunato lui.

Graziella, per l'entusiasmo, la passione e la forza vitale che mette tutti i giorni sul lavoro, e perché è una mia supporter scatenata. E a tutti i miei nuovi colleghi della Gems.

E infine Cocco! Che in fondo in fondo mi vuole bene. Lo ringrazio per avermi regalato un paio di Lego, la separazione deve essere stata dolorosa, e per ciò che lui sa!

Un ringraziamento speciale a Stefano Mauri e a Cristina Foschini per avermi accolto in questa grande famiglia, e a Gherardo Colombo.

E non ho finito.

Il mitico gruppo Islanda 2000, Bruno e l'operazione protocollo, patatone, peppiniello, sempre Bruno e l'agricola, Angela e Duilio e le mutande di Lello! Michelangelo, Gabriella, Silvia, le Letizie, il piccolo grande Enrico e i suoi fortunati genitori.

Un grazie gigante alla mia cara Nuvolina, mia dirimpettaia, mia amica. Sono certa riuscirà a trovare il suo posto nel mondo, e accanto a un uomo, nonostante il tappeto.

A tutti gli amici di via Spartaco, Ale, Carla, Bea, Marina, ma sí... anche Matteo Bordone va...

A Baccomo che è un amico sincero e un futuro divo del cinema.

Un grazie anche a Zampotto, mio compagno di biliardo. Grazie perché con lui abbiamo sempre vinto noi!

Grazie a Codrino e al senza tempo.

A Russo, che ha cercato di rendere credibile Garano.

A Gianluca e a Pepita, che si sono portati via la mia Mateldina e per questo li ringrazio.

RINGRAZIAMENTI

Alla Ross, perché anche quando non mi sopporta, mi sopporta.

Alla Briganti, per le serate trascorse insieme, soprattutto in agosto, a Milano. E a Gabriella e Alessandra per l'entusiasmo e la passione del loro salotto letterario.

Alle mie compagne di classe del mitico Liceo De Sanctis, che ho ritrovato grazie al libro.

Ai miei professori: chissà se avranno riconosciuto nell'autrice quell'allieva tanto timida che si presentava in classe con le pantofole e, a volte, con la busta dell'immondizia ancora in mano.

A Gianna e Alida, che non ci sono piú e che mi mancano tanto. So che stanno vegliando su di me.

Ai miei agenti Silvia e Piergiorgio, per l'affetto e il sostegno. Non abbandonatemi mai!

Attenzione, perché sono diventata zia. Quindi al mio amato nipotino Matteo. Sappi che quando sarai grande potrai venire a rifugiarti dalla zia, mamma e papà non lo sapranno mai!

A Daniele, per l'amicizia di sempre, e a Marta, che mi hanno accolto al Meridien di Torino, come loro sanno bene, in un momento di urgenza!

Ringrazio mamma e papà, perché è merito loro se sono nata. Podalica, ma è pur sempre meglio di niente.

Ringrazio mio zio Caco, per aver sopportato questo nomignolo per anni e per essersi preso cura di me e mamma.

Ringrazio mio fratello, Nicola, per avermi accolto nella sua vita, anche se un po' in ritardo, Valentina e Rosetta.

Ringrazio i miei amici, che mi dànno la forza di andare avanti, tutti i giorni.

In particolare Matelda, Michela, Chiara, Luca, Michele, Susanna (che hanno accettato di non rimanere anonimi nel libro), Giulia e Anna che sono sempre con me da vent'anni e spero lo saranno per altri ottanta (anche se non credo vivrò cosí a lungo, per loro fortuna). Sara e Luchi, il mio Pierpino (che adesso si sposa, purtroppo non con me) e il Bozzoloni. John (per la sua sana pazzia che ogni giorno si rinnova, insieme alla nostra amicizia) ed Enrica (per la sua forza e determinazione e per essere tornata da me, mi mancava tanto).

Elisa, la compagna di mille avventure, che mi è sempre accanto e che ha un ruolo fondamentale nella mia vita e in questa seconda prova.

Ringrazio Brunella, che ha sempre creduto in me, a dispetto di tutto. «Mi rimarrai sul groppone», mi ha detto un giorno. In effetti cosí è stato, poveretta.

Ringrazio Francesca, che fin da quando eravamo ragazze mi spronava a scrivere.

Ringrazio Adele e Valentina (per il tempo trascorso insieme), Marta, Daria, Paola, Federica e Danielina, per il passato condiviso, che non si può cancellare, né dimenticare per fortuna, Ornella e Monica, Valeria (per i suoi saggi consigli), Marellina (per avermi accolto sperduta durante il primo Festival di Mantova e per non aver mai smesso di farlo) e sua figlia Olivia, Chicca (per la sua schiettezza), Veronica (per la sua ingenuità), Eugenio e Gianfranco, Angela, Filippo e Carlotta, Sabrina, la mia estetista, e amica, e Katia, che ha ereditato qui a Milano il suo lavoro. Antonietta, Raffa, Annetta, Gabriellina. Toni, il papà di Luca, Andrea e Antonella, e il loro erede appena nato. Giuseppe, papà di Matelda e Michela, per tutte le volte che ha dovuto soccorrermi.

Le ragazze dell'amministrazione Vivalibri: Michela, Agnese, Daila, Claudia e Andreina e le ragazze della redazione, Elisa, e il mitico Angi!!!

Chiara, neo-mamma, per la sua eleganza, che dimentica solo a Mantova, di fronte alle patatine.

Francesca e Vanda che mi amano da sempre.

I miei amici del mare, che non dimenticherò mai: Francesca, Claudia e Marilena, Stefano, Massimo, Ale e Paolo. La Codeluppi, Viola, sua sorella Rossella e Francesco. Il mitico Tommasella, Colombo e il suo elegantissimo pigiamino a righe. Vannuccini e Guglielmone, che maschi!

Graziamaria, per la sua unicità e Cristina per tutti gli aperitivi che non riusciamo mai a prendere insieme. Ringrazio Paolo e Francesca, amici cari.

Joe, Karen e Kasey, per l'affetto che sempre mi dimostrano.

Ringrazio Marchino mio, per il forte legame che ci unisce e che è a prova di bomba! Antonio e Tiziano, perché sono i miei angeli custodi, Giorgio che mi vede bella, Massimo e Colomba.

Ringrazio i miei colleghi passati, con i quali ho condiviso tanto, soprattutto Lisa, Mirella e Claudia.

E ringrazio la persona senza la quale tutto questo non sarebbe stato possibile: Luca Briasco, perché senza di lui non ce l'avrei mai fatta. Senza il suo supporto, io non avrei scritto neanche una riga.

Ringrazio l'Einaudi e tutti coloro che ci lavorano, per avermi pubblicato e per aver lavorato con tanta passione a questo libro. Un ringraziamento particolare va all'avvocato Mittone, che ha lavorato duramente, all'ufficio stampa, Stefania, che per ovvie ragioni ha tutta la mia solidarietà e a Francesca, la paziente redattrice che durante le correzioni ha ricevuto da parte mia almeno trenta mail al giorno (sono io la vera stalker).

Ora credo di aver concluso.

Ah no, scusate. Ringrazio ancora due persone: Patrizio, unico che, nel bene o nel male, è un punto fermo della mia vita e un uomo (ovviamente sbagliato) che mi ha illuminata: mai avere fretta di regalarsi. Meglio fermarsi prima e capire se ne vale la pena. Un regalo è un regalo e il nostro tempo è prezioso, meglio non scoprire mai di averlo sprecato.

Dimenticavo.

Un ringraziamento speciale a Garano, che da qualche parte deve essersi andato a cacciare.

Fonti cinematografiche e musicali

Qui di seguito, in ordine di apparizione, i film, i telefilm e le canzoni citati nel romanzo.

All'inseguimento della pietra verde (Romancing the Stone), di Robert Zemeckis, 1984.
Misterioso omicidio a Manhattan (Manhattan Murder Mystery), di Woody Allen, 1993.
Die Hard 2. 58 minuti per morire (Die Hard 2), di Renny Harlin, 1990.
Insonnia d'amore (Sleepless in Seattle), di Nora Ephron, 1993.
Il diavolo veste Prada (The Devil Wears Prada), di David Frankel, 2006.
Sciarada (Charade), di Stanley Donen, 1963.
Shrek, di Andrew Adamson e Vicky Jenson, 2001
Io sono leggenda (I Am Legend), di Francis Lawrence, 2007.
Provaci ancora, Sam (Play It Again, Sam), di Herbert Ross, 1972.
Mata Hari, di George Fitzmaurice, 1931.
La fiamma del peccato (Double Indemnity), di Billy Wilder, 1944.
Hitch. Lui sí che le capisce le donne (Hitch), di Andy Tennant, 2005.
The Net. Intrappolata nella rete (The Net), di Irwin Winkler, 1995.
Dr. House - Medical Division (House, M.D.), di David Shore, 2004-2012.
Criminal Minds, di Jeff Davis, 2005 (in produzione).
Sex and the City, di Darren Star, 1998-2004.
Il commissario Manara, di Davide Marengo e Luca Ribuoli, 2009 (in produzione).
NCIS, di Donald P. Bellisario e Don McGill, 2003 (in produzione).
L'amore ha due facce (The Mirror Has Two Faces), di Barbra Streisand, 1996.
Caccia al ladro (To Catch a Thief), di Alfred Hitchcock, 1955.
Scream, di Wes Craven, 1996.

Strange Days, di Kathryn Bigelow, 1995.
Mamma mia!, di Phyllida Lloyd, 2008.
Pretty Woman, di Garry Marshall, 1990.
A qualcuno piace caldo (Some Like It Hot), di Billy Wilder, 1959.
Se scappi ti sposo (Runaway Bride), di Garry Marshall, 1999.
Friends, di Kevin Bright, Marta Kauffman e David Crane, 1994-2004.
Attrazione fatale (Fatal Attraction), di Adrian Lyne, 1987.
Harry ti presento Sally (When Harry Met Sally...), di Rob Reiner, 1989.
La verità è che non gli piaci abbastanza (He's Just Not That into You), di Ken Kwapis, 2009.
Speriamo che sia femmina, di Mario Monicelli, 1986.
Paura d'amare (Frankie and Johnny), di Garry Marshall, 1991.
Manhattan, di Woody Allen, 1979.
Arsenico e vecchi merletti (Arsenic and Old Lace), di Frank Capra, 1944.
CSI. *Scena del crimine (CSI: Crime Scene Investigation)*, di Anthony E. Zuiker, 2000 (in produzione).
Gli uomini preferiscono le bionde (Gentlemen Prefer Blondes), di Howard Hawks, 1953.
Una sposa per due (If a Man Answers), di Henry Levin, 1962.
Jurassic Park, di Steven Spielberg, 1993.
Casablanca, di Michael Curtiz, 1942.
Psyco (Psycho), di Alfred Hitchcock, 1960.
Notorious, l'amante perduta (Notorious), di Alfred Hitchcock, 1946.
Il silenzio degli innocenti (The Silence of the Lambs), di Jonathan Demme, 1991.
Ally McBeal, di David E. Kelley, 1997-2002.
Il mio grosso grasso matrimonio greco (My Big Fat Greek Wedding), di Joel Zwick, 2002.
Donne sull'orlo di una crisi di nervi (Mujeres al borde de un ataque de nervios), di Pedro Almodóvar, 1988.
Stregata dalla luna (Moonstruck), di Norman Jewison, 1987.
Il club delle prime mogli (The First Wives Club), di Hugh Wilson, 1996.
Una donna in carriera (Working Girl), di Mike Nichols, 1988.
Invito a cena con delitto (Murder by Death), di Robert Moore, 1976.
Giovani, carini e disoccupati (Reality Bites), di Ben Stiller, 1994.
Come rubare un milione di dollari e vivere felici (How to Steal a Million), di William Wyler, 1966.

Agente 007 - Thunderball: Operazione tuono (Thunderball), di Terence Young, 1965.
Two Weeks Notice - Due settimane per innamorarsi (Two Weeks Notice), di Marc Lawrence, 2002.
Dexter, di James Manos, jr, 2006 (in produzione).
Alta fedeltà (High Fidelity), di Stephen Frears, 2000.
Charlie's Angels, di Ivan Goff e Ben Roberts, 1976-81.
MacGyver, di Cliff Bole e Chuck Bowman, 1985-92.
Quattro matrimoni e un funerale (Four Weddings and a Funeral), di Mike Newell, 1994.
Amore e guerra (Love and Death), di Woody Allen, 1975.
Prima dell'alba (Before Sunrise), di Richard Linklater, 1995.
Una pallottola spuntata (The Naked Gun: From the Files of Police Squad!), di David Zucker, 1988.
Sabrina, di Billy Wilder, 1954.

Il verso a p. 84 è tratto dalla canzone degli ABBA, *The Winner Takes It All*, nell'album *Super Trouper*, Polar, 1980.

Indice

p.   3   Premessa

Parte prima

 11   Capitolo 1
 16   Capitolo 2
 22   Capitolo 3
 26   Capitolo 4
 29   Capitolo 5
 39   Capitolo 6
 49   Capitolo 7
 55   Capitolo 8
 61   Capitolo 9
 64   Capitolo 10
 78   Capitolo 11
 87   Capitolo 12
 90   Capitolo 13
102   Capitolo 14
105   Capitolo 15
115   Capitolo 16
122   Capitolo 17
137   Capitolo 18
140   Capitolo 19
143   Capitolo 20

Parte seconda

151   Capitolo 21
158   Capitolo 22

p.	166	Capitolo 23
	175	Capitolo 24
	181	Capitolo 25
	189	Capitolo 26
	209	Capitolo 27
	213	Capitolo 28
	216	Capitolo 29
	220	Capitolo 30
	226	Capitolo 31
	229	Capitolo 32
	235	Capitolo 33
	242	Capitolo 34
	250	Capitolo 35
	253	Capitolo 36
	258	Capitolo 37
	261	Capitolo 38
	277	Capitolo 39
	282	Capitolo 40
	285	Capitolo 41
	290	Capitolo 42
	294	Capitolo 43
	296	Capitolo 44
	300	Capitolo 45
	306	Capitolo 46
	308	Capitolo 47
	310	Capitolo 48
	315	Capitolo 49
	320	Capitolo 50
	324	Capitolo 51
	329	Capitolo 52
	332	Capitolo 53
	334	Capitolo 54
	340	Capitolo 55
	346	Capitolo 56
	355	*Ringraziamenti*
	361	*Fonti cinematografiche e musicali*

*Questo libro è stampato su carta contenente fibre certificate FSC®
e con fibre provenienti da altre fonti controllate.*

*Stampato per conto della Casa editrice Einaudi
presso ELCOGRAF S.p.A. - Stabilimento di Cles (Tn)
nel mese di agosto 2013*

C.L. 21216

Edizione   Anno

1   2   3   4   5   6   7   2013   2014   2015   2016